Peter ACKROYD

Milton na América

Tradução de
PRESÍDIO CARLOS DE ARAÚJO FILHO

EDITORA RECORD
RIO DE JANEIRO • SÃO PAULO
2010

CIP-BRASIL. CATALOGAÇÃO-NA-FONTE
SINDICATO NACIONAL DOS EDITORES DE LIVROS, RJ

A166m
Ackroyd, Peter, 1949-
Milton na América / Peter Ackroyd; tradução Presídio Carlos de
Araújo Filho. – Rio de Janeiro: Record, 2010.

Tradução de: Milton in America
ISBN 978-85-01-08045-5

1. Milton, John, 1608-1674 – Ficção. 2. Poetas – Ficção.
3. Romance inglês. I. Araújo Filho, Presídio Carlos de. II. Título.

CDD: 823
CDU: 821.111-3

09-3429

Título original em inglês:
MILTON IN AMERICA

Copyright © Peter Ackroyd 1996

Texto revisado segundo o Novo Acordo Ortográfico da Língua Portuguesa.

Todos os direitos reservados.
Proibida a reprodução, no todo ou em parte, através de quaisquer meios.

Direitos exclusivos de publicação em língua portuguesa somente
para o Brasil adquiridos pela
EDITORA RECORD LTDA.
Rua Argentina 171 – Rio de Janeiro, RJ – 20921-380 – Tel.: 2585-2000
que se reserva a propriedade literária desta tradução

Impresso no Brasil

ISBN 978-85-01-08045-5

Seja um leitor preferencial Record.
Cadastre-se e receba informações sobre nossos
lançamentos e nossas promoções.

EDITORA AFILIADA

Atendimento e venda direta ao leitor:
mdireto@record.com.br ou (21) 2585-2002.

Para Carl Dennison

John Milton, o poeta de Comus* e de "Il Penseroso",** era também Secretário de Línguas Estrangeiras do Conselho de Oliver Cromwell. Suas simpatias, portanto, estavam com os regicidas; ele até mesmo escrevera um texto justificando a execução de Carlos I. Assim, nos primeiros meses de 1660, quando ficou claro que o Commonwealth estava prestes a cair e que Carlos II logo retornaria à Inglaterra, o próprio Milton acreditava que era um homem perdido. Ele seria caçado, preso e sem dúvida executado pelo seu conluio com os inimigos do novo rei. Tendo ficado cego oito anos antes, dificilmente poderia permanecer incógnito ou não ser reconhecido em Londres. Não tinha escolha senão fugir enquanto havia a oportunidade de fazê-lo. E que melhor lugar para ir do que a Nova Inglaterra, onde seguramente seria recebido com prazer pelos puritanos que ali estavam instalados?*

---

*Peça de teatro com figurantes mascarados, apresentada no castelo de Ludlow em 1634. (N. do T.)
**Poema pastoral escrito em 1631. (N. do T.)

PRIMEIRA PARTE

O Éden

Um

Venha a bordo, amigo Menipo,* e flutue nos ventos infernais. As ondas borbulhantes se dispersam de novo e há tristeza no mar. Das profundezas eu os invoco. Sereias. Leviatã. As águas de cristas brancas não ficarão quietas. O vento sopra bastante forte, e agora golpeia suas velas felizes. O porto depois dos mares tormentosos é melhor. Especiarias, marfim e macacos. O oceano imensurável da minha mente está sempre batido.

— Sr. Milton.

Para a cama, John. A vela está no fim. Você castiga seus olhos com tanto estudo. A alvorada está chegando e o sol bate nos tetos de Bread Street, mas você resmunga fábulas e histórias. Que livro é este, aberto na sua cadeira. *Nel mezzo del cammin di nostra vita*. A poesia da Itália, pela qual certa vez vaguei. Lycidas.** Passeando por East Cheap. Odes. Heróis. Vejo Sansão, cego, amarrado e levado pela escuridão. O fruto da depravação é o desespero, mas eu ainda me sinto tentado. Ah, Sansão, na eternidade de East Cheap. Na juventude eu era bonito e não tinha barba. Na juventude eu era desejoso de grandes coisas. Vamos

---

*Filósofo e poeta grego da escola cínica e satírica, seguidor de Diógenes, viveu no século IV a.C. (N. do T.)
**Poema escrito por Milton em memória do amigo Edward King, morto num naufrágio. (N. do T.)

embora, senhor, vamos. O senhor precisa se envolver nos negócios dos homens. Aqui estão as cartas para o Conselho. O mensageiro está esperando.

— Sr. Milton, acorde.

A viagem de Palinuro não foi mais abençoada do que esta. Velejei pelos rios de Londres, Walbrook e Fleet e atravessei os lagos da Itália. A tempestade na sua cabeça, Enéas, é minha conhecida. Sua viagem é a minha. E quando a deusa Diana profetizou sobre a Bretanha ele acordou e achou que a visão era sagrada. Velejou para aquela ilha abençoada, aquela ilha de anjos, como eu estou agora velejando. Inglaterra, Nova Inglaterra. As torres do Elísio se elevarão na terra? Ou esta visão se esmaecerá? Oh, sim, as estrelas se movem. Cruzamos o céu bem como o mar. Arthur. Arcturus. Plêiades. Sete vezes. Quando nasci, soprava o vento norte. Quando as estrelas da manhã cantaram juntas iniciei minha viagem.

— Acorde, Sr. Milton. Senhor. Por favor.

Então o sol brilhou entre as nuvens, como uma bênção, iluminando minha face, e eu pude ouvir os marinheiros. Bem guardado. Proteja-se. Uma tormenta. Uma tempestade sobre as águas. Estamos próximos dos rochedos da Ática e as chamas na terra pressagiam nosso destino. Oh, vós, espíritos das profundezas, ajudem-nos. Revivam minhas esperanças, pois sou cego. Estou afundando, e com Odisseu ando entre os homens afogados com olhar suplicante. Escuros e profundos. Oh, Senhor, liberta-nos do sonho. E depois disso nosso exílio.

— Por favor, levante-se, Sr. Milton.

— O quê? O que é isso?

— Acabamos de avistar a terra nova.

Dois

— Este é o nosso destino? Esta é a praia tão desejada? — Sua cadeira de ébano estava amarrada a um barril de arenque em salmoura e uma grossa corda atravessava-o na cintura. Ele usava um casaco de tecido grosso com mangas longas, que inflava com o vento que sentia no rosto. Seus olhos estavam bem abertos. — Diga-me, Goosequill. O que você está vendo?

— Pedras cinzentas como o mármore. Grandes seixos. Grama alta. Poderia ser o pântano Hackney numa manhã úmida.

— Tolo. Olhe de novo.

O garoto ficou em pé junto a seu mestre, com a mão descansando levemente sobre seu ombro.

— Vejo pequenas baías e lugares com areia. Vejo arbustos. — Começou a assobiar um velho refrão, até que o mestre o mandou ficar quieto. — O mar está bem calmo agora, senhor. Posso desamarrá-lo?

— Não. Espere um pouco. Sinto uma turbulência na água.

Goosequill, que estava acostumado com as sensações inesperadas, mas pertinentes, do cego, ficou quieto a seu lado. Enquanto ele olhava na direção da baía de Massachusetts, o navio realmente começou a jogar e balançar.

— Oh, Deus. Há mais alguma coisa. Alguma coisa na praia.

— Fale.

— Há uma espécie de fogueira, com figuras dançando em volta. Podem ser raposas.

— Raposas nunca dançam, exceto no teatro de máscaras. Elas saltam e pulam, mas não fazem movimentos ritmados. Essas coisas devem ser nativos, ou demônios. Você acredita em demônios, Goosequill? — John Milton sorriu, mas depois tremeu no vento cada vez mais forte. — Leve-me para dentro.

O garoto desamarrou-o do barril e o ajudou a se levantar da cadeira, guiando-o através de uma porta estreita e pela passagem que levava ao interior do navio. Havia sempre o mesmo odor de milho e cânfora, de casca de laranja e pimenta, de insetos e de pólvora, de carne, farinha de aveia, cerveja, queijo, tudo junto, mas não misturado. Depois da brisa do mar e do vento fresco da Nova Inglaterra, eles pareciam estar entrando na velha atmosfera do passado em Londres. Alguns outros passageiros, indo apressados para o deque, esperaram com reverência que John Milton passasse. Inclinaram-se enquanto ele andava lentamente para sua cabine e depois correram para ter a primeira vista da terra nova. "É de fato o país do Senhor", um deles falou. "É um Éden na floresta." Milton parou e sorriu, enquanto outro viajante repetia o refrão. "Um povo majestoso vai criar raízes aqui e uma árvore crescerá até o céu. Seremos os cedros da terra prometida!"

— Peço a Deus — sussurrou Milton — que eles falem com mais seriedade e menos sorrisos.

O vento estava mais forte, mas alguém falou no navio.

— Sr. Milton, em breve avistaremos nosso porto.

O cego murmurou algumas palavras e Goosequill riu alto.

— O que foi isso, senhor?

— Eu estava ironizando o texto sagrado, Sr. Jackson, de que Deus ama um orador alegre.

Goosequill pegou-o novamente pelo braço e o conduziu pela passagem; Milton estava tão acostumado ao curto caminho até sua cabine que instintivamente baixou a cabeça quando passaram sob duas grandes travessas. Suas acomodações ficavam depois das do capitão do *Gabriel*, Daniel Farrel; ele era o mais honrado dos viajantes daquele navio e recebeu o maior aposento. Estavam no mar havia oito semanas, mas a "morada" de Milton, como ele insistia em chamá-la, era tão limpa e ordenada como se tivessem deixado a Inglaterra no dia anterior.

— Pode abrir o baú — pediu ao garoto, tão logo entraram. — Quero um pedaço de gengibre.

— Vejo conserva de rosas, senhor. Muito boas para o intestino. Não? Absinto para o estômago? Oh, aqui temos um pouco de canela e açúcar, que vão bem com um bom vinho. Não vejo nenhum gengibre, Sr. Milton.

— Estava chupando um pedaço ontem. Passe-me a mala de couro. — Ela continha apenas ervas secas e suco de limão, que não podiam curar o enjoo do mar. — Estamos reduzidos a canela, Goose. — Suspirou e se deitou sobre a cama de lona recheada de palha. — Então esta é a região? É este o solo e é este o clima?

— Espero que sejam, senhor. Ou então fizemos uma longa viagem em vão para o reino do nada.

— Não um reino, seu verme, uma terra. Aqui estaremos livres de todas as loucuras da realeza.

— Alegro-me por ouvir isso. Jamais gostei de um reinante.

Houve uma forte batida na porta e ouviram a voz do capitão Farrel.

— Bom-dia, senhor. Posso?

— É o capitão do brandy e do açúcar de cevada, Goose. Por favor abra a porta. — Ele esperou que o capitão estivesse na sua frente. — O que há de novo?

— Estamos singrando o cabo Ann. Se não tivermos calmaria estaremos em poucas horas no porto de Boston.

— Então passamos Winicowett e a foz do Merrimac na escuridão da noite?

— Creio que sim.

— E qual é precisamente a nossa posição agora? — John Milton, na sua cegueira, visualizou todo o mapa da região, que tomou forma e volume em sua mente. Ele podia tocar cada baía ou costa, e a Nova Inglaterra repousava à sua frente como um adormecido pronto a despertar.

O capitão já conhecia essa sua habilidade.

— Estamos a 44 graus e 30 minutos de latitude norte, senhor.

— Então já passamos por metade de nossa Nova Álbion.* Mas o vento está mudando para o sudoeste, não está?

— Está, sim.

— Então certamente temos de nos manter perto de oeste-noroeste para seguirmos nosso caminho?

— Beleza! — Goosequill apertou os joelhos por puro prazer diante da sagacidade de Milton. Havia momentos em que ficava convencido de que o companheiro ainda podia ver.

— Dei precisamente essas ordens. O senhor tem instinto marítimo, Sr. Milton.

Depois que o capitão deixou-os e voltou para o convés, Milton esfregou brutalmente os olhos.

— Marítimo — murmurou. — Tempo marítimo. Tempo de Maria.

— Senhor?

— Eu estava tocando os sinos da linguagem. Se não me engano, haverá muitos carrilhões soando nessa terra. Soam muito

---

*Álbion é a antiga denominação grega para a Inglaterra. (*N. do T.*)

melhor do que nossas notas tristes e desafinadas. Entretanto, essa ainda será nossa língua depois que viajamos tanto?

— Eu ainda consigo entendê-la, senhor, exceto quando fala em rimas ou enigmas.

— Mas pense na terrível vastidão que atravessamos. Novecentas léguas.

— Escuras e profundas.

— Aquelas ondas escuras e cerradas. Alçando-se e se abrindo para nos devorar.

— Devemos ser muito indigestos. Fomos cuspidos bem rápido.

— A mente também tem seus oceanos, Goosequill. Ela tem seus golfos e suas correntes. Você me diz frequentemente que o mar é dócil e temperado, mas tenho minha própria visão de que alcança as maiores altitudes e as mais remotas profundezas...

Goosequill falou pomposamente para o cego.

— Lixo das maiores altitudes.

— ...para trazer anjos ou demônios para os pensamentos dos homens.

Ficaram sentados em silêncio por alguns momentos, mascando a canela.

— Estou com frio — disse Milton. — Esta Boston é uma cidade bem fresca.

— Dizem que as ruas são calcetadas com seixos.

— *Quem* diz? — Ele não esperou por uma resposta. — Ela não tem paróquias, mas existem boas igrejas, onde seremos bem recebidos. Você acha que eu deveria apresentar a eles minha nova tradução dos Salmos?

— Seria uma oferta caridosa, senhor.

— Não que eu precise de apresentação ou recomendações.

— Claro que não.

— Não quero me vangloriar. E é melhor ser grande aqui, Goosequill, do que servir a homens cruéis em Londres.

O *Gabriel* mantivera seu curso, e, a estibordo, a multidão de viajantes observava as terras baixas de rochas, areais e vegetação selvagem. Nesta última semana de junho uma névoa cobria o mar, e a terra nova às vezes parecia tremer e desaparecer. Eles só conheciam a Inglaterra: quando a costa apareceu de novo foi como se seu próprio país emergisse das águas, renascido, tão vazio quanto puro, como havia sido antes que os druidas o subjugassem com sua mágica.

— Baía à frente! — Um membro da tripulação gritava e sua voz podia ser ouvida nos alojamentos de Milton. — Sondamos noventa e três braças.

Goosequill pegou o braço de Milton e, colocando a canela no bolso do casaco do mestre, guiou-o de volta ao convés.

— Aquele jovem no mastro tem um olho tão bom quanto o dos ciclopes — disse.

— Não empregue alusões clássicas. O que você vê?

— Penhascos brancos.

— Como os de Dover. Não é de admirar que nossos patriarcas soubessem que era nossa casa.

— Têm a forma de meia-lua, com dois braços abertos para nós. — Enquanto o navio se aproximava da costa, Goosequill se apoiou no corrimão do convés. — Há uma praia alta, senhor, mas muitos lugares de terras baixas. Vejo três rios, ou riachos, desaguando nas terras baixas.

— É a baía das nossas esperanças. — John Milton levantou os braços. — Benditos vós, oh, campos felizes! — Então uma sombra passou por seu rosto e ele pôs o dedo em sua face. — O que foi isso?

— Uma pequena nuvem. Uma pequena nuvem chegando para nos saudar.

— Vem do noroeste?

— Penso que pode ser.

— É negra?

— Cor de cinzas. Não. Parda como arenque em salmoura, com pintas de azul-escuro.

— Então acho que nosso bom capitão logo terá algo para nos dizer. Você sente de novo o vento?

— O senhor pressente antes que eu perceba, mestre. Ah, sim, está chegando.

— Um vento daquelas bandas é um mau presságio, Goosequill. É o arauto de uma tempestade.

— Arauto?

— Mensageiro. Pregoeiro. Primeiro na corrida. Tenho que ser seu instrutor, além de ser seu provedor?

— Se sou seus olhos, senhor, então o senhor certamente pode ser minhas palavras.

— Chega. Você sente o ar ficando mais frio? Este é um vento ciumento, Goose, frustrado, vagabundo.

O capitão Farrel já dava ordens a seus homens. Havia uma atividade generalizada em torno de Milton que fez com que ele girasse a cabeça ansioso, tentando ouvir cada grito e passos apressados. Os outros viajantes estavam todos reunidos no convés; os homens estavam de chapéu, e as mulheres apertavam os cadarços que prendiam seus chapéus enquanto o convés balançava e o cordame começava a bater na madeira. Um dos marinheiros começou a cantar uma rima tradicional sobre o mar agitado e todos que o ouviram sabiam que uma tempestade se aproximava. Mas ela chegou mais rápido até mesmo do que o capitão antecipara. Nuvens negras desceram do noroeste e, com elas, veio um vento frio tão forte que o *Gabriel* foi levado de novo para o mar. Milton agarrou-se ao corrimão e gritou para o garoto em face da ventania que os envolvia:

— Mais uma vez temos que nos entregar ao oceano tormentoso!

Entretanto, ele amava uma tempestade.

— Amarre-me à balaustrada. Deus brinca conosco como um menino com sementes de cereja. Ele sempre conduz o jogo!

Goosequill amarrou a corda na cintura de Milton e depois a prendeu no corrimão de madeira. O medo de seu mestre parecia ter se transformado em exaltação, e enquanto o vento e a chuva batiam em redor deles começou a cantar bem alto:

Assim, persegue-os com a tua tempestade
E amedronta-os com o teu vendaval.
Enche-lhes o rosto de ignomínia
Para que busquem seu nome, Senhor.
Sejam envergonhados e confundidos perpetuamente

— O senhor está encharcado até os ossos, mestre...

O Senhor encherá suas faces de vergonha.
E reconhecerão que só tu,
Cujo nome é Senhor,
És altíssimo sobre toda a terra.

Ele tinha uma voz forte e clara, que se ouvia facilmente entre as rajadas da tempestade. Estava cantando morte aos seus inimigos, mas, na realidade, tratava-se de sua tradução do Salmo 83, que completara antes de deixar Londres e guardara na memória. A chuva batia em seu rosto erguido e nos olhos abertos, enquanto o *Gabriel* era levado para o mar profundo. Sua capa de lona estava encharcada, os cabelos longos, colados à pele, e seu pescoço aparecia acima do colarinho molhado. Goosequill estava atrás, em pé, segurando os ombros de Milton com as mãos para evitar que o mestre fosse arremessado sobre o convés ou para as águas revoltas. E Milton continuava a cantar.

O capitão Farrel aproximou-se vacilante e gritou em seu rosto:

— Vá para baixo, senhor! Agora! Uma ventania forte está sobre nós e o mar começa a se agitar!

— Confio na minha providência, capitão. Não me apagarei como uma vela abafada.

Mas ele falava para o ar: o capitão já correra para longe, e logo estava gritando ordens à sua tripulação.

— Firme no timão! Puxem o navio à direita e endireitem as linhas de fundo para ver o que marcam, gire a ampulheta e observe o nível!

Suas palavras eram como enxames de abelhas e asas em torno de Milton, mas mesmo assim ele pôde ouvir a vela mais alta ser recolhida e a vela da popa baixada em homenagem à tempestade. Então ouviu-se o som de algo se rompendo ou quebrando — ele pensou que fosse o próprio navio, mas pelos gritos dos marinheiros percebeu que a vela principal estava se despedaçando com a ventania. Alguma coisa foi arrastada diante deles no convés e Goosequill deu um grito que poderia ser de alegria ou de terror.

— Aí vai nossa banheira — disse ele. — Era onde os peixes estavam salgando!

Um pequeno grupo de viajantes agora se lamentava e rezava em voz alta, enquanto três deles tentavam enfrentar o vento, protegidos da chuva por seus casacos. Um deles levava três ferraduras e, seguindo um costume do velho mundo, tentava pregá-las no convés como um talismã contra o mar violento. Goosequill observou achando engraçado, e descreveu a cena para o seu mestre.

— Eles deslizam como galinhas no gelo, senhor!

Milton manteve o rosto erguido enquanto falava.

— Eles parecem como os índios na preparação para a nossa aproximação. — Outro barril rolou perto dele. — O mar embrulhou mais do que seus estômagos. Embrulhou seus sentidos.

— Daqui a pouco estaremos rolando em nossas sepulturas aquáticas se não formos para dentro. Vamos, senhor, pela sua segurança.

Milton riu bem alto, e sua risada misturou-se aos elementos.

— Você está pronto para ser sacudido e apertado em nossa cabine saltitante?

— Estou.

— Então me desamarre. Esta tempestade bateu bem forte.

Os ventos de través arrastaram o *Gabriel* do seu curso, mas depois que ultrapassaram o cabo Cod a ventania amainou e a chuva diminuiu. Eles perderam a terra de vista, mas à noite o capitão Farrel consultou os mapas e as estrelas. Concluiu, corretamente, que haviam passado a grande ilha conhecida nos mapas pelos nomes de Nope, Capawock, Martha's Vineyard e Martins's Vineyard. Mas seriam agora empurrados na direção das rochas cinzentas e das pequenas ilhas, marcadas como uma característica traiçoeira da costa da Nova Inglaterra? À primeira luz do dia ele encontrou seu rumo: o *Gabriel* jogado pelo mar agitado estava a menos de meia légua de uma grande ilha montanhosa conhecida pelo capitão como Munisses ou Block Island.

— Ele planeja tomar o nosso rumo pela Block Island — Goosequill explicava a seu mestre —, e atracar em Petty ou algo parecido no Narrow...

— Pettaquamscutt. Narragansett. Nomes bárbaros. Mas não é uma praia desconhecida.

Andavam no convés superior, acima dos equipamentos quebrados e do mastro principal, que se mantinha em meio ao cordame e às velas esfarrapadas. Somente a vela principal permanecia intacta para se enfunar de vento e levá-los lentamente em direção à praia.

— Como um farrapo podre — disse Goosequill. — Nossa pequena casa desabou em redor de nós, senhor, com todas as suas travessas mostrando seu lado errado. Poderíamos ter vindo do fim do mundo.

— Seja menos poético, Goose. Não combina com você. — Subitamente ele ficou imóvel. — O que está se movendo perto de mim?

— Um rato?

— Não. Bem diferente. Olhe atrás de você. — Milton olhou, sem visão, na direção dos ombros do garoto.

Goosequill virou-se para o corrimão e depois tocou no braço do seu mestre.

— É uma ave — sussurrou. — Um pombo. Como os nossos pombos selvagens, mas com uma coloração mais viva.

— Ele se move?

— Está coçando o peito com o bico.

— É a primeira saudação da terra nova. Esse pássaro calmo sobrevoou as ondas tranquilas em nossa direção. Gostaria que tivesse algo no bico. Um ramo. Uma flor. Qualquer coisa. — Ele parou. — Agora ele está indo embora?

— Está voando para a terra. Oh, sim, agora outro se juntou a ele.

— Eles representam nossas esperanças, Goosequill. Enquanto os seguimos na direção da praia destinada.

O garoto observou as aves até que se afastaram. Depois, com um suspiro, virou-se para seu mestre.

— Quer que eu descreva as pequenas ilhas a estibordo?

— Elas são lindas?

— Oh, não, são desertas e abandonadas.

— Bom. Continue.

— Penhascos muito grandes de pedras negras. — Sempre tinha prazer em descrever paisagens tristes, assim como Milton. — Muito barro e areia escura. Rochas pontiagudas. Montanhas escalvadas. — Colocou a mão sobre os olhos para protegê-los do sol. — Estamos nos aproximando de uma com rochas de diversas cores. Existem amoreiras ou árvores parecidas brotando nas rochas. Eu me pergunto como podem crescer árvores em solo tão duro.

— Isto é como Deus o fez, Goosequill, quando criou o mundo.

— Bem, senhor, é bastante desolado.

— Sagrado, não desolado. Se não há rochas tão estéreis que nenhuma árvore pode crescer nelas, então não há terra tão miserável que não possa ser semeada. — Ele pensava que ainda podia ouvir o ruído das asas dos pássaros.

O imediato estava chamando os homens para as preces enquanto Milton falava. Naquele momento um vento fresco soprou e enfunou a vela estendida no mastro; o navio tremeu e começou a se inclinar em direção noroeste para as pequenas ilhas que Goosequill havia descrito. Sua estrutura estalava tão ruidosamente que quase não se ouviam as preces dos marinheiros. "Oh, Eterno Deus, que criaste o céu e comandas a fúria dos mares. Que controlas a magnitude das águas sem limites até que o dia e a noite tenham fim..."

— Escute — disse Milton. — Está ouvindo o movimento da madeira? O navio está cantando. É uma canção para os anjos que nos guiam.

De fato parecia um vento afortunado. Embora não pudesse manter o curso que o capitão havia antecipado, o *Gabriel* foi levado além da ilha Block sem colidir com nenhum baixio ou rochedo que existe naquelas águas. O capitão Farrel veio para perto de Milton depois que as orações terminaram.

— Que Deus seja louvado — disse. Atracaremos em segurança perto de Sakonnet Point sem muitos arranhões ou estragos entre as rochas. O senhor terá a honra de ser o primeiro a pisar em terra firme ao sair deste navio.

Aproaram então na direção da praia, com os outros passageiros dando graças em voz alta ao Senhor como se estivessem reunidos num culto religioso. Milton ficou na popa com Goosequill, pois dissera que queria encarar a Inglaterra no momento de sua salvação do mar e sua chegada à terra nova. Os demais estavam amontoados entre o centro do convés e a cabine de comando, onde sentiram a força do vento inclemente e ruidoso que mais uma vez mudou de direção; o navio girou em direção noroeste e derivou para uma parte mais desolada da praia. O piloto e o capitão viram o perigo. A força daquele vento os estava levando para perto das rochas semissubmersas. Farrel gritou para que a tripulação girasse a vela dianteira e lançasse mais uma âncora. Mas a âncora não conseguiu prender-se ao fundo.

— A âncora está se arrastando! — gritou um dos marinheiros. — O navio está à deriva.

— Dê mais corda!

— Não tem mais!

O *Gabriel* mergulhou para a frente e aqueles que viram as rochas adiante imploraram a seu Deus para os salvar antes que o navio fosse completamente esmagado e despedaçado. Milton ouviu as preces e lamentos, mas seus olhos sem visão estavam fixados na direção da Inglaterra.

— Acho — disse ele calmamente — que estamos num terrível infortúnio. Sinto que corremos perigo de naufragar.

Podia ouvir os mugidos dos bodes e do gado no porão, misturados aos gritos das crianças e ao barulho das águas turbulentas. Fechou momentaneamente suas pálpebras e parecia experimentar uma escuridão mais profunda. Estendeu a mão para pegar o braço de Goosequill e se aprumar no convés movediço, mas havia apenas o ar. Ele caiu, desequilibrado por um baque inesperado do navio e pelo próprio sentimento de abandono. Um momento depois sentiu Goosequill tentando levantá-lo.

— Olhei para a praia! — Goosequill gritou para ele na ventania desesperada. — Estamos sendo lançados contra uma grande rocha.

— Encomende-se a Deus! — gritou Milton de volta, mas suas palavras se perderam no estrondo de um grande ruído de rompimento e quebradeira.

O *Gabriel* fora levantado pelas vagas entre duas rochas. Parecia pendurado ali sobre as águas por um momento, mas então, com um grande suspiro, parou sobre uma pedra aguda e foi batido pelas águas ao redor. A água jorrou pela torre engolfando a tripulação e os passageiros, enquanto Milton e Goosequill foram lançados no oceano por uma escotilha aberta. O cego arfou enquanto penetrava a espuma das águas, embora por um breve momento se liberasse de todos os gritos de terror e de confusão em torno. Ele foi alçado à superfície por um instante, sua boca ainda aberta para o céu, mas foi mais uma vez puxado para baixo. Recebeu um golpe rude de um detrito de madeira do navio afundado e foi atingido de lado por um barril que rolara do convés; mas não sentiu dor. Nesse momento extremo, como um sonho de terror, estava cercado de palavras, bem como de água; as frases se batiam dentro de sua cabeça até quando começou a afundar e pôde ouvir "a força vigorosa", "rolando engolfado pelo sorvedouro vigoroso", e "para sempre submerso neste oceano fervente". Por que fogo e água se misturavam tão estranhamente? Não poderia ter gritado alto, pois estava sob o mar revolto, mas podia ouvir distintamente a pergunta formulada enquanto afundava.

Foi puxado para cima por alguma onda gigantesca e jogado contra uma das rochas; foi lançado numa gruta ou numa fenda e sentiu a pressão da pedra contra o corpo ferido. Estendeu os braços exaustos e sentiu que seus dedos agarravam uma fissura onde podia se segurar. Agarrou-se ferozmente a ela com todas as suas forças, mas começou a cair de novo no mar. Estava debaixo d'água quando sentiu os braços de Goosequill puxando-o para cima. O garoto estava agarrado a um pedaço de mastro partido, com mais ou menos 2 metros de comprimento, e conseguiu puxar seu mestre para fora. Tentou desesperadamente manobrar o destroço para a terra, mas este balançava com as ondas. Foram de novo cobertos pelas águas e, para John Milton, pendurado na madeira, não havia mais tempo nem movimento. Estava suspenso entre dois mundos, e sentiu uma quietude plena dominá-lo.

"Deus do céu!", gritou Goosequill, enquanto uma onda levantava o mastro mais alto do que antes: eles ainda se agarraram, e subitamente o garoto sentiu a terra em seu pé esquerdo. Haviam sido lançados na praia, mas quando ele tentou se levantar as águas o derrubaram. Contudo estava deitado em águas rasas: voltou-se para Milton e o arrastou do mastro com seus braços. Agora estavam ambos deitados na rasante, e antes que outra onda os alcançasse, Goosequill arrastou o cego para a terra firme. "Ande ou se arraste, senhor!", gritou. "Este não é lugar para ficar." De algum modo, saíram da praia e conseguiram descansar no tronco de um pinheiro que havia sido lançado pela tempestade. Tremendo de frio, exaustos e muito machucados, eles choraram.

Três

— Aquilo foi o pior de tudo, é claro. Mas nossas aventuras começaram muito antes. Você já ouviu falar de Acton, Kate? O lugar mais delicioso que pode encontrar. Bem, aquilo foi o começo.

— Também não é em Londres? Uma vez você o mencionou como um bom lugar para carne de porco.

— Eles são criados lá, Kate. Não são comidos lá. Então eu vim andando da cidade na primavera, até que vi uma velha carroça rosnando e resmungando na minha frente. O brilho dos meus sapatos desaparecera, como você pode imaginar, então botei na minha cabeça que iria montar na traseira da carroça. Conhece aquele nosso provérbio londrino? Sente um pouco e ande uma milha. Bem, esses eram exatamente os meus pensamentos. Então eu montei nela num só pulo...

— Você me passa aquele lenço de linho, Goose? Lá. Agora estou ouvindo de novo. Não vou mais me mover.

— Então eu subi, e sem deixar o cocheiro me ver, sentei escondido como pude na cobertura de lona. Já estávamos andando juntos por algumas jardas como velhos amigos quando ouvi o ruído crocante de alguém mastigando. Alguém bocejou e havia um sabor aromático de queijo velho no ar. Então encostei minha orelha na lona e pude ouvir bem claro o som de uma refeição agradável sendo consumida. Conhece a história da dispensa da madame Alice? Vazia e nada dentro. Essa era a triste condição do meu estômago, então eu me belisquei para criar coragem e murmurei: "Sobrou alguma coisa?" Houve um pequeno suspiro baixo lá dentro, como o ar escapando de dentro de uma bexiga de couro, então eu sussurrei de novo: "Nem mesmo um pedacinho daquele bom queijo?" "Quem é você?" Era uma voz masculina, mas ele tremia como uma mulher tentando vender salmoura.

— O Sr. Milton às vezes treme. Eu seguro a mão dele até que se acalme de novo.

— Pode segurar minha mão agora, Kate? Assim?

— Volte para seu assento, Goose, ou nunca vou acabar de estender este pano. Seja um bom menino. Por favor.

— Então ele pergunta quem sou eu. "Quem sou, senhor? Um menino realmente pobre. Por favor não enfie a espada ou uma faca na lona." Ele ficou silencioso por um momento. "O que você deseja de mim, menino pobre?" "Como eu disse. Um pedacinho daquele bom queijo. Vai cair bem na minha barriga." "Então, um menino pobre de Londres." Ele tinha uma voz muito simpática e suave, agora que se acalmara. Como alguém que estivesse habituado a cantar.

— Oh, eu conheço canções dele, Goose. Ele as chama suas divagações. Mas o que é uma divagação? Nunca me atrevi a lhe perguntar.

— É um tipo de alimento. Como um doce. Então eu lhe disse honestamente que pertencia a uma longa linhagem de fabricantes de salsichas. "Em Tallboy Rents perto de Smithsfield, senhor. Saí do ventre de minha mãe como carne de porco de Andover." Ele sorriu e eu gostei dele. "Você é um corisco, estou vendo." "Desculpe-me, senhor, mas eu acho que não pode ver." Não sei por que disse isso, Kate. Eu falei assim. Você se lembra de quando eu lhe falei da minha irmã? Havia o mesmo tom na sua voz. Qual é a palavra para isso? Não tinha eco. "Como você sabe?" Seu tom desta vez era ríspido. "Minha irmã menor é cega, senhor. Eu costumava ser seu guia pelas ruas do mercado."

— Imagino como seja ela, Goose. Você agora está longe dela há dois anos. Oh, tenho pena dela, sem você para guiá-la.

— Crowcross Street. Turnmill Lane. Saffron Hill. Teria pena de mim também, Kate, se eu nunca mais a visse de novo. Posso ter sua graciosa permissão para voltar à minha história? O Sr. Milton estava quieto de novo sob a lona. Eu pensei comigo: este cavalheiro é mais silencioso do que meu gato morto. "Já está escuro?", disse ele finalmente. "Quase tão escuro como a bunda de um mouro negro." "Então é melhor você entrar, menino pobre. Tenho pão e queijo." Então eu desamarrei o nó da ponta da lona e me enfiei naquele fardo de palha quente. Ele estava acomodado num canto da carroça, com um pedaço de queijo na mão e um canivete prateado na outra. Seus cabelos eram longos e cacheados, como os de um rei, e o rosto, tão requintado quanto o de uma menina. Não tão meigo como o seu, Kate, é claro. Ele não tinha olhos negros penetrantes, ou um nariz pequeno e magro, ou lábios delicados. Posso?

— Não, Goosequill, agora não. Você acordará a criança e então terá que falar mais macio para acalmá-la.

— Eu sei. O Sr. Milton também tinha um tipo agradável de cheiro. Mistura de leite de amêndoas e passas. "Aqui", disse ele. "Pegue e coma". Ele cortou um pedaço do queijo e jogou com precisão na minha direção. O queijo desceu para o meu estômago tão rápido como uma enguia num canal, e depois ele me jogou mais algum.

"'Desculpe, senhor, mas eu posso pegar minha comida, com sua licença. Não sou um urso do Paris Garden.'

"Ele riu disso e eu gostei mais dele. 'Fale mais de sua irmã. Ela nasceu cega?'

"'Oh, de fato não. Ela podia ver como qualquer pessoa quando era pequena, até ser escaldada por uma frigideira com gordura fervente. Disseram que cozinhou os olhos dela.'

"'Pobre menina.'

"'Mas ela recuperou seu bom humor, pois era uma criança.'

"'É mesmo.' Ele nada disse por um momento e eu ia pedir pelo pedaço prometido de pão quando ele começou de novo: 'Estou cego há oito anos.'

"'Lamento ouvir isto, senhor. Foi gordura quente ou uma flecha, ou outra coisa?'

"'Sim. Uma flecha de Deus.' Ele se recostou na lateral da carroça e eu podia ouvir seus dedos tocando inquietos a palha ao redor. 'Ao grande evangelista foi ordenado comer o livro do Apocalipse, pois desse modo poderia possuir o dom da profecia, mas mesmo assim ficou um gosto amargo em sua boca.'

"'Não entendi uma palavra, mas, como se diz, é melhor falar do que peidar. 'Conheço tudo sobre livros, senhor', disse eu. 'Eu costumava ler para minha irmã.'

"'Você sabe ler?'

"'Oh, sim. Aprendi na minha cartilha tão rápido como qualquer outro garoto em Smithfield.'

"'Você escreve?'

"'Com uma letra bem legível. Fui aprendiz de escriba em Ladenhall.'

"'Meu pai era escriba.' Eu devo ter tossido ou hesitado, pois ele girou a cabeça na minha direção. 'Posso dizer, por sua voz, que você não completou o seu curso.'

"'Eu pareço muito jovem?'

"'Muito, muito jovem. Mas um garoto não tem permissão de deixar seu mestre ou abandonar sua ocupação. Um garoto nesta condição vai parar diante das autoridades.' Ele parecia estar olhando para mim. 'É por isso que está fugindo de Londres?'

32

"'Bem, senhor, vou contar em duas palavras...'

"'Não. Não diga nada. Venha sentar-se perto de mim.' Então eu deslizei para o seu lado e logo ele colocou as mãos em meu rosto. 'Nariz achatado. Boca grande. Um garoto de Smithfield.'

"'Minhas orelhas são o melhor da minha cara, senhor. Elas se fecham na brisa.'

"'Mas você tem um rosto honesto. Um rosto como uma bênção. Agora, como vamos chamar você?' Ele ainda estava passando os dedos em mim como um oleiro, e eu imaginei que um prato novo deveria ter um nome novo. Ele tocava a minha cabeça. 'O que é isto, parece uma pena de ave.'

"'É meu cabelo, senhor. Uma parte do meu cabelo está sempre arrepiada, por mais que eu a escove.'

"'Goosequill.'*

"'O que quer dizer?'

"'Seu nome. Você tem uma pena na cabeça e pode usar uma na sua mão. Você disse que pode escrever, não foi?'

"'Posso usar uma pena como uma espada, senhor.'

"'E eu lhe digo, Goosequill. Uma pena pode fazer os homens sangrarem com a mesma facilidade. Sabe o que estou falando?'

"'Não senhor, não sei.' Fiquei tão contente com meu novo nome que nem tive tempo de pensar.

"'Eu sou John Milton.'

"'O senhor é um escriba, como seu pai? Havia uma Sarah Milton em Saffron Hill, que costumava ferver pele de animais para fazer espermacete.' Seus olhos estavam bem abertos, como os de uma lebre. 'Mas sem dúvida ela pertence a uma classe inferior para o senhor. Uma criatura terrível.'

"'Então eu sou um completo estranho para você?'

---

*Goose quill, em inglês, pena de ganso. (N. do T.)

"'Peço licença para concordar, senhor. Não sei mais do senhor do que sei do velho da Antuérpia que comeu os próprios pés. Já ouviu falar do caso?'

"'Então você me dará a honra de um cumprimento agora?' Ele estava sorrindo. 'Sua mão, por favor, Goosequill.'

"'Aqui está senhor", disse eu. 'Faça com ela o que quiser.'

"Você já notou a magreza das mãos do Sr. Milton, Kate? É claro que sim. Mas ele apertou minha mão calorosamente. 'Não posso lhe oferecer mais um pedaço de queijo', disse ele. 'Estamos reduzidos à casca. Por que você está rindo, Goosequill?'

"'Eu estava pensando que é um modo estranho de se encontrar. Sob a lona de uma velha carroça.' Não precisei acrescentar 'Por que um cego, e cavalheiro, está fugindo de Londres neste disfarce?,' pois ele já percebera meus pensamentos.

"'Há uma história que eu poderia contar para você, Goosequill, tão melancólica como qualquer conto de cavalaria errante...' Sabe que quando olho para a lareira, Kate, posso ver tudo de novo na minha frente? Olhe comigo para os troncos ardentes e observe. Escute o murmurar da lenha. A escuridão da carroça, o barulho das rodas na estrada, os olhos cegos do Sr. Milton e os solavancos suaves. Quando subitamente houve um terrível sobressalto.

— Goose, você me assustou!

— Perdão, perdão. Mas eu queria despertar seu interesse. Houve tantos trancos e balanços que estávamos rolando um por cima do outro na palha. Eu podia ouvir o cocheiro praguejando como uma mulher da vida de Southwark, mas o Sr. Milton conseguiu conservar uma atitude de severidade.

"'Acho, senhor', disse eu, 'que a carroça virou.'

"'Muito possível. Por favor, olhe do lado de fora e confirme a nossa triste situação.' Mas não era preciso: naquele minuto o cocheiro deu a volta e desamarrou a coberta clamando pela

Virgem e por todos os santos. 'Tampe seus ouvidos, Goosequill, ele é muito profano. O que acontece, Sr. Welkin, para o senhor invocar os velhos ídolos?'

"Esse Welkin era gordo e adiposo como um porco velho cevado. 'Caímos num buraco grande como um poço, Sr. Milton. Os cavalos nada sofreram, mas uma das rodas se partiu como um biscoito. Mãe de Deus, quem é você?' Eu estava agachado na palha, pequeno como um ovo, mas ele me viu.

"'É meu novo companheiro, Sr. Welkin. Ele viaja conosco.'

"'Nenhum de nós viajará mais um centímetro, senhor, a menos que consigamos sair deste poço e uma roda nova seja colocada.'

"Era uma grande noite calma de luar e eu ajudei o Sr. Milton a sair da carroça para saborear o ar. Ele inspirou como um animal caçador de trufas. 'Há um odor de bestas e de humanidade em algum lugar a oeste.' Isso me deixou admirado, pois não se via nada.

"'Aquela cidade deve ser Kingclere. A um quilômetro e meio de distância.' O cocheiro tirara seu chapéu e tomava medidas contra a lua. 'Estávamos indo na sua direção.'

"'Conte os buracos no seu chapéu, Sr. Welkin', disse eu, 'e espere por mim aqui.' Eu arquitetara um plano enquanto estava ali e corri tão rápido quando podia. Kingclere era um lugar pequeno e logo eu me fiz ouvir. 'Socorro, bons cidadãos da vila', gritei. 'Socorro, bons fazendeiros.'

— Sente-se Goosequill. Você vai cair em cima do tamborete.

— Então eu gritei mais alto. "Pelo amor de Deus, ajudem outros e ajudem a si mesmos!" Eles ouviram meus gritos, cheirando a esterco e poeira, e lhes expliquei que estava transportando um cirurgião de Londres, um curandeiro, um homem de milagres. Ele estava viajando para Bristol para curar um ataque de maleita por lá, antes que, eu disse a eles, "ela venha à noite sobre as vossas camas." É claro que temiam mais o avanço de um contágio do que seus gansos temiam uma raposa, e me trouxeram carroças antes que eu tivesse tempo de beber sua cerveja. "Leve a bebida consigo', disseram, "se ela agrada seu santo." Realmente o santo ficou satisfeito, e eu os levei alegremente até a carroça tombada. "Não diga nada", murmurei para o Sr. Milton. "Está tudo resolvido." Logo estávamos novamente prontos, mas era tarde para viajar. Sentamo-nos em torno da fogueira que Welkin acendera com alguma lenha, comendo o pão e bebendo a cerveja que os habitantes do vilarejo deixaram para nós. Contei ao Sr. Milton sobre sua nova fama como cirurgião e ele murmurou alguma coisa. "O que foi, senhor?"

"'Sua esperteza é rápida como seus pés, estou vendo.'

"'Sou sutil como um filósofo, senhor. Também conheço a arte de ficar quieto e assobiar.'

"'Então assobie alguma coisa.'

"'Eu conhecia o refrão de *London Violets* e ele balançou a cabeça no ritmo da música.'"

— Você conhece, Kate? Bem, eu cantarei para você esta noite na cama.

— Chega de bobagens, Goose.

— Na manhã seguinte acordei à primeira luz da aurora, quando Welkin arreava os cavalos. O Sr. Milton estava se limpando com um lenço de linho. "Venha, Piers Welkin." Ele chamou depois que havia terminado. "Suas orações, por favor." Ele olhou em minha direção. "Goosequill pode se unir a nós, se ele desejar." Então eu me ajoelhei com eles no chão macio e ele começou a murmurar rapidamente. "Levar-vos-ei ao deserto dos povos e ali entrarei em juízo convosco, face a face... Ezequiel, capítulo 20, versículo 35, Sr. Welkin..." Ele parou e subitamente recomeçou. "E nós, em toda humildade nos prepararemos para as grandes e sangrentas batalhas de Gog e Magog,* rios de sangue até as bridas dos cavalos, sim, até o sangue daqueles que beberam sangue por tanto tempo. Você sabe como ele pode ser arrebatado quando se exalta? Que trabalhos maravilhosos estão agora para ser realizados!"

— Ele parece com meu tio em Barnstaple, Goose, que vende suas galinhas no mercado. "Galinhas e aves! Galinhas deliciosas e aves apetitosas!"

— Ele interrompeu abruptamente suas orações, então eu gritei "Amém!" Welkin olhou para mim como se eu tivesse peidado, então acrescentei: "Louvado seja!"

"'Da boca dos inocentes, querido Senhor', disse Milton 'vêm as palavras mais sagradas.'

"Foi tudo muito satisfatório e logo já estávamos a caminho mais uma vez. Ele perguntou a Welkin se vira alguém nos seguindo, mas não havia nem uma formiga na estrada atrás de nós. Então nos sentamos na carroça e fomos seguindo com facilidade. É claro que eu estava curioso, Kate, a respeito da estranha viagem do cego, e finalmente botei isso para fora. 'Por que o senhor procura se esconder?'

"'Por que eu procuro o abrigo da noite e da escuridão, Goosequill?'

"'Não, senhor. Por que o senhor cobre a carroça?'

"'Basta dizer que eu deixo a Inglaterra para salvar a Inglaterra.'

"'Isto é boa notícia.'

"'Eu deixo a Inglaterra para rezar pela Inglaterra. Deixo-a para ser uma testemunha pela Inglaterra. Deixo-a para *ser* a Inglaterra.'

"'Esta seria uma tarefa para espantar o mago Merlin, senhor.'

---

*Personagens satânicos lendários citados nas Bíblias hebraica e cristã. Na tradição popular inglesa são representados por dois gigantes protetores da cidade. (*N. do T.*)

"'Não precisamos de magos ou fadas, Goosequill. A Providência é meu guia.'

"'Disseram-me que a Providência é pouco generosa.' Eu sabia o que queria dizer, Kate, então falei logo. 'O senhor precisa de uma companhia com mais carne e osso.'

"'O que você quer dizer?'

"'Eu, senhor.'

"'Você me guiaria como uma vez guiou sua irmã?'

"'Tenho orgulho de responder sem pensar, senhor.'

"'Então você escreverá o que eu ditar. Cartas. Histórias. Proclamações.'

"'E orações, espero?'

"'Orações serão também muito frequentes. E, em retribuição, posso lhe prometer isto, Goosequill: 'Eu o recompensarei com a imortalidade.' Gosto de palavras elaboradas, como você sabe, mas elas não podem ser cozidas e comidas."

— Acho que você poderia viver das suas palavras, Goose, você as prepara e enfeita tão carinhosamente.

— Obrigado, Kate. Tirou as palavras da minha boca. "Muita bondade sua", disse a ele. "Mas, enquanto isso, como é que vou viver?"

"'Deus proverá.'

"'Então espero que Deus se lembre de mim. Senão eu vou ficar bem magro.'

"'Sem impiedades, por favor. Vivemos em tempos sacros. Ele nos observa e nos protege sempre.' Então, com um sorriso, ele sacou uma bolsa de couro e a sacudiu. 'Você não morrerá de fome como os seguidores do infiel Abyron.' Alguma coisa com um 'on' no fim. Poderia ter sido *Babylon*? Ou *London*? 'Tenho moeda bastante para nos levar ao outro lado.'

"'E que lado poderia ser, senhor? Céu ou inferno?'

"'Sua língua é afiada o bastante para cortar seus próprios

dentes, Goose. Estamos indo para bem longe no Oeste, no oceano, onde encontraremos morada permanente.' A carroça passou por um buraco e ambos saltamos. 'Estamos viajando para uma terra de refúgio e uma mansão de liberdade. Encontraremos uma nação de sábios, de profetas, de notáveis. Estou impaciente para beijar aquele solo abençoado.'

"'Parece mais um lugar úmido, senhor. Ele já tem um nome?'

"'Sião. O jardim de Cristo.' Havia uma gota de suor na testa dele e eu a enxuguei. 'A nova Canaã. A terra prometida.'

"'Agora estou completamente perdido. Não consigo encontrar meu Norte e meu Sul no seu mundo.'

"'É o novo mundo, Goosequill. É a Nova Inglaterra. Nossa última e mais recente terra. Sr. Welkin, estugue os cavalos!'

"Nosso destino não era para ser Bristol, afinal, mas Barnstaple. Perto de sua antiga casa, Kate."

— Não quero pensar nisso, Goose. Mas, sinto falta de Hannaford. Ainda sonho com ela. Nossa vida em Nova Milton é diferente de tudo que eu conhecia antes. E agora que o Sr. Milton desapareceu...

— Acalme-se, Kate. Tudo vai ficar bem. Basta ficar olhando para a lareira enquanto conto minha história. Então eu perguntei a ele por que estávamos viajando para o Oeste. Ele disse que lá estavam amigos que o protegeriam. "Proteger de quê?" Perguntei. "Dos homens maus", disse ele. "Uma raça perversa de idólatras." "Oh, meu Deus", disse eu, "como os conheceremos?" "Vermes", disse ele. "Parecem chumbinhos adornados finamente." "Então uma tarefa fácil, mestre. Tenho que procurar por uma minhoca com cabelo oleoso enfeitada com um broche de esmeralda." Chegamos à nossa antiga vizinhança dois dias depois, mas ele decidiu ficar fora de Barnstaple para o caso, disse, de haver espiões ou informantes corruptos. É claro que eu estava começando a aprender alguma coisa de sua história e dos riscos que corria. Ele lhe falou de Cromwell e os demais a quem serviu, Kate, mas pode não ter mencionado que estava sendo procurado. O novo rei restaurado seria mais amigo de belzebu do que de John Milton. Então esperamos até anoitecer para entrar na cidade.

— Você vem bem de longe em Swimbridge, não é?

— Esse era mesmo o lugar.

— É onde minha mãe morreu de febre. Vocês pegaram o caminho do grande celeiro ou a pequena trilha ao lado do rio?

— Oh, Kate, para mim era a mesma coisa. Conheço a diferença entre East Cheap e Golden Lane, mas grama é grama. O velho furão Welkin havia ido antes de nós para pedir a ajuda dos irmãos, como ele os chamava. Então, quando chegamos àquela igreja no meio da cidade, fomos recebidos por dois cavalheiros rústicos que nos beijaram no rosto, à maneira das pessoas do campo. Você pode me mostrar de novo como se faz, Kate? Não? "Deus seja louvado", murmurou um deles. Era um sujeito com cara de bobo, com costeletas tão longas que davam para se misturar com os cadarços dos sapatos. "Isso é ainda a era dos santos!"

"'Confio que sim', o Sr. Milton sussurrou de volta. 'Mostrem o caminho.' Levaram-nos para uma viela de casas modestas ali perto e quando entramos numa sala cheia de seus amigos devonianos ele se encolheu consideravelmente. Puxei seu braço pela força do hábito, desde que ele começara a se queixar de rigidez, dores e calafrios, mas ele educadamente me moveu para o lado. 'Estou agora com o povo de Deus', disse ele em voz alta. 'Eles me darão sua própria força e segurança.' Havia nove deles reunidos para recebê-lo, e eles disseram 'Louvado seja!' e 'Graças ao Senhor' tão piedosamente como se estivessem na igreja de São Paulo. Então houve um pouco de tosse e um pouco de arrumação de roupas, enquanto esperavam dele algumas rápidas palavras abençoadas. 'Oh, vós, pedras espalhadas', disse ele, 'dispersas da destruição do campo de Cristo. Oh, ovelhas desgarradas cercadas de perigos. Em que dias maus estais.' Isso fez com que uma velha senhora começasse a chorar e eu vi o nariz do Sr. Milton tremer quando ele sentiu o cheiro das suas lágrimas.

— Imite de novo a voz dele, Goose. É como se ele estivesse neste quarto.

— "Sei muito bem que logo seremos perseguidos, como Davi foi perseguido por Saul e seus aduladores. Sei que seremos oprimidos barbaramente e ridicularizados cruelmente. Mas não podemos prestar nossa obediência a qualquer rei terreno ou viver no reino do anticristo. Nós servimos somente ao Rei dos Reis, que não está sentado em Whitehall ou em Richmond, mas no templo do céu!" Então todos começaram a murmurar. Eu pensei que eles estavam pranteando, mas eles estavam rezando. "Vossas vozes para mim são como o rumor do mar. O que me traz à mente que alguns de vós sereis meus companheiros na viagem para a terra nova. Zarparemos no oceano cujas águas lavarão mil lágrimas. O jugo de ferro da conformidade não deixará marcas de escravidão em nosso pescoço. Verdadeiramente não. Iremos embarcar no serviço de Cristo no mundo do Oeste. Oh, que passagem ilustre isto é!" Eu pensei que realmente fosse uma passagem ilustre. Nunca ouvira tantas palavras juntas assim. "Longo é o caminho, e árduo, mas me lembro dos homens que abandonaram toda a grandeza no Egito e decidiram por uma viagem difícil pelo deserto, pois seus olhos estavam fixados numa recompensa incorruptível. Oh, vamos arar e cultivar!" Então comecei a me maravilhar diante dele. Ele podia encenar melhor do que um acrobata de rua ou menestrel que eu houvesse visto. Era um ato de formosura, Kate. Foi delicioso.

"Na manhã seguinte ele acordou nevoado e veloz como um serelepe. 'Precisamos cuidar de nossas provisões', disse depois de terminar de rezar ao lado da janela da casa onde se alojava. Ela dava para uma pequena leiteria bem cuidada, com sua própria vaca.

— Conheço aquela leiteria. A vaca se chama Jane.

— Você deve dar as notícias ao Sr. Milton. "Não se pode cruzar 900 léguas de oceano com a despensa vazia." Disse-me ele.

"'Isso é verdade, senhor. Não é uma vala para ser saltada com um bastão.'

"'Você não pode saltar, Goosequill, mas pode escrever. Você pode olhar antes de saltar, mas eu não posso olhar antes de escrever. É por isso que deve usar minha pena, e não seus pés.' Ele estava de tão bom humor que poderia ficar tagarelando para sempre, mas eu tossi educadamente. 'O que é agora?'

"'O senhor está expressando o desejo de que eu faça uma lista?'

"'Desejo. Lista. Sim. Escreva. Bife. Pão e ervilhas. Os irmãos recomendaram farinha de aveia?'

"'Eles recomendaram, senhor. Eu também recomendo cerveja.'

"'Um pequeno barril, nada mais.' Meneei a cabeça, mas não disse nada. 'Mostarda e vinagre para a nossa carne. Pernil de carneiro. Devem ser cozidos e embalados com manteiga em potes de barro.'

"'Não temos potes.'

"'O Senhor proverá.'

"'Em Barnstaple?'

"'É uma cidade temente a Deus. Mas, se for necessário, leve algumas moedas ao mercado de cestas. Precisaremos também de queijo, mel e biscoito.'

"'Levamos aguardente? É algo confortável para o estômago.'

"'Mas não para a cabeça e a língua, Goosequill. Você está muito à frente. Você me distraiu.' Eu podia ver que seus olhos se moviam rápido. Desse jeito.

— Oh, Goose, não faça isso. É horrível.

— "Temos que levar em nossa própria mala", disse-me ele, "algum gengibre e conserva de rosas. Precisamos de ameixas e absinto. Noz-moscada e canela, e suco de limão."

"'E o suco de alguns bons destilados ingleses, senhor?'

"'Nós já temos esses.'

"'Estava pensando em algo mais forte.'

"'Goosequill. Venha cá.' Pousei minha pena e, como já conhecia um pouco do seu humor variável, me aproximei cautelosamente. Ele se levantou de sua cadeira e com pontaria perfeita me deu um tabefe na face direita. 'Agora escreva mingau de aveia e farinha fina.'

"Então chegou o dia do embarque. Podíamos ouvir as ovelhas e o gado no porão, mas nosso mestre ficou em seu pequeno camarote. Ele estava agachado em sua cadeira, suspirando. 'É quase tarde', disse eu tão gentilmente quanto podia. Os mugidos e lamentações dos animais tornaram-se muito altos. 'Nossos colegas viajantes estão se congregando pelo porto.' Ainda assim ele não se movia. 'Sr. Milton, está na hora.'

"Toquei seu ombro e ele se levantou subitamente, como se houvesse sido intimado. 'Um tempo difícil. Partir do meu próprio querido país e armar uma tenda no deserto.' Ele estava prestes a dizer alguma coisa, mas se conteve. 'Bem. Nada mais. Vamos juntos em frente.'

"Caminhamos para o cais por uma viela que ia das casas modestas até o porto. 'Cuidado onde pisa', disse eu, 'lama de Devon na frente.' Desculpe, Kate, mas vocês têm lama em Devon.

"'Quero ser guiado, Goosequill, não ficar surdo.'

"'Muito bem, senhor. Pedras redondas do seu lado', sussurrei quando chegamos na esquina. 'Se me permite mencioná-las. Oh, ali está o navio. O *Gabriel*.' E o mar estava ali, Kate, que eu não conhecia. Quão largo e profundo eu não podia dizer, mas sabia que dentro dele em algum lugar se escondiam gigantes e dragões. Então era uma vista agradável. Kate?"

— Estava pensando no dia em que embarcamos em nosso navio. Foi alguns meses antes de você, Goose, no outono. Meu querido e velho pai chorava tanto que não pude olhar para ele, então eu desci para o convés e abracei Jane tão forte que ela começou a chorar. Era um mundo de lágrimas. Bem. Continue, Goose. Conte o que aconteceu depois. Alegre-me.

— Não havia muito do que se alegrar desta vez, Kate. "É um navio de grande costado", disse o Sr. Milton quando embarcamos. "Posso ouvi-lo em torno de mim."

"'Bem grande, senhor. Não nos padrões de Londres, é claro, mas muito largo.'

"'Trezentas toneladas.' Alguém começara a falar conosco sem se apresentar. 'Quarenta marinheiros. Vinte peças de artilharia.'

"'E quem será o senhor?' Milton falou de modo cortês.

"'Daniel Farrel, senhor, capitão do *Gabriel*.' Farrel de nome, pensei, e de natureza, barril. Era todo endurecido e calejado e eu suspeitava que havia uma grande quantidade de cerveja dentro dele.

"'Quantos viajam conosco, meu bom capitão?'

"'Cento e vinte almas, Sr. Milton. No manifesto os chamamos de agricultores, caso sejamos abordados nestas águas, mas são todos irmãos.'

"Enquanto falávamos eles embarcavam, com muito barulho e caos, como você lembra. Seus gritos, carrinhos, escadas, ancinhos, baús, carros, lanternas estavam todos amontoados sob o convés. Uma velhinha de Barnstaple estava debruçada em seu vizinho: 'Um bom navio, sem fechaduras ou escadas!' O Sr. Milton virou a cabeça na direção dela e, oh, ela se encolheu assustada. Nada como o olhar de um cego para chamar a atenção. Os abençoados irmãos estavam todos entrando no *Gabriel* com suas facas e panelas, seus tapetes e cobertores, seus sacos de sal e seus fardos de milho. Mas não era a arca de Noé, Kate, não com alguns chorando e outros parecendo tão perdidos como os cães de Shrovetide. Eles vestiam casacos de lona para se proteger do piche e, assim, pareciam mais melancólicos. Havia um curtidor, que tínhamos encontrado na casa onde pernoitávamos, que marchou pela prancha de entrada cantando 'Jesus meu Rei'; mas sua voz se calou quando foi abafada pelos mugidos do gado no porão. Um jovem estava empurrando a mulher num carrinho, enquanto um tipo que parecia carpinteiro tentava puxar o filho. Era tudo lamentável, Kate, e eu não via nenhuma alegria. Gostaria que você estivesse comigo naquela viagem. Assim seria mais agradável.

"O capitão Farrel voltou para perto de nós e insistiu que subíssemos a bordo. 'Fique confortável, Sr. Milton.' Ele bebera mais cerveja e estava ligeiramente estourando pelas costuras. 'Não há nada a temer.'

"'Sei disso, bom capitão. A mão de Deus nos embala. Ele estará conosco dia e noite.'

"Ele não estava conosco naquela noite particular, infelizmente. Zarpamos na terceira vigília, com um vento forte nos levando para o mar, quando uma onda inesperada vinda do Sul se voltou contra nós. Fomos então forçados a nos abrigar em Milford Haven, que é, minha querida esposa, no país de Gales. Quando eu disse ao Sr. Milton, ele começou a tamborilar as mãos na pequena mesa em nossa cabine. 'Viemos então a Pembrokeshire. Distância de 22 quilômetros.'

"'Verdade?'

"'Eu jamais menti?' Ele se esticou e me agarrou. *'Quaestio haec nascitur unde tibi?'*"

— O que foi isso, Goose?

— Era latim.

— O que quer dizer?

— Significa 'O que você está questionando?'.

"'Estou pensando', repliquei, 'em algum pequeno divertimento para passar o tempo.'

"'Ah', disse ele. 'Quase me esqueci de lhe dizer.' Apanhou sua maleta pessoal e, tateando delicadamente no seu modo costumeiro, pegou um pequeno livro encadernado de couro branco de bezerro. Eu conhecia o couro de Smithfield. 'Esta', disse ele, 'é nossa crônica marítima.'

"'Senhor?'

"'Nosso diário de bordo. Viajaremos por um oceano, Goosequill. Mas atravessaremos também as mentes dos homens...' Houve um movimento súbito do navio e ele levantou a cabeça no ar. 'Um vento forte nos leva. Você está ouvindo? É o sopro de Deus testando se o nosso lastro é justo e se nossas cordas são fortes.

"'Mas, ouça, senhor. Algo mais. Os marinheiros estão suspendendo a âncora. Estamos velejando de novo.'

"'De novo sobre o oceano. Perdido e selvagem. Faz o nosso coração bater mais rápido.'

"'Sim, senhor. Mas de excitação ou de temor?'"

Quatro

Dois de abril de 1660. Um mar revolto, uma multidão de pessoas vomitando as tripas. "Temos que esperar", disse meu reverendo mestre, "uma perturbação perpétua nesta nossa negra viagem. Passe-me aquele gengibre." Ele mascou um pouco e depois cuspiu na mão. Depois o colocou no bolso do casaco de lã. "Lembre-se de que estamos cruzando profundidades imensuráveis e inquietas." O navio balançava tanto que éramos lançados em todas as direções em nossa cabine, e ele se agarrou em mim para evitar cair de costas. "Mas então temos que conceder, Goosequill, que neste mundo caído todas as coisas misturadas e elementares devem lutar em sentido contrário." Nisso ele vomitou e eu tive que trazer um pote para ele expelir suas tripas.

Três de abril de 1660. A filha de um certo John Rose, que fazia meias, ficou doente com muitas manchas azuis nos seios. Elas são parecidas com as marcas da praga que matou meia população de Smithfield há cerca de um ano. "Gostaria", disse ele, "que tivéssemos uma loja de apotecário dentro do navio."

"Eu gostaria", disse eu, "que tivéssemos uma pousada para afogar nossos temores."

"Onde afogar nossos temores. Então teríamos discordância de pouso."

"Senhor?"

"Acalme-se com um pouco de absinto. O Senhor ama um coração pacífico."

O mar estava quieto como um espelho; de fato ficamos calmos das sete horas da manhã até o meio-dia. Então eu o guiei até o convés e, tão logo saímos à luz, seus olhos tremeram nas órbitas. Levei-o até o corrimão, onde ele se inclinou para as águas. "Queria", disse ele, "poder ver o fundo deste mundo monstruoso."

"Para ver as serpentes do mar? Os peixes-dragões e coisas assim?"

"Atlantis pode estar embaixo de nós, com todas as suas cúpulas e torres cheias d'água. Isso seria uma verdadeira maravilha."

Sete de abril de 1660. A moça não contraíra a praga, mas seus esporos eram um sinal de varíola, que agora a estava destruindo. Ela foi sepultada no mar pelo capitão Farrel e por seus pais, todos solenes como a meia-noite. Os marinheiros amarraram uma grande carga em seu pescoço e outra em suas pernas e a lançaram de uma escotilha, enquanto disparavam uma salva com seus canhões. Eles pediram ao Sr. Milton para fazer uma oração fúnebre na cerimônia, mas ele se escusou alegando cansaço e mal-estar. Ele permaneceu em seus aposentos até que ela afundasse nas águas.

Nove de abril de 1660. Hoje ele começou a ditar uma carta a um certo Reginald de la Pole, escrevente do velho Conselho abolido. "Querido amigo", ele disse, "nós o saudamos fervorosamente. Não. Primeiro adicione *Laus Deo* no alto da página."

"O que quer dizer?"

"O que quer dizer, fique em silêncio e escreva." Ele se balançou em sua cadeira de braços que o capitão emprestara, rindo consigo mesmo enquanto ditava sua epístola (como ele a chamava). Nunca eu ouvira palavras tão graves vindas de um rosto tão divertido. "Não pode existir um sinal mais deletério para uma nação", disse ele, "do que quando um grande número de habitantes, para evitar insuportável sofrimento doméstico, é forçado a abandonar seu país nativo. Entretanto fomos compelidos a deixar nossa querida Inglaterra pelo grande oceano e pela imensidão selvagem da América..."

"Eu me lembro de o senhor dizer que isso seria muito agradável."

"Você deseja ficar no timão com um cesto de pedras em volta do seu pescoço?"

"Muito cruel e engenhoso, senhor."

"...imensidões selvagens da América, nas quais os pobres e aflitos sobreviventes dos nossos martirizados compatriotas, nossos pobres irmãos expulsos da Nova Inglaterra, ficam nas praias, contando as horas até nossa chegada, com seus suspiros e suas lágrimas."

"Oh, Senhor." Eu não sabia se o admirava por sua prosa ou por sua profecia.

"Nós, porém, e de nenhum modo, seremos persuadidos ou obrigados a voltar para o nosso lar. Com madura sabedoria, deliberada virtude e claro afeto, pretendemos restaurar nossa liberdade perdida na triste imensidão."

"O capitão fala de cidades e vilas florescentes."

Ele levantou o punho no ar e o balançou com força na minha direção, então eu nada mais disse. "A mudança de ares não muda nossa disposição...", ele abriu sua mão "...tão firmemente como possível nesta vida desinformada e cansada de homem, para renovar nossa herança perdida, nossos ofícios e nossas propriedades, nossos direitos nativos e nacionais. O tempo será recuperado e nos trará a idade do ouro. É o bastante por ora, Goosequill. É um labor cansativo cunhar palavras."

Doze de abril de 1660. Há um órgão a bordo deste navio! O capitão Farrel disse ao meu bom mestre que fora enviado como carga na última viagem de Gravesend e que, tendo o dono morrido de claustrofobia, nunca havia sito tocado. O Sr. Milton teve dificuldade de manter as mãos sem tremer quando soube da notícia. "Meu pai era um amante de música", disse ele ao capitão, "e assim ele me ensinou bem. Precisamos de ar fresco e de uma viagem como essa." Então fomos levados pelos compartimentos até o porão posterior, mas ele parou antes de entrar e pediu para colocar sua bata negra. "Não posso usar um tecido de lã enquanto toco", disse ele. "Não seria adequado."

"Vou buscar", disse eu enquanto passávamos pela divisória. "Vai dar certo."

Ele estava esperando impaciente por mim, mas tomei cuidado em vesti-lo lenta e reverentemente. Fomos então para o porão e o capitão indicou uma capa de tecido num canto. "Está ali, tão quieto como no dia em que o embarcamos."

Retirei o pano, que estava empoeirado como uma virgem velha. "É pequeno", disse eu. Pensava encontrar todos os tubos e pedais da igreja de São Paulo.

Quando pousou os dedos no instrumento ele suspirou. "É um órgão portátil. Há uma cadeira ou uma banqueta?" Foi encontrado um baú, e quando ele se sentou suspirou de novo. "Alguns dos nossos irmãos viajantes consideram a música a harmonia dos anjos caídos. Mas por que o diabo deveria ter as melhores melodias? Nossas boas árias inglesas não contêm imperfeições das massas." Ele podia alcançar os pedais com os pés e logo estava tocando e cantando como um trovador. Também não era uma ária devota, mas uma peça triste e séria, "Ide, lágrimas de cristal", que se ouve sempre em Cornhill e lugares assim.

Treze de abril de 1660. Sua voz, como a de um bruxo, chamou uma tempestade. Ao nascer do sol ouvimos o grito. "Marinheiros, recolham a vela mais alta!", e um momento depois:

"Amarrem a vela do alto!" O grito era tão alto que me acordou de um dos sonhos mais doces que jamais tivera. Eu estava voando sobre os telhados de Londres! Pensei em acordar meu mestre, mas quando olhei para seu canto ele já estava rezando suas orações. Então me levantei silenciosamente e subi para o convés. E que visão eu tive. O céu tranquilo desaparecera e mostrava uma cena de nuvens mais escuras do que a parede de um cemitério. Havia um vento forte vindo do norte e os marinheiros corriam aqui, ali e por toda parte gritando uns com os outros para baixar ou puxar isso ou aquilo. Voltei correndo para nossos alojamentos com a notícia da tempestade que se aproximava. Ele ainda estava rezando e não se mexeu até que exclamou "Amém!" em voz alta. Pensei que fosse me repreender por ter tentado interromper suas devoções, mas em vez disso ele sorriu. "Você está querendo me dizer que entramos em clima obscuro e cruel. Mas tenho certeza de que nosso capitão não abandonará o timão. Leve-me para o convés para que a água possa respingar em meu rosto."

"O senhor sentirá mais do que respingos. A onda está alta e encapelada."

"Então você deve me amarrar ao seu corpo com uma corda grossa."

"Assim podemos afundar ou nadar juntos?"

"Já vivemos no vale da sombra da morte, Goosequill." Eu o guiei até o ar livre, onde o segurei apertado contra meu corpo com os dois braços e aguentei firme enquanto ele expunha o rosto ao vento e à água. "Onda rolando após onda", gritou ele para mim em meio à tempestade crescente. "Seu topo deve estar perto do céu!"

"Bastante perto", gritei de volta. Eu podia ver os marinheiros tentando envolver o navio com os cabos para reforçar os mastros, e o Sr. Milton ainda sorria. Ele tentou falar comigo de novo mas suas palavras se confundiam com os gritos do capitão e do imediato e com o estrondo das águas.

"Esta tempestade eterna, Goosequill, jamais se acalmará..."

"Segurem o leme! Mantenham o rumo!"

"Como as trombetas terríveis do juízo final..."

"Feito. Feito."

"Está tudo em ordem novamente?"

"Afirmativo. Sim."

Um movimento inesperado empurrou nossos corpos, de forma que tive dificuldade em segurá-lo, e um dilúvio de água espalhou a carga solta pelo convés. Oh, como o vento urrava! Mas meu mestre, com água correndo sobre os olhos cegos, gritou alto: "Deem-me gelo e neve e granizo e ventos de tempestade!"

"O senhor já tem o bastante! Agora vamos embora!", eu o arrastei com todas as minhas forças pelo convés aberto, justo quando o navio penetrou numa onda tão grande e negra que pensei que não sairíamos dela. Empurrei-o pela passagem, por onde fomos jogados e sacudidos até sermos lançados em nossa cabine por um súbito movimento lateral do barco. Ele desmaiou de uma só vez sobre o lençol de lona. Ele estava frio, um frio de morte, e eu o vi morder seus braços e suas mãos para restabelecer neles calor e sangue. "É uma grande coisa", disse ele, "ouvir a voz de Deus. Você não acha, Goosequill?" Então se estendeu na cama e dormiu.

A tempestade havia serenado à tarde e na súbita calma ouvi a voz do capitão Farrel no passadiço. "Esfregue bem", dizia ele. "Vamos limpar todo o navio. Cirurgião, veja todos que se machucaram. Comissário, anote seus nomes, por favor." Ele estava calmo como se nunca tivesse deixado a terra firme. Bateu em nossa porta e chamou. "Sr. Milton, tudo bem. A tempestade acabou."

Meu mestre tentou se levantar, mas tombou na cama.

Quatorze de abril de 1660. Ele pegou um sezão ou febre, em virtude de dormir com as roupas encharcadas. "Estou com sede", disse. "Nunca tive tanta sede depois da fama ou da pobreza..." Coloquei uma caneca de água da chuva em seus lábios e ele bebeu com sofreguidão. "Estava destinado a ser criança", sussurrou ele. Então ele se interrompeu e fechou seus olhos cegos. "Você sabia que a vela em Bread Street nunca é apagada até as três horas da madrugada? Eu não posso lhe falar dos meus pesados trabalhos. Bread Street. Milk Street. Wood Street."

"Eu as conheço."

"Você é o policial ou o lixeiro? O canal de Cheap está completamente obstruído."

"Calma, senhor."

Ele tremeu em sua nudez, embora eu tivesse colocado cobertores e panos para aquecê-lo. "Esta criança tardia vai congelar meu calor prematuro. Meu amor pelo lazer irá esfriar meu ardor."

"Durma. Vá dormir."

"Contraí uma forte febre, Goosequill, não é? Estou congelando, mas há uma grande massa de calor dentro do meu peito."

"Um resfriado, senhor."

"Tom."

"O senhor pegou um resfriado da tempestade e do mar."

Ele dorme intermitentemente por uma hora ou mais, enquanto me ocupo colocando ordem na cabine depois que a violência dos ventos a viraram pelo avesso. Então ele começa a falar de novo. "Eles me chamam de Madame, não é?" Coloquei água em seus lábios. "Bordeleiros. Garrafeiros. Mais água, por favor."

"Posso lhe dar algumas passas? Ou um pedaço de gengibre?"

"Vá ao mercado e compre alguns feijões. Então poderemos procurar o gigante." Ele sorria para mim. "Vou lhe dizer uma coisa bom garoto. Nunca deixei sua companhia sem algum ganho de sabedoria humana." Ele podia ouvir os irmãos no convés cantando "Jesus, que reina.' "Estou bebendo a água d'Eles agora", disse. Então dormiu de novo.

Quinze de abril de 1660. O cozinheiro me disse que todo o milho a bordo bichou e agora fede. Nunca teria acontecido em Laedenhall. Eu estava trabalhando no convés, meu mestre dormindo tranquilamente depois da tempestade em sua cabeça, quando houve uma grande comoção atrás de mim. Um grumete estava se pendurando fora do navio com uma corda amarrada nos braços e na cintura. "O que é isso?", perguntei ao chefe do garoto, a mais lenta e confusa criatura. "Ele está sendo jogado n'água?"

"Oh, não, não, não. Você viu que ontem, na tormenta... bem, não foi uma tormenta mas uma verdadeira tempestade." Ele usava uma linguagem sempre elaborada e precisa; estava a bordo, depreendi dos rumores dos marinheiros, porque era bastardo do capitão. "Sabe que examinamos cuidadosamente o navio procurando rachaduras, fissuras ou buracos?"

"Sim, eu sei."

"Foi uma grande inspeção que durou seis horas. Não, sete horas. Sete se contarmos o intervalo para queijo e cerveja que, devido ao trabalho duro foi bem-vindo para o Sr. Rogers e os demais."

"Continue por favor."

"Você ouviu aqueles gritos pedindo piche? Bem, naquele exame alguns vazamentos foram encontrados e consertados."

"E?"

"Este é o último. Não é uma tarefa fácil, mas é tão necessária que o capitão prometeu uma garrafa de sua adega, se pode ser chamada de adega, pois não é sob o chão. Como você chamaria, Goosequill, um barril no oceano?"

"Então eles o penduraram do lado de fora para evitar um vazamento?"

Houve um clamor geral quando o marinheiro alçou sua mão para assinalar que havia tapado o buraco. "Usando suas palavras, sim."

Eu desci para o alojamento onde o Sr. Milton estava sentado ereto na sua cama. "O que foi este pandemônio?"

"Os marinheiros curaram nossa última ferida, senhor."

"E eu também curei a minha." Ele sorriu e pude ver que estava completamente curado. "Saímos vitoriosos das águas, do mesmo modo como eu saio do meu mau tempo. Passe-me o urinol. Durante toda a noite não urinei."

"Outro vazamento!"

"Dê suas costas, seu infiel." Fiquei longe dele enquanto ele vertia água. "Talvez seus estudos não o inspiraram a realizar grandes coisas, Goosequill, mas ao menos lhe dão azo a celebrar o que eu faço." Ele voltara a ser o mesmo.

Vinte de abril de 1660. Alguns dos nossos viajantes ainda estão acamados com varíola e febre — mas houve apenas duas mortes, o que, como diz o capitão, não é grande coisa numa viagem como esta. Ele disse ao Sr. Milton que aqueles que realmente não desejam deixar a Inglaterra são sempre os primeiros a adoecer. Meu mestre balançou a cabeça. "Nosso caso é triste", disse ele. "Nossa própria resistência inglesa desapareceu com nossas verdadeiras liberdades inglesas. Obrigado pela lição, meu caro capitão."

Vinte e quatro de abril de 1660. Foi descoberto que um marinheiro, Thomas Ficket, enganara uma criança — ele lhe vendera uma caixa pintada, que não vale mais do que 3 pence, em troca de três biscoitos por dia durante toda a viagem. Ele já havia recebido cerca de trinta do menino e os havia revendido para outros. Isso foi um ato condenável de ganância e o capitão ordenou que suas mãos fossem amarradas nas costas antes de lançá-lo e arrastá-lo debaixo do casco do navio. Meu mestre, ao saber da notícia, insistiu em assistir à cerimônia do convés. "Na boa mãe Inglaterra ocorreria um açoitamento", disse ele quando saiu ao ar livre. "Mas isto tem o jeito de uma justiça aquática". Um dos irmãos ouviu-o lembrar a "boa mãe Inglaterra" e lhe perguntou o que isto significava, agora que estávamos fugindo dela. "Eu disse boa mãe, meu amigo, não sagrada mãe. Nossa mãe agora está na lama. Onde está aquele marinheiro corrupto?"

"Está sendo levado agora", disse eu. "Permitiram-lhe uma oração."

"Sempre pensei que Deus mantivesse a Inglaterra sob o olho indulgente da sua providência, e assim parecia nos melhores e mais puros tempos de Eduardo VI." Três dos irmãos, que o ouviam atentamente, murmuraram concordando. "Mas então veio a era de Mary." Houve um lamento. "Aquela papista depravada e beberrona que não podia abrir a boca sem exalar o forte fedor de avareza e superstição, aquela víbora de sedição que tentou exercer sua bestial e doentia tirania sobre nossa nação, de modo a nos enfraquecer e nos fazer cair feridos sob a ditadura do anticristo em Roma. Bem, nós removemos sua corrupção como apagaríamos o fogo sob nossos pés. Entrementes, um rei procura nos efeminar de novo. Sabe como uma boa mãe tomaria seu filho e o balançaria sobre um poço para que ele aprendesse a temer? Agora sabemos como temer." Ele se interrompeu e sorriu. "Qual foi a sua pergunta, meu bom senhor? Suspeito que você gostaria de uma resposta nos verdes anos sob a sua cabeça? Não. Espere um pouco. O criminoso se aproxima da barra."

O marinheiro Ficket foi trazido ao convés e amarrado firmemente com uma corda. O Sr. Milton permaneceu imóvel enquanto Ficket foi lançado ao lado, berrando, sob o costado. Ele foi trazido de volta, ainda gritando, e foi içado ao convés. Olhei seu rosto, todo ferido e sangrento, cheio de limo e sujeira: ele estava olhando fixamente para o meu mestre e, quando estava sendo levado ao porão gritou: "Ainda estou sofrendo pelo meu castigo."

"O que Ficket queria dizer?"

"Nada. Palavras sem sentido." Ele parecia estranhamente perturbado. "É um homem em solidão, e pensa diminuir a sua miséria." Ele se apoiou em mim tão pesadamente como um homem embriagado contra um poste, e eu o guiei com cuidado pela passagem. "Sabe, Goosequill, a solidão é a primeira coisa que Deus sabia que não era bom. Você ouviu a história?"

"Senhor?"

"Da desobediência do homem? Um dia eu lhe contarei."

"Foi no paraíso?"

"Foi. Nosso primeiro e último lugar de descanso." Ele ainda não estava tão velho como a torre de São Paulo, como se diz, mas estava bastante cansado. "Não podemos suportar este estado em que estamos, por mais valentes que possamos parecer." Levei-o para os nossos alojamentos, onde ele instantaneamente se estendeu na cama. "Eles me perguntaram por que eu desertei a Inglaterra."

"Não com essas palavras, senhor."

"Eu lhe direi por quê. Eu forneci graves conselhos enunciados com liberdade para a causa pública. Isto é razão bastante?"

"Mais do que bastante."

Seu ânimo parecia revivido e ele levantou-se da cama. "O que fui eu senão a mão de Cromwell? Eu era apenas seu Secretário Latino, mas como um homem cego poderia ser culpado de tantas ações e escritos secretos? É claro que escrevi vários textos honestos e panfletos a favor da velha e boa causa, e já estavam chegando a mim os rumores de que meus trabalhos deveriam ser queimados pelo carrasco comum. Eu havia pronunciado um julgamento sobre o rei posteriormente decapita-

do, e sabia muito bem que seria preso tão logo o novo rei vagabundo pisasse em nossa terra. Olhe para isto." Ele apalpou seu
casaco de lã e de um bolso de dentro tirou algumas pedras de
açúcar. Eu não sabia que ele guardava algum ali e comia escondido somente quando eu deixava a cabine. "Onde está minha
pequena mesa?"

"Aqui."

Ele colocou três torrões de açúcar em ordem. "Este é a corte em Whitehall. Este é o parlamento. E este sou eu em Petty,
França. O que você diz disto?"

"Perto."

"Perto demais. Eu estava cercado de perigos e maledicên-
cia. Desaprovação universal, Goosequill, é muito pior de suportar do que a violência. Mecânicos, cidadãos, aprendizes..."

"Eu era um!"

Ele levantou a mão aberta para me interromper. "Tudo será
corrompido por aqueles homens blasfemadores do rei, até se
transformar num lixo humano deplorável. A liberdade honesta
da livre expressão se tornará de novo tão vilipendiada como uma
besta inexpressiva."

"As bestas nunca são mudas, senhor. Elas fazem bastante
barulho em Smithfield para acordar sua falecida avó." Ele se
levantou para me bater. "Estou exercendo a liberdade de expressão, senhor! Lembre-se da liberdade honesta!"

"Eu serei o juiz do que deve ser livre." Ele sorriu. "Você não
se lembrará, na estúpida condição de amordaçado, dos dias que
justamente se passaram recentemente. Desapareceram os princípios de disciplina humana paciente que o Conselho impuse-
ra à nossa nação e do velho caldeirão papal rastejaram vermes
que criaram tavernas e casas de jogatina, a infantaria esfarrapa-
da de bárbaros destruidores tão boçais, rudes e malignos que já
haviam prometido me atacar na própria rua onde eu morava.

Foi-me informado que meus aposentos seriam objeto de busca, meus baús e escritórios interditados. Então fiz meus próprios planos. Minha mulher morrera dois anos antes, mas eu não poderia levar minhas filhas comigo."

"O senhor tem filhas?" Eu estava tão surpreso com esta última notícia, tão bem escondida como seus torrões de açúcar, que assobiei. "Duas filhas. Elas nunca desejaram me acompanhar. Ser descendente de um homem proscrito já constitui bastante perigo, mas ajudá-lo em sua fuga... bem, teria sido pior do que loucura de sua parte. Com a ajuda do meu velho secretário, fugi naquela noite." Pegou os torrões de açúcar e os recolocou no bolso.

Vinte e cinco de abril de 1660. Ele reclama que está cansado da dieta de peixe defumado, carne-seca e o que mais servem no navio. "Tragam-me o velho bacon e feijões na manteiga", disse. "Tragam-me um pudim de pão."

"Como?"

"Peça ou tome emprestado, Goosequill. Não. Melhor ainda..." Ele foi onde estava um baú, tateou a fechadura e o abriu com um molho de chaves que trazia em volta do pescoço. "Fui contratado para fazer uma tradução de alguns salmos antes de sair de Londres. Troque-os por algumas groselhas e farinha. Esses bons peregrinos estarão dispostos a se separar de uma partícula de suas provisões em benefício de um objeto mais espiritual." Eu duvidei, mas não disse nada. "Procure para mim o salmo 107. Tem uma linha marcada em vermelho. "Andaram errantes no deserto, por ermos caminhos."

Levei mil anos para encontrá-lo mas então gritei. "Achei! Tem anotado, 'andaram errantes no deserto', com uma cruz do lado."

"Leve e ande errante do lado de fora. Vá."

Levei o salmo para uma família de gaivotas (os marinheiros assim os chamavam), os Bableighs, de Ilfracombe. Eles caíam de joelhos tão logo uma lufada de vento enfunava as velas, rezando e se lamentando como dementes, de modo que pareciam um peixe fácil de fritar. Passei por eles recitando os versos do meu mestre em voz baixa.

"O que é isso, meu jovem?" O Sr. Bableigh se aproximou imediatamente, pronto a honrar e conseguir qualquer pedaço de bíblia.

"Oh, senhor. Estas são as próprias palavras do Sr. Milton sobre o trabalho no deserto diante de nós."

"Oh, o Senhor seja louvado. Ele nos ensina ou nos consola?"

"Meu mestre tem uma mente muito consoladora."

"Sei disso."

"Mas ele oferece exatamente palavras piedosas de ensinamento." Coloquei minha mão no ombro dele." "Ele o escolheu especialmente, senhor."

"Graças sejam dadas a Deus."

"Deseja que sejam portadores deste poema sagrado ao novo mundo." Eu o entreguei e ele recebeu com extrema reverência. "Ele nada requer em retribuição."

"Nada? À exceção de nossas orações, espero?"

"Na verdade é assim". Sopesei as palavras dele e retribui a mesura. "Suas orações alegrarão seu coração. Elas são muito necessárias, como já disse, e também preciosas." Fiz uma pausa. "Mas eu temo por ele, Sr. Bableigh."

Ele agarrou meu braço e me encarou de tão perto que os rostos estavam quase encostados. "Teme? Deus nos salve, o que ele tem?"

"A dieta do navio é muito pesada para o seu estômago delicado."

"De fato ele tem os intestinos de São Paulo."

"Digo o mesmo para ele. São Paulo está sempre nos meus lábios." Hesitei, mas só por um momento. "Eu me pergunto se o senhor tem alguma cevada ou mingau para ajudá-lo com seu estômago?"

Esses puritanos gostam muito de receber e pouco de dar, como descobri observando, mas mesmo o santo Bableigh não conseguiu se desvencilhar de minha armadilha. "Nós temos muito pouco, Sr. Goosequill."

"Precisamos de menos do que pouco, Sr. Bableigh."

"É claro, é claro. Algum mingau, o senhor disse?"

"Alguma groselha e uvas secas para misturar?"

Pouco mais tarde eu levei um pedaço gostoso de pudim para o meu mestre.

Primeiro de maio de 1660. Todo o dia passado num nevoeiro, sem nada para ver ao redor. Quando lhe informei, ele sorriu. "Dia aziago de maio", disse ele. "Sempre foi assim." Então, sem que ninguém o guiasse, subiu para o convés. Eu o segui.

Estava bem quente, mesmo com o ar enevoado. "Como a fumaça de uma panela numa loja de comida", disse eu. Estava tão silencioso, também, que poderíamos ouvir uma mosca tossindo.

"Você viu a vela principal sussurrando, Goose? Cada som tem um eco nesta imobilidade."

"Não é natural, senhor. É como um encantamento."

"Já se disse que os demônios, querendo, cobrem as coisas corpóreas com um manto de invisibilidade. Mas isso sempre foi a sabedoria daqueles que habitam a noite de superstição e dos tempos antigos Se realmente fosse assim, então minha cegueira me condenaria a um mundo completamente maldito. Preste atenção, Goosequill, em breve seguiremos para regiões de ar fresco."

Ele falava a verdade e na alvorada do dia seguinte tudo estava claro de novo.

Três de maio de 1660. Ontem à noite presenciei o que nunca havia visto antes. Às 10 horas, dois fogos se acenderam nos mastros. Quando os vi, pensei que havia bebido demais daquela aguardente com o garoto do capitão, mas então outro viajante também viu e deu o alarme. Pareciam chamas de uma grande vela; piscavam e fulguravam na escuridão e os marinheiros gritaram alto "Alô". O garoto do capitão estava olhando do meu lado, olhos arregalados, e bem cheio de bebida. "Você sabe como eles são chamados, Goose?"

"Não." Eu ainda estava imaginando enquanto elas queimavam.

"Fogo de santelmo. Está ouvindo o crepitar?" Parecia o som de salsichas torrando na grelha. "Quer saber por que os marinheiros estão aplaudindo e se alegrando?" Ele era vagaroso como sempre, até na bebida. "Estão alegres porque estes fogos sempre vêm antes de uma tempestade."

"Por que eles se alegram com uma tempestade?"

"Dois fogos pressagiam segurança no mar." Ele parecia ter caído em transe, os olhos querendo sair das órbitas. "Eles são os olhos brilhantes de Deus olhando por nós."

"Mais como um tigre. Ou um grande lobo." As luzes ainda brilhavam e reluziam, e depois desapareceram ao longe tão rápido quanto surgiram.

Corri para nossos alojamentos para contar tudo ao Sr. Milton, mas ele me silenciou com um gesto. "Eles são chamados pelos nomes de Castor e Polux. Para os italianos são conhecidos como Santo Hermes. Para os espanhóis são chamados Corpos Santos. Mas não significam nada."

Quatro de maio de 1660. Uma forte tempestade. Mas logo sossegou.

Seis de maio de 1660. Vi duas grandes baleias. Uma borrifava o oceano por alguns buracos na cabeça. A água esguichava a grande altura e a besta criava tanto tumulto bufando e soprando que o mar em torno fervia terrivelmente. Um marinheiro me disse que se um navio se aproxima demais pode ser sugado. Meu mestre diz que parecia a nau dos loucos de São Bento estalando e desabando. Oh, Senhor!

Oito de maio de 1660. Mais visões de peixes. Vi algo que os marinheiros chamam de peixe-sol: tem barbatanas dispersas como luzes em todos os lados. Vi outras coisas deslizando em cardumes, mas o que eram só Deus sabe.

Onze de maio de 1660. Há muitas criaturas chamadas tartarugas brincando no oceano, o que os marinheiros acreditam ser um sinal de mau tempo. Um jovem, chamado Matthew Barnes, lançou um arpão de ferro contra uma delas e a puxou a bordo. Cortamos alguns pedaços e, quando fritos, têm gosto de bacon ou carne-seca. Dei um pouco ao meu mestre que o cuspiu na mão. "Agora compreendo por que é chamada de bruxa do mar," disse ele. "Ou Marsavius. Não confundir com 'meu salvador', que não é." Então ele me perguntou sobre o tamanho e a forma, como se eu fosse a única pessoa no mundo que lhe pudesse contar a verdade.

"Minha irmã", disse a ele naquela noite, enquanto preparava um prato saboroso de peixe e casca de pão, "acreditava que se batesse em seus olhos via alguma coisa. Era um pequeno raio de luz, como uma fresta na porta."

"Gostaria que fosse o mesmo caso comigo. Quando esfrego meus olhos vejo apenas manchas de escuridão. Uma textura cor de cinza que parece se derramar continuamente para baixo. Quando meus olhos não eram ainda completamente obscuros eu via relâmpagos de cores que apareciam com muita claridade." De súbito ele balançou rapidamente a cabeça para os dois lados. "Mas então elas também escureceram. Fale mais desse peixe-sol. Quantas pequenas barbatanas ou luzes ele tinha? Pareciam dentro d'água como o halo de luz em torno de uma vela? É como eu as imagino." Ele abriu os dedos finos em imitação.

"É isso, senhor. Exatamente."

"Minha vista não está completamente perdida, Goosequill. Ela se dirige para dentro e espero que vá estimular, estimulará em vez de embotar, minha mente. Meus olhos me desertaram, mas minha visão permanece."

Fui acordado no meio da noite pelo barulho de gemidos. Era o meu bom mestre; ele estava sentado em sua cadeira de braços, balançando de um lado para o outro, com os braços apertados na barriga. A princípio não pude ouvir o que ele murmurava, ele gemia muito baixo, mas então compreendi: "Oh escuridão escuridão, escuridão escuridão", repetido sem cessar. Então o ouvi dizer bem claramente: "Mas a quem Deus dá resistência ele também cega." Ele se levantou de sua cadeira e veio em minha direção. Fingi que dormia e, quando ele ficou diante do meu beliche, fechei bem os olhos. "Na maioria das coisas como uma criança indefesa", ele sussurrou, "tão facilmente condenado e rejeitado." Então ele voltou para sua cadeira e continuou gemendo.

Quinze de maio de 1660. O tempo se apresenta com um nevoeiro muito espesso. Temos dificuldade de encontrar nosso caminho, com tanta sujeira e lixo flutuando ao redor do navio, como se ele estivesse velejando com a frota da peste em direção do Tâmisa. Eu podia ouvir o grasnido de aves e gaivotas, que, segundo o capitão, sempre frequentam as costas do litoral. Mas não podíamos ver nada por causa do fog. "Há algo por perto", disse o Sr. Milton quando patrulhávamos o convés à tarde. "Posso sentir em minhas entranhas." Andamos mais um pouco. "Sinto seu cheiro agora. Em algum lugar na frente há uma ilha, sal e frio." Apenas alguns minutos mais tarde o nevoeiro se abriu para nos deixar ver uma grande ilha: ficava a estibordo e parecia ser feita inteiramente de gelo e cristal. Tinha cerca de 3 léguas de comprimento (pelo que pude ver), com baías e penhascos e cabos cintilando na luz. Meu mestre já virara o rosto em sua direção, e quando a descrevi ele suspirou. "Formada do sopro de Deus. Diga-me como o gelo se congela sobre o mar e como caem suas estrias."

"O gelo é peculiar e oco, como os pilares de Santo André em Leadenhall. É isso que queria?"

Ele respirou profundamente o frio. "E você diz que é despovoado?"

"Toda deserta e congelada. Este é um lugar para se morrer, senhor."

"É assim? Embora digam que aqueles que morrem de frio sentem um ar salgado em torno deles logo antes que expirem, o gelo e o movimento do vento podem também criar um paraíso."

"Oh, senhor, vejo algo caminhando no gelo."

"Onde?"

"Ali!" Apontei, esquecendo por um momento que ele era totalmente cego, mas ele seguiu minha indicação. "Está andando na direção de uma caverna de gelo. Agora desapareceu. Talvez um bruxo ou mago."

"Qual é sua cor?"

"Marrom, claro, como um urso. Mas, senhor, ele mantém a cabeça ereta."

"Então você pensa que há algum feiticeiro morando nesta terra de gelo?" Eu estava olhando com muita atenção para dizer algo. "Pode ser assim? Os hereges de Danzig acreditavam que criamos as coisas que mais tememos, assim elas tomam forma considerável diante de nós. Eles pregavam que o Diabo e seus feitiços eram uma ilusão humana. Quem sabe que maravilhas deste mundo do oeste tomarão a forma das nossas próprias loucuras?" Então o fog e o nevoeiro se fecharam de novo.

Dezoito de maio de 1660. Verificamos a profundidade ao nascer do sol e medimos vinte e cinco braças d'água. Estávamos perto dos bancos de Terra Nova e os marinheiros lançaram seus anzóis para pescar bacalhau. Desci para nossos alojamentos para dar ao Sr. Milton as notícias da terra. Ele balançou levemente a cabeça como o holandês do relógio na escola Bluecoat. "Você leu uma obra chamada *Utopia*?", perguntou.

"Não, senhor. A menos que tivesse sido vendida às dúzias em dia de enforcamento."

"Dificilmente. Trata de um país recém-descoberto. Devo lhe dizer mais alguma coisa?" Ele não podia controlar o riso. "Seu autor era um idólatra blasfemo que foi decapitado." Quanto mais perto ficávamos do nosso destino mais ele parecia perdido em suas próprias fantasias.

Vinte e dois de maio de 1660. Vi um grande número de peixes-morcegos, como o capitão os chama. Também são conhecidos como peixes-voadores. "De que tamanho?", o Sr. Milton perguntou quando estávamos no convés.

"Mais ou menos do tamanho de um badejo-saltão. Mas com quatro asas finas."

"Tal como um anjo?"

"Onde, senhor?" O Sr. Bableigh se aproximou de nós. "Onde está aquele sinal de Deus?"

"Foi uma metáfora, senhor. Ainda não estou vendo anjos." Então em voz baixa: "Leve-me para baixo."

Vinte e três de maio de 1660. Estamos nos aproximado do cabo Sable, mas não se pode vê-lo no nevoeiro. É conhecido como cabo arenoso. Ele está sentado embaixo, meditando, tão seco como a própria areia. Nenhuma outra notícia.

Vinte e quatro de maio de 1660. Um dos viajantes morreu de tuberculose. Passamos pela parte sul da Terra Nova e os marinheiros dançaram no convés quando a avistaram. Estamos agora a mais de 800 léguas da Inglaterra.

Vinte e oito de maio de 1660. Fundeamos! Estamos na ilha Richmond, bem perto da costa da Nova Inglaterra. Os irmãos se ajoelharam em oração, mas meu mestre pediu para ir à terra com os marinheiros. Eles já haviam conseguido acender uma grande fogueira com a madeira de barricas velhas, na qual cozinharam alguns golfinhos pescados recentemente ao largo das ilhas São George. Os peixes eram magníficos, com uma admirável variedade de cores reluzentes mas, como me disse o capitão, "nem tudo que reluz é ouro". Os marinheiros cantavam alguns refrões de tabernas com tantas blasfêmias como um carvoeiro de Scotland Yard — pensei que o Sr. Milton as censuraria, mas, em vez disso ele sorriu. "Alguém está cozinhando fígado", disse. "Não sinto este cheiro desde que deixamos Londres." Era o fígado retirado das tartarugas, já fervido e temperado com vinagre que agora estava sendo deliciosamente frito e eu lhe dei um pedaço. "Muito agradável ao paladar", disse ele. "Mais, por favor." Depois ele chupou alguns limões, e eu bebi, secretamente, um pouco de aguardente forte com o garoto do capitão."

Vinte e nove de maio de 1660. Meu senhor está de bom humor, mas, como ele disse, "não tão bom humor como você estava". Então ele sabia, ou suspeitava, mas ficou em silêncio. Estávamos agora a 30 léguas da baía de Massachusetts, para onde nos dirigíamos, e ele decidiu terminar rapidamente sua carta a seu antigo secretário, Reginald de la Pole. "Traga o velho rascunho", disse, "e leia-me o final."

"Tem a ver com retornar à era dourada."

"Satis."

"Senhor?"

"Pegue sua pena. Estas semanas no mar não melhoraram seu senso de humor." Ele colocou dois dedos na testa e isso me lembrou uma peruca divina. "Vamos continuar nosso arrazoado com uma pergunta?"

"É claro."

"Então escreva isto. Como e de que maneira. Não. Risque minhas duas primeiras palavras." Eu as cancelei com um grande risco de tinta. "De que maneira disporemos e empregaremos aquele grande tesouro de conhecimento e iluminismo com que Deus nos enviou a este novo mundo? Não. Comece de novo. Rasgue a carta." Ele estava tristemente confuso em seus pensamentos, senão em suas palavras, o que imaginei ser devido ao cansaço do mar. "Querido amigo concidadão e irmão de Londres, eu, John Milton, o saúdo com notícias de nossa mais nobre causa. É também uma das mais merecidamente lembradas para os tempos futuros, para que a posteridade, informada pelas nossas mãos, saiba do começo triunfante do nosso muito esforçado labor. Longo e árduo foi o caminho, na direção da terra feliz de Nova Inglaterra, este abençoado assentamento além das regiões ignotas e dos perigos desconhecidos das profundezas. Aqui, nossa comunidade logo surgirá como um padrão de vida sóbria e bem-ordenada, plantada pela paciência e estabelecida com justiça. Então eu vim observar este mundo brilhante, cuja fama não era silente na Inglaterra, na esperança de encontrar melhor residência. Em breve possuiremos uma terra espaçosa, bom irmão, pouco inferior ao nosso país nativo. É o novo mundo criado, que há muito foi prometido, um material maravilhoso..." Ele se interrompeu com um gemido. "A composição tornou-se tão obscura. Tem uma falha mortal, penso eu. Ou a matéria preparatória está rica demais, glamourosa demais?"

"Está tudo muito sedutor, senhor." Ele estava melancólico, então tentei animá-lo. "Eu gostaria que tivéssemos alguma fruta com tanta doçura."

Ele sorriu e afagou minha cabeça. "Você deve saber, Goosequill, que alguns frutos são proibidos para nós. Agora vá e verifique nosso curso com o capitão."

Trinta de maio de 1660. Continuamos pela costa do cabo Porpoise, ainda com terra à vista. Passamos Black Point e Winter Harbour, assim me disse o capitão Farrel, e em breve estaremos aproando para o Oeste, longe da ilha dos carvões.

"Esses nomes", disse-me meu mestre, "pertencem a algum país de alegoria. Em um lugar como este poderemos ensinar às outras nações como viver."

Primeiro de junho de 1660. Medimos 120 jardas d'água. Estamos a 7 léguas do cabo Ann.

Dois de junho de 1660. O dia foi tempestuoso, e, tendo perdido a ilha de vista e temendo calmarias, seguimos para o mar durante toda a noite.

Quatro de junho de 1660. Estamos passando pelo cabo Ann e, à primeira luz, amarrei meu bom mestre ao convés para que ele não perdesse o fim de nossa perigosa aventura pelo oceano. Avistamos nossa morada desejada na baía de Massachusetts, mas uma tormenta inesperada nos afastou dela.

Cinco de junho de 1660. Que Deus nos ajude, estamos à deriva em meio às ilhas. Passamos por Black Island, mas o capitão tinha esperança de avistar a terra do nosso destino. Agora não mais.

Cinco

— Aquilo foi engraçado. Eu havia guardado este pequeno diário em meu bolso. Aqui. Olhe. Você nota como a água do mar manchou suas páginas? Oh, Kate, isso me dá arrepios. Veja como estou tremendo. Eu só vestia calças curtas, quando nos arrastamos, meio mortos, para a praia. Estava tão arranhado pelos rochedos e machucado pelos destroços do pobre *Gabriel*, e tão confuso pelo contínuo marulhar do oceano, que tive certeza de ter descido e voltado de novo do inferno. Verdade. O Sr. Milton estava desmaiado na beira da praia e corria o perigo de ser carregado pela arrebentação; eu o arrastei e puxei para o alto de uma duna. Havia uma árvore caída e eu o apoiei nela, como Jack, o limpador de chaminés, na festa da primavera. Mas ele não gritou, não este Jack. Ele virou o rosto e fixou o céu. A chuva caía em seus olhos, mas ele não pestanejou nem uma vez. Sentei-me a seu lado e dormi imediatamente. Quando digo dormi, Kate, era mais como desmaiar e andar ao mesmo tempo, pois tão logo fechei os olhos pensei que estivesse de novo me afogando. Então acordei, fechei os olhos e acordei de novo. "Isto não é um colchão de penas, mestre, não é?", disse depois de uma hora acordando e tremendo.

"Ele não respondeu, então olhei ao redor. Ele estava murmurando, ou gemendo, e quando eu coloquei meu ouvido junto à sua boca ouvi-o dizer 'Cristo, salve-nos, Cristo, salve-nos, Cristo, salve-nos, Cristo, salve-nos'.

"'Bem', disse eu em voz alta, 'alguém deve nos salvar.' Estávamos completamente sós. Olhei em torno cuidadosamente pela primeira vez e oh, Kate, há momentos nos quais é melhor ser cego. Os corpos de alguns dos viajantes haviam dado na praia, e todos estavam quebrados e sangrentos..."

— Goose, não diga mais nada. Você está me assustando.

— Então segure minha mão enquanto lhe conto. Havia carcaças de gado e ovelhas flutuando na maré, misturados com pranchas, madeira, barris e pedaços de mastro. Mas você sabe o que veio em minha cabeça? Aquela velha canção: "A ponte de Londres está quebrada, quebrada, quebrada." Pensei ter visto um bezerro flutuando perto da praia, mas quando olhei de perto vi que era o corpo do garoto do capitão. Ele havia bebido seu último gole de aguardente.

— Oh, Goose, como você pode achar isso engraçado? Veja, você está sorrindo de novo.

— Eu não estava alegre naquele momento, Kate, posso lhe assegurar. Deitei-me e chorei. Eu urrei. Mas então parei. Havia um barulho atrás de mim e me virei rapidamente. Sabe, Kate, era o barulho da terra! Ali, atrás das dunas e do capim alto havia uma brilhante imensidão verde. Eu nunca vira algo assim antes, grandes moitas e arbustos e plantas e grama alta, árvores enormes com cipós e filhotes de animais circulando em torno deles. Seria exato dizer que jamais vimos algo semelhante em Hunslow Heath. Tudo que temos aqui são valas. E putas.

— Goose!

— Eu nunca toquei numa delas. Tenho um grande respeito pela minha saúde. E havia vapores por toda parte, vindos das árvores e das moitas, junto com um rico cheiro de vida. De coisas crescendo. Então estamos aqui, pensei. Vida e morte reunidas. E agora, Kate, há uma pequena parte daquela vida dentro da sua barriga.

— Eu sei. Não posso senti-la ainda, mas sei que ela está aí.

— Então vai ser uma menina?

— Oh, sim. Pare de me acariciar, Goose, e continue sua história.

— Então eu andei até a beira d'água, tomando cuidado de ficar longe dos corpos dos irmãos. Mas havia uma figura, estendida com o rosto para baixo nas dunas, que parecia se mover lentamente. Então corri em sua direção. Mas eram apenas um chapéu e um casaco, que haviam sido arrastados pelo mar. Estava secando bem no sol e eu pensei se poderíamos encontrar um uso para eles. Eu só estava com minhas calças curtas, mas quando me voltei para olhar para nosso bom mestre percebi que ele estava sem roupas. O mar havia retirado tudo e ele estava, ouso dizer, completamente nu. Bem, como se diz em Hundsditch, melhor uma barganha ruim que barganha nenhuma, então peguei as roupas e voltei até ele. "Venha, senhor", disse eu, "deixe-me cobri-lo".

— O que é Hundsditch, Goose?

— Cães. Cães mortos. E um riacho. Então o Sr. Milton levantara seus dois braços para o ar, como se estivesse pronto a fazer uma pregação. E continuava a dizer, "Cristo, salve-nos, Cristo, salve-nos".

"'Estou começando a pensar, senhor, que devemos nos vestir para nos recompor.' Então eu o vesti com o casaco. Depois pus o chapéu em minha cabeça, para proteger do calor do sol, e voltei para a beira da praia, procurando comida, água, ou qualquer outra coisa. A princípio não tive sorte, mas subitamente avistei dois queijos amarrados com um barril de manteiga que haviam sido lançados à praia. Um dos irmãos jazia, morto, pouco além. Ele devia estar levando os queijos e a manteiga nos braços quando se afogou. Assim parecia. Oh, Kate, me desculpe. Jamais quis lhe assustar. Agora vocês são duas, se me compreende. Havia uma mochila amarrada à sacola do morto e eu fiquei ansioso para saber o que continha. 'Com licença, senhor', disse eu, 'mas duvido que vá precisar de uma sacola no céu.' Retirei-a dele e, quando abri, encontrei um isqueiro e uma faca embrulhados numa bolsa oleosa de couro. 'Não vai precisar de um isqueiro ou uma faca aonde está indo, senhor, eu espero.' Foi bom para mim falar com ele daquele jeito. Acho que ambos ficamos mais confortáveis.

"Reuni tudo, juntamente com a mochila, e levei de volta para o Sr. Milton. Imaginei onde ele estaria Kate. Ele não gemia mais quando voltei, e então parecia consternado como nossa pequena Jane quando está prestes a dormir. 'Calma, calma', disse eu, 'tudo vai acabar bem.'

"Eu vira um bode flutuando na água perto de nós, de modo que voltei ao oceano para puxá-lo até a praia. Era uma tarefa repulsiva, em meio aos cadáveres, e eu tinha a estranha impressão de que iam pegar a minha mão e me puxar para as ondas. Consegui puxar as pernas da criatura e levá-lo até a praia. Usei o isqueiro para fazer fogo com alguns ramos que apanhei. Estavam tão úmidos da tempestade que fumegaram e crepitaram por algum tempo, mas finalmente o fogo pegou forte. Coloquei um pouco de carne de bode em minha faca e comecei a assar. 'Carne, senhor?,' perguntei.

"'Diga-me, Goosequill, nossa morte é atual ou próxima?'

"'Nenhuma das duas, senhor, se conseguir comer esta carne saborosa.'

"'E de que seria?'

"'Bode. Encontrada por milagre.' Ele pareceu torcer o nariz. 'Bem, se for preciso podemos viver de bolotas e amendoins.'

"'Não. O bode será suficiente para nossa situação neste momento. É doce?'

"'É magnífico. Tome, prove um pouco.'

"Ele comeu um pouco e me olhou abalado. 'Líquido', disse ele, 'preciso de líquido para minhas gengivas secas.'

"'Dê-me um momento, senhor.'

"'Só um momento, por favor, estou com sede.'

"Olhei ao redor, tão confiante como se estivesse junto das torneiras de Shoreditch, então observei uma das rochas. 'Alguém o está observando, Sr. Milton.'

"'Eu sei.'

"'Existe água que o sol não secou.' Guiei sua mão na direção de poços e buracos onde se juntara água de chuva. Ele se abaixou e bebeu. Quando acabou, limpou a boca com a mão."

— Oh não, Goose. Ele está tão perto. Tão delicado em suas maneiras. Seus lençóis tão limpos que quase não precisa lavar. E quando ele come toma o cuidado de limpar sua faca com um pedaço de pano no fim da refeição.

— Sem você para servi-lo, Kate, ele dificilmente comeria.

— É verdade, Goose, que você não precisa ser convencido. Para comer e beber. Espero, a propósito, que seja somente água no seu copo.

— Posso ter a honra de entretê-la um pouco mais com a minha história? Então quando nosso querido mestre havia bebido até encher suas medidas, ele parecia olhar em torno. "Este lugar é silencioso como a meia-noite", disse ele. "Estamos sós, Goose? Alguém mais sobreviveu?"

"'Assim parece. Sabe o que estou pensando?'

"'O que você está pensando, Goosequill?'

"'Acho que devemos sair do sol.'

"'E encontrar alguma cobertura de folhas?'

"'Exatamente.'

"'Estou sentindo agora. O sol aqui é muito forte?'

"'Demais. Este é um lugar estranho, senhor, onde o mar e a floresta e a grama estão todos misturados.'

"'Tão ensolarado como a Arábia?'

"'Pior, eu diria. Entretanto é tudo bem verde. Vi algum capim brotando depois da tempestade. É tão alto que deve crescer até a altura de um homem. Tem o caule maior e as folhas mais largas do que qualquer outro que conheci na Inglaterra.'

"'O que se pode esperar? Não há foices nem vacas neste local rústico.'

"'Agora há algumas mortas, senhor.'

"'Sim, fale mais do *Gabriel*.'

"Então sentamos juntos sob a sombra da rocha. Desenhei círculos no chão para não ter de olhar para os corpos horríveis enquanto descrevia para ele o que vira naquele dia. Ele ouviu atentamente, com a cabeça também inclinada. 'Chega por ora', disse ele, depois que lhe contei a história do peregrino com a mochila nas costas. 'Este é um mundo de maldade onde Deus achou que deveríamos ficar. Por que deveríamos ser salvos pelo turbilhão, quando tantas pessoas se perderam? Fomos salvos com um propósito, Goosequill. Fomos destinados a errar pela vastidão deserta, pois esta vastidão é uma alegoria para o todo da natureza decaída. Céu misericordioso, que ruído é este?'"

— Goose, por que você está gemendo?

— Estou imitando o ruído que ouvimos, Kate, algo como um suspiro e um gemido misturado. E é verdade, tem mais do que água no meu copo. Nesse momento, o Sr. Milton agarrou meu braço. "Poderia ser algum ladrão chamando seus asseclas?"

"'Nenhum homem teria motivos para vir até aqui, senhor.'

"'Talvez não seja um homem. Talvez um selvagem.' Ouvimos o mesmo ruído um momento depois. 'Baixe sua cabeça'. Mas eu estava tão curioso que espiei sobre a rocha, e então, Kate, fiz um ruído de uma porta velha. Não, não vou imitar agora. 'O que é isto?', ele cochichou com força. 'Fale.'

"'É um urso, senhor, maior do que qualquer um que vi em Londres. E é negro.'

"'As portas do inferno se abriram. O que ele está fazendo?'

"'Está devorando um peixe morto lançado pela tempestade. Está engolindo bem pacificamente. Provavelmente não há perigo da parte dele.' Mas enquanto eu olhava, a fera se levantou e começou a cheirar o ar. Mais alto do que o boneco da feira de roupas, verdade, depois veio andando lentamente em nossa direção. Eu sabia que ele havia farejado a carcaça do bode, então muito rapidamente me aproximei das cinzas do fogo. Retirei alguma pele e pedaços queimados da carne e joguei tão longe quanto podia na direção do oceano na esperança de que a besta os seguisse."

— O que é feira de roupas?

— Feira de roupas é um lugar onde vendem roupas. O urso não se virou. Então eu peguei a carcaça do bode e lancei em sua direção de modo que ele pudesse parar e comer. Mas ele continuou devagar ao nosso encontro. Não ameaçadoramente, até quanto se possa dizer, mas como um velho que saísse para dar um passeio ao ar livre. Mas seus movimentos eram bem mais pesados do que os de qualquer velho que eu conhecesse, e o Sr. Milton se tremia todo com o rugido. Ele agarrou meu braço e me puxou para baixo à sombra da rocha. 'Corra agora', suspirou.

"'Só se o senhor correr comigo.'

"'Como pode um cego correr mais do que um urso? Você enlouqueceu? Vá.'

"'Não, eu fico com o senhor.

"Mas o urso estava agora quase em cima de nós e eu podia sentir o cheiro de seu bafo fedorento como peixe salgado da noite anterior. Então o Sr. Milton levantou-se de seu esconderijo e apontou o braço direito para a criatura. Assim. O que seria bastante para amedrontar Gog ou Magog, posso lhe dizer, com seus olhos cegos e seus cabelos desalinhados como um selvagem. Não vou gritar, Kate, prometo, mas vou alçar um pouco minha voz. 'Daqui em diante, animal abominável', ele gritou, 'nascido de Cérbero e da mais negra meia-noite! Vá-se embora! Encontre uma cela onde a mais negra escuridão estenda suas asas agourentas. Vá embora, digo eu!' A criatura ficou olhando para ele fixamente; depois sugou uma de suas patas, virou-se e começou a correr de volta para a floresta atrás de nós.

"Fiquei profundamente estupefato. 'Foi algum tipo de ato de magia?'

"'Foi.' O Sr. Milton estava arfante."

— Sei como ele se anima com seus discursos, Goose. Nunca fica calmo depois de um deles. Ele ficou suado?

— De fato, ficou. Mas então limpou o rosto na manga do casaco que eu havia achado. "Somos duas velas nesta vastidão, afastando a escuridão", disse ele depois de se enxugar. "Bem, Goosequill, minhas próprias palavras me alegraram. Pergunte-me o que vamos fazer agora."

"'O que vamos fazer agora, mestre?'

"'Devemos dar uma caminhada pela floresta e pela escuridão, pela montanha e pelo vale. Seguirei seus pés mais moços pois minha cegueira me deixa para trás. Em outras palavras, caro Goosequill, vamos descobrir. Caminharemos por estes campos do oeste.'

"Eu já o vira antes embriagado por palavras, pois ele é um grande bebedor de suas próprias palavras, mas nunca o vira tão exultante. 'Em que direção viajaremos, senhor?'

"'Às vezes movimentos irregulares podem ser necessários, Goosequill. Mas não recuaremos do nosso destino. Prosseguiremos com a força da segurança divina. Agora encontraremos novas florestas e pastos frescos. Há mais comida?' Juntei pedaços da carne assada que havia jogado na direção do urso e ele comeu com sofreguidão.

"Naquela noite ele se sentou ao lado do fogo."

— Justo como estamos fazendo agora, Goose?

— Era menos confortável e menos aquecido, Kate. Eu havia encontrado alguma madeira dos destroços e a soprei enquanto estalava e chiava no silêncio. Ele não falou, mas parecia estar olhando para o meio do fogo. O que ele poderia ver ali, além do próprio calor?

— Ele viu histórias, Goose, como nós estamos vendo agora. Quando me sento ao lado dele, às vezes, ele fala de coisas antigas. De velhos reis e cidades soterradas. O Sr. Milton ama as suas ruínas.

— Ele parecia uma naquela noite. "Está ficando frio", disse finalmente, enrolando-se no casaco recém-achado. Então ficamos quietos de novo. Comecei a cantarolar uma musiqueta, mas ele continuou a falar como se não houvesse nenhum silêncio. "Espero que não tenhamos viajado muito perto da zona gelada. Isto seria realmente desafortunado. Você está dormente?"

"Não pude deixar de rir. 'Que palavra foi essa?'

"'Dormente, congelado. Mordido pelo frio.'

"'Oh, não. Para mim está bastante quente.'

"'Então você não está dormente.'

"'Pode-se assim dizer.'

"'Eu digo assim.'

"Sentamo-nos quietos de novo e ele colocou a cabeça de lado para que pudesse ouvir as chamas. Eu gostava de olhá-lo naqueles momentos e adivinhar, pelo movimento e pela expressão de seu rosto, o que ele estava pensando."

— Oh, Goose, notei isso. Quando o nariz dele treme significa que está para dizer algo bem-humorado. Quando há uma pequena prega na testa ele está pensando numa citação. Quando a testa fica lisa ele está para enunciar suas próprias palavras. Estou certa?

— Sim, Kate. E naquela ocasião uma prega muito grande apareceu. 'Você acredita, Goosequill, que haverá algum milênio do oeste?'

"'Talvez haja um Goosequillênio, senhor.'

"'Fomos lançados neste descampado por algum movimento forte. Ainda não compreendi totalmente a intenção por trás disso, e talvez não precise saber. O que concerne nosso conhecimento, Deus revela.' Ele mal havia acabado quando ouvimos os mais terríveis sons do interior. Posso uivar para você, Kate? Ali. Isto me fez bem. 'Que som terrível foi este?' Ele me perguntou.

"Meu cabelo se arrepiou todo. 'Bestas, senhor.' 'Lobos, penso eu.'

"'Apague o fogo.' Ele tremia tanto quanto se houvesse engolido mercúrio. 'Acabe com o fogo!' Então o abafei com meu chapéu e ambos ficamos sentados tiritando no escuro. 'Ouvi relatos', ele sussurrou, 'sobre assaltos de viajantes na Alemanha. Quantos selvagens mais podem existir nesta imensidão?'

"'O que faremos então, senhor?'

"'Rezar.' Ele começou a sussurrar. 'Quem me trouxe aqui me levará daqui.' Ele dava a impressão de um varejista fazendo suas contas. 'Ensina-me a saber o que posso sofrer e como devo obedecer. Quem mais sofre pode fazer mais.'

"Galguei uma extremidade da rocha e olhei a noite. Podia ver lanternas movendo-se aqui e ali na floresta, mas, é claro, Kate, eram os olhos dos próprios lobos errantes! Eles voltaram a uivar, o que era bastante para fazer com que toda a terra badalasse como o sino de uma igreja, mas, de certa forma o Sr. Milton se recompôs. 'Estão se movendo para longe de nós', disse ele com firmeza. 'Estão indo para o interior. Graças a Deus.' Você sabe como ele está sempre certo. Então eu reacendi o fogo e dormimos.

"No dia seguinte recomeçamos nossa viagem dentro do território desconhecido. Antes de tudo, nos ajoelhamos e rezamos. Eu podia aguentar somente um pouco de devoção, então enquanto ele balançava para a frente e para trás em seus joelhos arrumei nosso pão e nosso queijo na mochila. Peguei a mão dele e o guiei para fora da praia. Ele tropeçou como uma mula nas conchas e nos seixos enquanto dava pequenos gritos continuados. 'Que pedras são estas?', ele me perguntou.

"'Simples seixos, senhor.'

"'Para mim parecem pedras lavradas ou brita. Vou ser retalhado até morrer, e meus pés morrerão primeiro.' Ele estava ficando mal-humorado e subitamente virou-se para mim. 'Você pode parar de enrolar seu cabelo como uma costureira com seu fio! Isso me distrai.' Eu ainda estava segurando a sua mão e ele percebeu meus movimentos. 'É claro que nosso Senhor sobreviveu trinta dias no deserto. Eu devo aprender a seguir o exemplo divino.'

"'É melhor me seguir primeiro, senhor. Há um caminho de terra batida à nossa frente.' Era um rochedo escarpado e delicado, de certo modo como nossas montanhas em Islington, e eu o guiei para cima."

— Então não tão grande como nossas montanhas em Devon? Elas são muito lindas, Goose, sinto falta delas.

— Nós só tínhamos alguns poucos montes em Londres, Kate, mas temos Cornhill.

— Aqui temos pantanais, onde as bestas selvagens pastam.

— Nós temos Moorfields, onde os homens selvagens ficam presos.

— Nós temos o mar.

— Nós temos Marshalsea. Agora que estamos empatados, posso continuar? Então o guiei por esse monte, que é menor do que qualquer um em Devon. 'Ah', disse ele, 'ar fresco. Tão puro e refrescante que podemos nos nutrir dele.'

"'Se estiver tudo bem com o senhor, prefiro meu queijo. Agora, aqui temos uma vista.'

"Havíamos chegado a uma área plana no cume, e eu podia ver adiante vales e montanhas, florestas e lagos, e uma montanha branca ao longe. Quando os descrevi, ele bateu palmas. 'Viemos de Sodoma para a terra de Canaã! A natureza lançou seus tesouros com...' Ele levantou os braços, assim, e de alguma forma perdeu o equilíbrio. Foi quando escorregou na borda do penhasco. Eu gritei, mas parei quando vi que ele escorregara apenas três ou quatro pés (cerca de 1 metro) até uma árvore. De alguma forma ele se emaranhou nos ramos de baixo e tinha os braços ao redor do tronco. 'O que é isto, Goosequill?'

"'É uma árvore, senhor.'

"'Eu sei que é uma árvore. Mas de que tipo ou espécie?' Já passava as mãos sobre ela e cheirava a casca.

"'Pode ser um carvalho?' Eu o ajudei a se levantar e limpei a poeira do seu casaco. 'Ou um pinheiro?'

"'Você é uma verdadeira criança de Farrington. Não saberia distinguir uma bolota de um grão.'

"'Mas tenho minha faca.' Eu a tirara da mochila, onde ela viajava confortavelmente com o isqueiro, e cortei a madeira. 'É vermelha. Como uma aduela.'

"'Sim, de fato. Esta é uma árvore sagrada, Goosequill.' Ele a estava abraçando de novo, mas fiquei a seu lado para evitar outra queda. 'O cedro. Ele tem odor adocicado como o do junípero, não é? Não mais do que 30 centímetros de diâmetro. Diga-me a altura.'

"'Tão alta como a casa do meu mestre em Leadenhall.'

"'Que era?'

"'Não muito alta.'

"'Basta. Esta árvore, seu tolo, é como a que Salomão usou para construir seu templo em Jerusalém. Sem dúvida é um emblema dos muitos templos que um dia se erguerão nesta terra, e você...' Ele examinou os troncos. 'Não muito alta, você diz?'

"'Não, Sr. Milton. Bem baixa.'

"'Certamente parece pouco menor do que o cedro do Líbano, tão comentado nas Escrituras. Se as obras sagradas são nosso guia, então as obras da natureza estão faltando aqui.'

"'Eu sou seu guia, senhor, neste momento. O senhor prefere continuar rolando no penhasco ou caminhar comigo?'

"'Uma escolha difícil, Goosequill, mas possivelmente eu o seguirei.'

"Então andamos todo aquele dia, mas não antes de saciarmos nossa sede numa pequena cascata que escorria no meio de umas pedras por perto. Agora, onde há uma fonte, como você sabe dos seus dias em Devon, eventualmente há um regato, e onde há um regato haverá em breve um rio. Isto é, como o Sr. Milton diz, uma lei adamantina. E felizmente uma lei aguada também. Então ficamos muito satisfeitos quando continuamos nossa viagem pela mata e no final da tarde chegamos a uma clareira na margem de uma grande floresta. Todo o chão estava queimado e escurecido, mas quando descrevi o fato para nosso querido amigo ele inspirou o ar. 'Um golpe de fogo', disse ele. 'Sempre se acreditou que estes territórios atingidos por um raio fossem sagrados. Este é um local santificado.' Para mim parecia que a área havia sido queimada e destruída por alguém, mas continuei tranquilo. Você sabe como eu posso ser quieto e pacífico?"

— Não, Goose.

— Em vez disso catei alguma lenha e, depois de acender um fogo, sentamos e mastigamos nosso queijo. Podíamos estar em Greenwich, Kate, depois da feira. Por favor não me pergunte nada sobre Greenwich. Exceto que havia aqueles grilos barulhentos por toda parte. Agora me acostumei com eles, mas naquele momento eram infernais. Eu estava para reclamar, mas o Sr. Milton balançava a cabeça para os lados como se estivesse ouvindo um grande instrumentista no clavicêmbalo. Então as luzes chegaram. Estavam flutuando no ar a alguns metros de distância e eu subitamente pensei que fossem lobos que se aproximavam. Dei um pulo para trás, jogando todo o meu queijo no chão, e gritei. Ele se levantou também e gritou comigo. É claro que percebi que aquelas luzes eram muito minúsculas para serem olhos de qualquer criatura, e eram tantas que o ar parecia estar pegando fogo.

"'Desculpe perturbá-lo", disse eu, 'mas há muitas centelhas voando no céu.'

"'Você arruinou meu jantar por causa do brilho de vaga-lumes. Você nunca viu um antes? Eles atulham os campos em Lambeth.'

"'Mas existem muitos aqui. Milhares e milhares.'

"'Então esta terra tem sua própria luz.' Ele se acalmara um pouco. 'Na voz dos grilos também tem sua música.'

"Apanhei as sobras do queijo e dei ao meu mestre. 'Se também tiver suas zonas urbanas e cidades e portos, então seremos felizes. Posso lhe garantir.' Este foi o fim do nosso segundo dia na floresta selvagem, Kate. Kate, posso lhe dar um beijo agora? Você está ficando com sono, Kate? Repouse a cabeça em meu ombro. Assim. Você se lembra de como costumava descansar sobre mim quando estávamos juntos? Qual o título daquele livro que certa vez lemos? *Uma carta de conselhos sobre o casamento*."

— Você nunca seguiu nenhum conselho, Goose.

— Mas eu era o guia dele, não era? E se eu não pude guiar o Sr. Milton pelas florestas, pode ser que agora consiga guiar você para a cama. Oh, Kate.

— Vamos continuar agora depois da nossa deliciosa ceia? Jane já está dormindo? Nada de aguardente esta noite, Kate, prometo. Vou ser um modelo de contador de histórias. Não farei digressões, como o Sr. Milton diria. Não vou enfeitar. Acordamos antes da aurora com as mordidas dos insetos. Pior que as mordidas era minha sede, embora, antes do nascer do sol, eu tivesse levado o Sr. Milton até algumas moitas e capinzais na beira da clareira. Juntos lambemos o orvalho das folhas e depois rezamos, eu dizendo "amém" em todos os momentos errados.

"'Você observou alguma coisa?', ele perguntou depois.

"'Não vi nada.'

"'Não há cotovias. Pelo menos eu não ouvi nenhuma.'

"'Oh, mas há muitos pássaros. Vi bandos deles na distância, parecendo com os nossos pombos.'

"'Foi um pombo que veio no convés do *Gabriel*. Você se lembra? Não serão conhecidos como pássaros de promessas falsas.'

"'Estávamos comendo manteiga diretamente dos potes, lambendo nossos dedos como meninos de escola. 'Tive um sonho esta noite, Goosequill, que me pressagia muito. Sonhei que estávamos numa grande floresta e que muitas tartarugas-pombos pousavam em ramos verdes. Elas ficavam olhando para nós e seu chilreio parecia o som de um mar calmo que nos cercava. Mas então os insetos me acordaram.'

"'Oh, Senhor. Não existe sonho tão grande que o mundo não derrote.'

"'Sim. O calor e a poeira conseguem passar.' Ele limpou os dedos no casaco. 'O que me lembra que devo me lavar. Eu estou em decadência, Goose. Estou vivendo como algum anacoreta em minha própria sujeira.'

"'Isso é muito chocante, senhor, mas temos esperança de encontrar um rio, não é? Ou um riacho?' Olhei em torno cuidadosamente, como se não tivesse olhado cem vezes antes. 'Temos a floresta aqui, pela qual podemos fazer uma trilha estreita. Fora dela há uma terra de capim alto que parece bastante firme, mas pode esconder terras baixas salgadas ou um pantanal. Não posso escolher.'

"'Escolha nada mais é do que raciocínio. Quando Deus fez Adão ele lhe deu o livre-arbítrio. Que caminho tomaremos?'

"'Não poderia ser uma decisão sua, senhor? Não estou tão certo quanto o senhor.'

"'Então você pede ajuda a um cego, não é?' Ele estava feliz com seu próprio bom humor. 'Bem, estou alegre de ser nosso guia.' Levantou-se e parecia estar farejando o ar, pois seu nariz se arrebitou, mas ele levantou a cabeça apenas para espirrar.

"'Deus o abençoe, senhor.'

"'Obrigado, Goosequill. Vamos nesta direção.' Ele começou a marchar a passos largos em direção à floresta, mas parou bem no limite das árvores. Ela era densa e alta, e ele roçou em alguma coisa com os cabelos. 'Pode me emprestar seu chapéu? Tenho horror a coisas rastejantes.'

"'Cobras?'

"'Serpentes'. Ele estava fazendo uma careta tão grande que parecia ter acabado de ver uma. 'E o que mais temos probabilidade de encontrar enquanto andamos sem rumo? Sem dúvida nativos. Índios. Selvagens. Pagãos. Todos à nossa volta.'

"'Não, senhor. O senhor não está em Londres agora.' Qual o problema, Kate?"

— Não há selvagens em Londres, não é? Ou pagãos?

— Muitos deles. Exceto que usam casacos e chapéus, como todos nós. O Sr. Milton suspirou à minha menção a Londres. 'Peço a Deus para retornar para lá', disse ele. 'Pensava que poderíamos construir um Éden nesta vastidão, mas agora...'

"'Com casas e esgotos?'

"'Oh, sim.'

"'E cárcere e carrasco?'

"'E o que temos aqui senão uma punição divina, até agora mais séria?'

"'Se eu encontrar um sapato, senhor, vou retirar o cadarço.'

"'Por quê?'

"'Para que o senhor possa se enforcar com ele.'

"'Não, Goosequill, se depender disso, temo que você seria obrigado a uma vida solitária. Vá na frente.'

"Entramos na floresta e tomei o cuidado de marcar cada árvore com minha faca, e assim caminhamos lentamente entre ramos espessos, pequenos arbustos e árvores tombadas. Depois de alguns minutos ele farejou o ar. 'Tem cheiro de água em algum lugar', disse ele. 'Na direção de sua mão direita.'

"Naquele momento vi uma trilha rústica à nossa frente, para onde corri gritando alto. 'Alô!'"

— Conheço esse "Alô", Goose. Você sempre o faz quando corre, salta ou dança.

— Ou quando a vejo à primeira luz. "Parece que alguns pequenos cavalos galoparam aqui", disse eu. "Vejo as marcas de pequenos cascos."

"'Alce... que tem mais aí?'

"Somente então alguns coelhos espalhados pelos arbustos. Mas nossas vozes haviam assustado mais do que pequenos animais e duas criaturas deslizaram de uma árvore para outra. Pareciam esquilos, mas eu nunca vira esquilos com asas. 'Morcegos, senhor.'

"'Morcegos de dia? Acho que não.'

"'Mas há uma trilha, senhor, tão lisa quanto meu chapéu. Seu chapéu.'

"'Vá em frente, então. Ela pode nos levar, como o alce, para a água.'

"Então caminhamos na pequena trilha que começava a descer tão abruptamente que tive de segurar com força meu mestre, com medo que escorregasse: ele era sempre bom em rolar ladeiras abaixo. Ele não tinha mais fôlego do que um peru no Natal, e quando paramos para nos nutrir de ar, como ele dizia, ouvimos barulho de água. Deslizamos e rastejamos para baixo juntos pelo resto do caminho, que deveria ser a lateral de um vale. Desgarramo-nos até que avistei uma corrente brilhando entre os arbustos. Mas não era uma corrente, Kate, era um rio. 'Tão largo quanto o Tâmisa!', gritei e me joguei inteiro nele. 'Vai ter peixe. Peixe e água e tudo mais!'

"Nosso mestre ficou indeciso na margem e colocou a mão sobre a superfície do rio, como se pudesse sentir sua profundidade. Então ajoelhou-se e tocou na água enquanto eu o ouvia murmurando. 'Peço que este seja um verdadeiro e cordial bálsamo.' Colocou as mãos em concha e bebeu da água, antes de lavar o pescoço e o rosto. Eu estava saltando e salpicando como um cachorro numa lagoa e algum respingo o molhou. 'Cuidado com meu chapéu! Goosequill! Eu gosto de suas travessuras alegres...'

"'Pode me chamar de pato, senhor, não de ganso!'

"'...mas meu casaco já está úmido e pesado para dois homens.'

"'Então tire-o. Aqui não é Lambeth Marsh. Aqui somos livres!'

"'Eu sei. Então afrouxe minhas roupas, por favor.' Parei de pular e o ajudei. 'Bom. Agora, Goosequill, pode me deixar para as minhas libações?'

"'Libações?'

"'Não tenho uma mente afeminada...'

"'Oh, não, senhor.'

"'Mas eu gostaria de me lavar em pacífica solidão.'

"'Numa palavra, sair?'

"'Precisamente.'

"Comecei a andar para trás, ainda o encarando. 'Estou indo, estou indo, estou indo.' Tropecei numa raiz e caí em meio a um capim alto. 'Já fui, senhor. Bastante.' Olhei para ele por um momento e me maravilhei com seu corpo tão alvo e puro, que não mostrava sinais de velhice."

— É tanto assim, Goose?

— Como o corpo de uma menina. Mas não tão macio e agradável de tocar como o seu, Kate.

— Pare de me tocar. E passe-me aquele fio, por favor, preciso me ocupar enquanto você fala.

— Eu sei como eu poderia ocupá-la, Kate.

— Goose! Pare com isto.

— Então decidi explorar mais. Não você, Kate. A floresta. Estava com vontade de caminhar, agora que me sentia refrescado, então embrenhei-me para a outra parte da margem, onde encontrei uma clareira aberta. Estava cheia de plantas e de algumas pendiam frutos escuros e cheirosos. Sedutores como a sua boca. Provei um e era muito doce. Tão doce quanto seus lábios. "Como estamos tão necessitados de plantas e sustento", disse eu imitando a voz do Sr. Milton, "você pode colher esse fruto cor de púrpura e até mastigar sua polpa." Comi mais um. "Que fruto ambrosíaco."

— Isso é a cara dele, Goose. Ele é sempre tão eloquente.

— Havia uma árvore na beira do canteiro de arbustos, e vislumbrei alguns frutos dourados pendentes dos seus ramos; eram como uma maçã brilhante banhada de luz, Kate, e eram tão largos quanto a coroa de um chapéu feminino. Não consegui deixar de tocá-los, mas quando coloquei minha mão aquilo se dissolveu imediatamente numa nuvem de vespas. Não bem uma nuvem, mas uma tempestade, e fui atacado no pescoço e nas mãos. Aqui, aqui e aqui. Por que você está rindo? Eu rugi como o urso que quase tropeçara em nós e corri para o rio, onde meu mestre ainda estava se lavando nas águas. "Que barulho infernal é este, Goosequill?"

"'Eu fui picado, por todo o corpo.'

"'Na Antiguidade as abelhas deveriam montar guarda nos locais de oráculo e adivinhações.' Eu notei, apesar de minha dor, que suas mãos estavam cobrindo suas partes privadas. 'Tornou-se um vidente?'

"'Não estou vendo nada, senhor.'

"'Então estamos iguais.' Ele me deu as costas como se fosse uma virgem. 'Entretanto, mesmo que não possamos ver, podemos pensar. Não é certo?'

"Eu estava muito dolorido e despreparado para sua filosofia naquele momento. 'Acho que é assim, senhor.'

"'Então me diga o que você pensa deste rio.'

"'É muito lindo.'

"'Só posso sonhar com a beleza. Pense de novo.'

"'Proverá comida e bebida para nós.'

"'Bom. Agora me diga para onde ele vai.'

"'Para o interior, senhor.'

"'Você está certo. Ele nos levará, a seu tempo, até um moinho, uma casa ou um povoado. Todas as crônicas da antiga Inglaterra nos dizem que os rios são o local natural de assentamento. Você se lembra, é claro, de que uma segunda Troia surgiu ao lado do Tâmisa.'

"'Não lembro precisamente, senhor. Mas eu era muito jovem.'

"'E ainda tolo. Venha. Dê as costas para mim enquanto saio da água. Agora marcharemos em frente.' Ajudei-o a se vestir e então lhe trouxe alguns dos frutos adocicados que havia encontrado. 'Estou ouvindo', disse ele, 'o murmúrio dos insetos e o rumor dos peixes que pulam da água.' Ele terminou sua fruta e limpou o suco de seu queixo com a manga do casaco. 'Mas você sabe o que vejo?'

"'O que o senhor vê?'

"'Vejo linhas de palavras murmurando e chamando umas as outras.'

"Não o entendi então e não o entendo agora, mas eu estava distraído. 'Oh, Deus, senhor. Aqui tem algo de que o senhor nunca ouviu falar', disse eu. 'Os cisnes acabam de aparecer na curva do rio. Estão vindo em nossa direção.'

"'É mesmo?'

"'Iguais aos nossos cisnes na Inglaterra. Costumávamos jogar pedras neles junto à velha ponte de Londres.' Ele franziu as sobrancelhas. 'Mas nunca acertamos nenhum.'

"'Você é mau como os prelados comedores de cisnes e chupadores de canários que nos governam.'

"'Eu costumava observá-los enquanto comiam na vala Fleet. Eu me admirava como uma ave tão bela pode comer uma porcaria tão ruim.'

"'É a natureza da besta. Eles se dispersaram?'

"'Eles se dispersaram.'

"'E não têm medo de nós. *Ambulate*.'

"'Senhor?'

"'Você já olhou demais. Guie-me para mais maravilhas.'

"Então começamos nossa viagem para o interior, seguindo a própria margem do rio, que serpenteava e se torcia entre as rochas e o capim. Estava extraordinariamente quente, mas caminhamos pelas sombras das muitas árvores que cresciam ali.

Havíamos viajado 2 quilômetros quando estaquei subitamente. 'Silêncio, senhor. Há algo monstruoso na água perto de nós.'

"Ele agarrou meu ombro e sussurrou. 'Que besta de barbatana é essa?'

"'Parece um cachorro ou um gato na água. Ele nada. Oh, não. Ele está vindo para a margem'. Meu mestre me segurou mais forte. 'É como uma toupeira com o traseiro de um ganso. Oh Deus, senhor, tem a cauda como o solado de um sapato. O que é?'

"'Ah, agora eu sei.' Ele tirou a mão de mim. 'Não precisa ter medo. Já li sobre isso.'

"'Gostaria que me desse conforto. O senhor já leu muitas coisas.'

"'É algo como uma lontra misturada com um coelho. Ouvi dizer que constrói casas com ramos de árvores. De certa forma como as nossas formigas inglesas. Não nos fará mal.'

"Foi então que notei, quando vencemos outra curva do rio, que alguns troncos flutuavam na água. Não era nenhuma casa de animal, Kate. Era uma ponte. E o que eu vi então, senão um homem, de camisa e calças curtas, caminhando sobre ela com uma vara na mão!"

— Você pode cortar este fio para mim, Goose? Estou ouvindo.

"Ei você!", gritei. "Hurra! Olhe pra mim!"

"'O que é isto agora?' O Sr. Milton perguntou com tremor na voz.

"'Um homem, senhor! Um inglês vivo! Viva!' Fiquei na ponta dos pés e peguei o chapéu do meu mestre de suas mãos e o acenei bem alto. O cavalheiro na ponte acenou de volta, de modo familiar como se estivéssemos passando por Old Jewry."

— O que é Old Jewry, Goose?

— Os judeus costumavam morar ali, por isso o nome, mas hoje em dia são comerciantes e alfaiates. Tenho permissão de chegar ao fim da história? "Somos de Londres", gritei bem alto. "Viemos de Londres."

"Apressamo-nos a encontrá-lo, a mão segurando o braço do meu mestre, e o estranho não parecia nem um pouco surpreso. 'Então vocês vieram de bem longe', disse ele.

"'De fato, sim.' Parecia agora que o Sr. Milton queria falar por nós. 'Pensei que houvesse ultrapassado as fronteiras do nosso povo peregrino. Mas, por sua voz, senhor, conheço sua origem. Deus seja louvado.'

"'Quem é o senhor?'

"Ele se empertigou e colocou a mão em meu ombro de modo muitíssimo digno. 'Eu sou John Milton. Sou a boa velha causa.'"

Seis

Querido e amado irmão em Cristo, Reginald Pole, eu, John Milton, o saúdo em nome da boa velha causa. Na sua última carta, cheia de cortesia, boa vontade e afeição singular para nós e a Nova República, você solicitou outro valioso e informativo capítulo de nossa própria história divinamente inspirada. Como eu poderia recusar um pedido tão devotado e caridoso? Em minha última epístola lhe informei das coisas boas e esperançosas de nossa desesperada viagem depois do naufrágio, na qual fui acompanhado por um pobre e crédulo jovem que pela vontade de Deus ficará a meu encargo. Todavia, fui levado por uma visão interior a um inglês que habita na selva, e foi ele quem, como o discípulo de Edom, levou as primeiras notícias da minha chegada ao bom povo da região. Eles esperavam pacientemente por mim quando, caminhando com segurança e perseverança, cheguei ao seu assentamento. O nome de John Milton não era desconhecido para eles; na verdade alguns dos meus textos contra o episcopado haviam sido amplamente distribuídos há muitos meses nas cidades da Nova Inglaterra. A notícia de minha súbita e propícia chegada foi logo largamente divulgada, informando-se que eu fugira da ira de um rei injusto e impiedoso. Eu havia deixado o Egito para encontrar um novo Israel e os graves irmãos de Nova Tiverton estavam juntos, prontos para me receber. Eles se reuniram em sua pequena cabana de madeira, uma construção humilde consagrada a Deus, e de longe já os ouvia cantando hinos. Mas, primeiro, posso voltar atrás um pouco? Você também me pediu homilias e fábulas da nova terra de Cristo. Tenho tanto a repartir consigo, bom colega trabalhador da vinha, e não estou indisposto a misturar a poesia de história com a simples prosa. Nunca condenei o uso de coisas leves e agradáveis, desde que não imorais, entre coisas elevadas e trágicas; não há mal em interlúdios jocosos em nosso tema épico desde que eles não se inclinem a gratificar um gosto corrupto e indolente. Este não é seu caso, querido Pole, e da forma mais desejável satisfaço sua solicitação.

Foi o homem chamado Eleazer Lusher que deu a notícia da nossa estranha chegada. Ele descobrira meu pobre companheiro e eu junto a um rio e imediatamente nos levou à sua casa, na extremidade daquele vale onde havíamos caminhado com muitos suspiros e lágrimas. Logo observei que se tratava de uma choupana rústica construída com madeira e barro, ainda que para a criança ignorante que me acompanhava fosse "grande como o palácio Whitehall", depois da nossa longa viagem. O Sr. Lusher vivia em solidão e obtinha leite, queijo e outros itens trocando-os por peles de castor que ele caçava. Entretanto, parecia contente com sua reclusão, e enquanto eu narrava os acontecimentos de nossa tempestade e nosso naufrágio (com muitas digressões do garoto), ele ouviu quieta e solenemente. Sem dúvida sofrera antes com algum impedimento na sua língua, pois respondeu com grande hesitação e meditação; sei pela voz dele que estava olhando para o chão enquanto falava comigo. "É por isso que eu o encontrei perto de Sakonnet", disse ele depois que completei o relato de minha viagem pelo interior. "Vocês naufragaram nas rochas depois de Sakonnet Point. É uma costa difícil para quem não está acostumado."

Ele nos alimentou com peixe cozido e milho, do modo dos antigos cristãos, e nos fez beber uma quantidade copiosa de leite, o que não foi mal recebido. O garoto distraído que estava comigo, Goosequill, bebeu avidamente, pelo que o repreendi. Desejei saber mais da região à qual havíamos chegado. "Pode me dizer, Sr. Lusher, sobre os príncipes e poderes deste local?"

"Significando?"

"Quem governa?"

Então, com muita dificuldade e silêncios enquanto se esforçava para compor a sua fala interrompida, ele me informou sobre a natureza e a extensão dos territórios aos quais eu havia chegado. Estávamos na terra dos Wampanoags (neste mundo bárbaro e gentio, Sr. Pole, as próprias palavras parecem demônios), cujo cacique ou chefe, Wansutta, havia sido muito ineptamente renomeado de "Alexander", pelos ingleses; ele agora residia em Watchuset, que havia sido mais piedosamente denominado "Monte Esperança" por nossos colonos. Esta terra, em torno, estava rodeada por outras tribos de nomes heréticos. Os Pokanokets ao sudoeste, com os Nausets atrás deles; a oeste estavam os Narragansetts; e além deles os selvagens Pequots, os quais, pela misericordiosa graça de Deus, haviam sido quase totalmente extirpados pelos irmãos há dez anos. Nossa terra no todo era agora conhecida como Nova Plymouth, nomeada em homenagem ao assentamento maravilhoso que pela admirável providência de Cristo fora estabelecido em um local conhecido pelos índios como Pocasset ou Patuxet.

Eu pedi-lhe nomes menos pagãos e selvagens. Agawan, Nanepashemet, Chobocco, Naumkeag — estes eram mais estranhos para mim, disse eu, do que Gehenna, Vallombrosa, Tophet ou Goshen, onde os diabos das escrituras haviam certa vez feito morada. O instável e supersticioso Goosequill estava contente, entretanto, e bateu palmas quando soube que o recém-nomeado Tâmisa, a oeste, uma vez se chamara Pequot. Quando o Sr. Lusher nos informou seriamente que os ingleses eram conhecidos como "wanux", o garoto começou a caminhar animado em torno da cabana cantando "eu sou um wanux".

"Deve perdoá-lo, Sr. Lusher", disse eu, "temo que nossos sofrimentos tenham sido uma provação severa para seu espírito."

"Oh, não, senhor. Ele pode alegrar nosso próprio espírito. Aqui somos bem tristes."

Assim falou o caçador solitário, afastado, por sua escolha, da companhia dos eleitos. Mas não havia nenhuma tristeza quando fui levado para a local de reunião, dois dias depois, nada, mas um murmúrio geral de 'Louvado seja!' e 'O Senhor seja louvado!' dos irmãos em assembleia. É claro que eu não usava mais as vestimentas repulsivas que foram acidentalmente achadas pelo garoto, mas trajava um casaco simples marrom, com uma fita branca no pescoço. Era decente e bem ajustado, sem ser pretensioso. Também havia conseguido um bastão de madeira para a ocasião solene, e entrei lentamente pelo corredor central com minha mão sobre o ombro de Goosequill. Eu tinha esperança de andar sem a ajuda dele, preguiçoso como ele era, mas não conseguia estar seguro pisando nas tábuas irregulares rusticamente construídas.

"Este é ele", um dos eleitos sussurrou. "Caminha como um profeta."

Na verdade eu não tencionava tal semelhança e baixei minha cabeça em sinal de humildade antes de me voltar para eles. "Vossa presença, amigos, me faz reviver. Vocês me veem dolorido e sofrido, mas sem diminuir a confiança na providência divina. Pensei ter sido ferido, quase caído, quando me encontrei lançado a uma terra tão distinta daquela de onde venho. Mas nem tudo estava perdido. Ser fraco, boa gente, é ser miserável. Minha vontade indomável me manteve. Entretanto, vocês sabem que não foi somente minha força. Não foi."

Eu os ouvi ecoarem minhas palavras satisfatoriamente, com exclamações "De modo algum!" e "Na verdade não!"

"Confiando em Deus que me chamou a esta terra, deixando amigos e o solo nativo muito para trás, naveguei com boa vontade por pântanos obscuros, por desertos e lodaçais...", fiz uma pausa e o silêncio me assegurou que eles estavam ouvindo atentamente. "Então, por caminhos solitários cheguei a este local desconhecido, através do imenso oceano vazio. Mas agora vejo boas perspectivas. Vejo campos afortunados, plantações e vales floridos."

O garoto me havia informado, antes de minha chegada, que os irmãos eram de uma "palidez doentia", e se me recordo de seu fraseado vulgar, "parecendo mais cansados do que um cabeça-dura numa manhã de domingo". *Horribile dictu!* Entretanto, oh, Sr. Pole, como eles pareciam reanimados enquanto exclamavam "Aleluia" e "Louvado seja" após minha mensagem.

Um dos membros veio à frente. (Confio que você esteja interessado nas palavras claras dos irmãos, fragmentos simples de uma história que servirá de inspiração àqueles deixados em meu querido país abandonado. Espalhe esta história, Reginald, pela terra da Inglaterra. Dissemine-a sem delongas.) "Jervis, Seaborn",* o velho piedoso me informou.

"Não entendi."

"Seaborn, senhor. Renasci em nossa travessia do oceano. Saí do umbigo de Cristo."

"Excelente, benfeito."

"E agora, por consenso geral, fui escolhido para suplicar ao senhor."

"Não fale em suplicar, Sr. Seaborn, quando eu mesmo cheguei aqui como uma alma errante."

---

*Em inglês, Jervis Nascido no Mar. (*N. do T.*)

"Jervis, senhor, Sr. Jervis. Posso falar algo de preocupação imediata e presente para todos nós?"

"Na verdade, se quiser."

"Sou portador da notícia de que este não é um local para assentamento."

"Realmente não há cidade adequada sobre a terra."

"Não, senhor. Quero dizer que nós sempre tencionamos construir nossa cidade de Deus em outro local. O ar aqui é demasiadamente carregado de muitos vapores."

"É pestilento?"

"Achei que o cheiro é como o de Tothill Fields", disse o garoto ao meu lado.

Colhi a oportunidade para apertar seu ombro até que ele gemeu. "Perdoe meu servo. Ele é dado a alusões mundanas."

"O ar aqui é muito pantanoso, senhor", continuou o Sr. Jervis com a mesma atitude piedosa. "A princípio pensamos em nos estabelecer junto a um lago espaçoso, que era reputado, pelos nossos irmãos anteriores, como mais limpo que o lago de Nazaré na Palestina."

"Que era tão claro que parecia um outro céu."

"Mas então soubemos que ficava 500 quilômetros distante daqui."

"Isto seria realmente uma peregrinação."

"Mas agora encontramos um local fértil perto deste rio, que esperamos tornar nosso."

"É um *vacuum domicilium*?"

"Senhor?"

"É vazio de pessoas? Há reivindicações sobre ele?"

Senti que a congregação estava ouvindo atentamente nossa conversa e uma mulher no fundo gritou: "Somente os bárbaros! Somente os selvagens pagãos!"

"Aquela é Humility Tilly,* senhor", o Sr. Jervis me informou em voz baixa. "Ela transborda piedade."

"Quem são esses pagãos a respeito dos quais ela é tão eloquente?"

"Os ateus nativos. Eles chamam a terra Machapquake." Ele hesitou e eu sabia que iria falar de compra. "Mas eles perdem facilmente o que ganham."

A interrupção de Humility Tilly fez alguns da congregação intervirem no mesmo espírito piedoso. Ouvi um deles gritar. "Dez quilômetros quadrados trocados por sete casacos!"

Seaborn Jervis estava contido em minha presença e eu o admirei por isso. "Perdoe seu entusiasmo, senhor."

"O entusiasmo é um dom de Deus."

"Obtivemos a terra por sete casacos, como eles dizem, juntamente com algumas ferramentas simples de nossa fabricação. Os selvagens também quiseram dez metros e meio de tecido de algodão, o que, após deliberação, concedemos. Foi uma barganha justa e agora o título da terra está em nosso nome."

"De fato um bom preço. Repita para mim o nome do local, por favor."

"Machapquake, na língua selvagem. Mas...", o bom Jervis hesitou mais uma vez. "Mas nós o chamaremos de Nova Milton."

"É isso mesmo?" Olhei em frente e esperei que ele falasse de novo.

"Nós concordamos, senhor, sabendo muito bem de seu bom trabalho sagrado em nossa querida pátria e tomando conhecimento de sua nobre dedicação em prol do bem comum... bem, senhor, podemos lhe pedir que organize para nós a estrutura da nossa pequena comunidade e de nossa política? O senhor seria nosso autor e principal arquiteto?"

---

*Em inglês, Humildade Tilly. (*N. do T.*)

Ouvi o menino maluco ao meu lado sussurrar "Oh, Senhor", entretanto decidi não admoestá-lo naquela hora brilhante de minha vida. "Sim", disse eu. "Eu o farei."

Logo começou um coro geral: "Louvado seja Deus", e "Deus está presente aqui", o que me agradou. Ouvi o bom Jervis girar nos calcanhares e anunciar a seus irmãos que "nosso jugo terminou!".

Houve um murmúrio entre eles, e pelo ar e pelos movimentos senti que um havia se levantado da cadeira e estava se aproximando de mim. "Muito já foi feito, bom senhor, para facilitar sua tarefa. Nós já discutimos entre nós e outorgamos 20 acres de terra para cada uma das nossas famílias."

"Quem fala comigo agora?"

"Preserved Cotton,* senhor."

"Um santo nome, sem dúvida."

"Então os nossos acres estão bem divididos. E se posso usar estas palavras nesta assembleia de Deus, outorgamos uma vaca e dois bodes para cada família. Quanto à plantação de milho..."

Tirei meu braço do ombro de Goosequill e levantei no ar. "Bom mestre Preserved Cotton, Deus aumentará grandemente a prosperidade de seu povo. Não tenha dúvidas. Vamos adentrar no ar saudável?" Eu sempre tive um temperamento reservado e fastidioso, Sr. Pole, acreditando que a limpeza nos leva para mais perto do espírito puro de Deus. Aquela casa de assembleia já se tornara desconfortavelmente cheia e quente, e eu disse ao garoto para me guiar em meio à congregação, em passo lento e reverente, na direção da porta aberta. Ouvi os irmãos suspirando enquanto eu passava por eles, e então eles me seguiram na luz clara da Nova Inglaterra.

---

*Em inglês, reserva de algodão. (N. do T.)

Enquanto se juntavam em torno de mim, virei o rosto na direção do sol. À minha esquerda podia sentir o cheiro da vegetação luxuriante da floresta. Aquele assentamento de Deus ficava de fato no meio da imensidão. Mas me animei e bati no chão três vezes com meu bastão. "Esta não é uma assembleia de sábado", disse a eles. "Não farei uma preleção. Vocês não precisarão de uma ampulheta, bom povo, para medir minhas exortações. Digo apenas isto. O começo das nações, exceto aquelas de que as Sagradas Escrituras têm falado, até hoje tem sido desconhecido ou obscurecido e maculado por fábulas. Mas não precisaremos inventar histórias aqui. Vocês, do povo peregrino, tão amado de Deus, vieram a este vasto recesso somente porque preferem a dura liberdade, depois do jugo fácil da pompa servil. Embora não os veja, ouço vossas palavras graves e solenes. Sei que vocês não são menos nobres e bem desenvolvidos para a liberdade de uma comunidade do que eram os antigos gregos e romanos." Uma criança chorou e, enquanto era acalmada, fiquei quieto e colhi a oportunidade para compor minhas últimas palavras. "Eu compartilho convosco as esperanças de uma comunidade crescente. Vejo a expectativa de um novo mundo, a feliz sede de uma nova raça, uma ilha e um clima brilhante, onde, um dia, por desígnio e longo processo do tempo, surgirá um magnífico império. Longo e duro foi o caminho do inferno da impiedade e do sacrilégio que os conduziu em direção a esta alvorada. Mas agora, que de fato se faça luz!"

Sete

— Você se lembra, Kate, de como nos encontramos pela primeira vez?

— Eu nunca disse uma palavra para você, Goose.

— Ah, você disse. Você era uma tagarela.

— Eu não era.

— Sim, era. Mas não era a única. Nosso bom mestre desfiava tantas palavras para os irmãos que sua língua devia doer. Mas como lhe pedir para ser mudo, além de cego? Você se lembra daquele celeiro que eles chamavam casa de reuniões? Eu o guiava para fora e ele fazia um grande espetáculo de palavras.

— Entre aquelas cabanas de madeira que nós tínhamos, Goose. E aquelas tendas de pano.

— Parecia que você também estava vestindo tendas. Tudo era retalhado e remendado, de modo que você parecia um daqueles mendigos robustos de Shadwell. Só que nenhum de vocês era de modo algum robusto. Perdoe-me por falar assim, Kate, todos vocês pareciam raquíticos. Isto não é nenhuma New Tiverton, eu pensei, isto é alguma New Wen. Então vi você.

— Você se aproximou de mim quando a pequena Jane estava chorando. Você se lembra, Goose? Lembra-se do que me disse?

— Eu lhe disse como você era uma bela senhorita.

— Não, não disse. Você olhou gaiato para Jane. "Ah, isto é uma criança", disse, "e sem erro. Minha irmã era exatamente como ela. Choramingava o tempo todo."

— Fiquei contente de ouvir que não era sua filha. Que era a filha de seu irmão. Que sua mulher perecera na travessia. E todo o tempo eu pensava que você tinha o rosto mais bonito que eu vira desde que deixara a Inglaterra. Então perguntei seu nome.

"'Jervis, senhor. Katherine Jervis.'

"'Um belo nome. E você pode me chamar de Goosequill.'

"'Posso lhe perguntar uma coisa, Sr. Goosequill?'

"'Pode.'

"'Como foi escolhido para guiar o Sr. Milton?'

"'Entrei no serviço de Sua Majestade por acaso.'

"'Sua Majestade?'

"'É como eu o chamo, às vezes. Ele não dá importância ao título. Ou assim parece.' Eu pisquei para você, Kate, que estourou em gargalhadas.

— Eu não. Estava embalando a criança naquele momento.

— Oh, sim, você riu. "Pensei que você teria a cara tão fechada como os outros, senhorita, mas me enganei."

"'Não pode haver muito riso num lugar como este, Sr. Goosequill.'

"'Goosequill. Simplesmente Goosequill.'

"'Temos poucos motivos para nos alegrar.'

"'Ah, pode-se rir na selva sem nenhum problema. Como diria meu mestre, basta fazer uma oscilação na boca.'

"Você sorriu de novo, e foi uma surpresa agradável como um morango no inverno. 'Então é tão fácil?'

"'Tão fácil como um júri de Londres. Mas me diga, Katherine, por que você veio para cá?'

"'Prometi fazer companhia para a mulher de meu irmão. Então, como disse, ela morreu no oceano. Então agora estou criando sua filha. É a vontade de Deus.'

"'Quem lhe disse isso?'

"'Meu irmão, Seaborn Jervis. Depois da morte dela durante a viagem ele se tornou devoto.'

"'Infelizmente muitas vezes é o caso. Então ele construiu a igreja aqui, não foi?'

"'Oh, não, Sr. Goosequill. A construção era indígena. Quando encontramos o celeiro abandonado acampamos ao redor dele.'

"'Então meu mestre falou numa igreja selvagem? Ele ficará muito gratificado por isto.'

— Goose, você nunca disse nada disso. Está inventando. Nunca falamos assim. Você perguntou meu nome e então ficou ali assobiando e trocando os pés. Lembra-se daquele casaco colorido de retalhos que você estava usando? Você havia prendido nele uma flor e enfiou o chapéu na cabeça.

-- Isso foi porque meu cabelo poderia se despentear. Eu era muito janota naqueles tempos.

— Você se incomoda se eu cortá-lo e arrumá-lo?

— Não. De modo algum. Especialmente quando posso deitar a cabeça em seu colo, assim, e você pode acariciá-lo. Você lembra que logo no dia seguinte, o horroroso Culpepper veio de Plymouth com seu garoto índio?

— Não. Você nunca me contou. Você era tímido comigo naquela época.

— O Sr. Culpepper há muito era um estudante dos meus panfletos", meu mestre me disse, quando fomos informados de sua chegada. "Soube que ele admira particularmente 'A razão do Governo da Igreja Urgida contra o Prelado e Considerações Relacionados com os Possíveis Meios de Remover Vendilhões da Igreja'. Sem dúvida ele anseia por me cumprimentar.

"Eu não ansiava por cumprimentá-lo, depois que seu querido e santo irmão Seaborn me falou seu ministério. É esta a palavra para aquilo? Seu nome era Nathaniel Culpepper, conhecido como Culpepper, o "obreiro milagroso", por causa de seu trabalho com os 'índios que oravam', aquelas pobres almas convertidas ao cristianismo sob sua catequese. Seaborn dizia que os selvagens costumavam ouvir a voz de Deus no trovão, e então a ouviam por intermédio do 'obreiro milagroso' Culpepper. Ele certamente era muito ruidoso quando gritava: 'Regozijai-vos! Regozijai-vos!' Eu notei nosso mestre se encolher e dar um passo atrás. Tinha um rosto grande, vermelho, brilhante que me lembrava os açougueiros de Schmithfield, e futucava o nariz tão assiduamente quanto um ladrão da noite. Você deve tê-lo visto, Kate."

— Tenho alguma lembrança, Goose, mas tudo era tão novo, tão estranho, que eu dificilmente...

— Também era estranho para mim, pois notei, montado atrás dele, um jovem índio, nativo. Foi o primeiro que vi.

— Você se assustou, Goose? Sei que me assustei quando o vi pela primeira vez.

— Não. Eu estava extremamente interessado. De fato olhava-o tão fixamente que ele virou o rosto em educação. E você sabe o que ele estava usando?

— Aqueles mantos de penas?

— Estava vestido com roupas inglesas, com uma camisa holandesa, um cachecol branco e meias limpas. Descrevi-o em voz baixa para o Sr. Milton quando ele se aproximou e nosso mestre murmurou "deveras, deveras", do seu modo costumeiro. Depois o garoto nos foi apresentado pelo ruidoso reverendo Culpepper como "uma pessoa temente a Deus, vinda de fora", a quem tinha sido dado o nome de Joseph. Eu só podia me perguntar se ele usava aquelas roupas na floresta, e sabia que meu mestre também desejava mais informações quando perguntou a Culpepper sobre aquela "pequena ovelha do rebanho nativo".

"'Deus foi servido', o obreiro milagroso replicou, 'visitar as tribos com uma pestilência infecciosa. Há dez anos Ele permitiu a Satã instigar os índios contra diversos ingleses, mas a praga então os atingiu com um golpe tão brutal que eles morreram aos montes enquanto estavam nas suas palhoças. Expiraram como ovelhas putrefatas. Foi tudo resultado do trabalho de Deus.'

"O Sr. Milton segurou forte meu ombro. 'Como assim? Parece-me como um Gólgota novamente encontrado.'

"'Oh, não, senhor. De fato não. Aí o senhor mostra os preconceitos do nosso velho país. Os que sobreviveram engatinharam até nossa cidade pedindo um pouco de água e víveres. Eles então estavam prontos para a salvação e quando eu lhes disse que Deus dera aos ingleses o poder de manter a praga enterrada no chão eles imploraram pela misericórdia e pela assistência divina. Foi tudo muito edificante.'

"'De fato.'

"'Eles são como crianças, bom senhor, que demandam força para serem domesticadas e acalmadas'. Continuei olhando para o garoto índio, pois não estava certo de que ele entendera as duras palavras daquele obreiro milagroso, mas ele estava pacientemente atrás de seu mestre, com os braços cruzados e os olhos fixos em frente. 'O caminho dos pecadores é a escuridão, Sr. Milton...'

"'Eu sei.'

"'...e esta raça de nativos tolos era destinada a tropeçar e cair sobre o que nem sabiam que era. Agora eles beijam e abraçam a bíblia como qualquer inglês temente a Deus. Meu garoto aqui é perfeitamente sujeito a mim. *Cowautam?*'"

— Você pronunciou bem, Goose.

— Você sempre me dirá que sou um nativo, então aprendi a língua nativa. Mas nenhum de nós sabia isso naquele momento, e o Sr. Milton inclinou a cabeça para o lado para ouvir melhor. "O que foi isto?"

"'Perguntei a Joseph se ele me entendeu.'

"O garoto então olhou diretamente para o santo Culpepper. '*Kukkakittow*', ele replicou.

"'Tanto para dizer, Sr. Milton, que ele me ouve. Joseph, *Awanagusantow.*'

"Nosso mestre repetiu devagar a palavra para ele mesmo. 'Pedirei a ele para falar inglês consigo, senhor, se possível. Joseph, *Awanagusantowosh.*'

"'Dois dormir, nós caminhar. Um dormir, nós chegar aqui.'

"'*Askuttaquompsin*, Joseph. Em inglês isto para eles.'

"'O que alegrar, amigos, o que alegrar?'

"Ele havia pronunciado as palavras como um londrino e não consegui deixar de assobiar. O Sr. Milton respirou fundo e ainda se segurou nos meus ombros. 'O que isso pode significar, Sr. Culpepper? A linguagem de um inglês pronunciada pela língua de um bruto e o sentido humano expressado? Qual é a compleição dele?'

"'Dizem a eles que nascem brancos, senhor, mas as mães preparam um banho de folhas de nogueira de modo que eles se cobrem de uma cor marrom.'

"'É verdade?'

"'Bem.' Ele deu a gargalhada mais obscena que eu já ouvira. 'Tenho razões para duvidar desses relatos. Posso citar o profeta Jeremias?'

"'Sim, pode.'

"'Pode acaso o etíope mudar sua pele ou o leopardo suas manchas? Então poderei fazer o bem, estando acostumados a fazer o mal. Capítulo 13, creio eu, versículo 23.'

"'Mas, branco ou marrom, qual é sua origem? Eles receberam alguma vida lentamente do sol e da lama?'

"'Alguns dizem que estes pagãos vêm dos tártaros ou dos cíntios. Outros dizem que são descendentes dos judeus dispersos.'

"Nosso mestre pediu duas cadeiras e se sentou confortavelmente. Você sabe que ele gosta de suas discussões e suas preleções. 'Certamente o senhor não se refere às dez tribos que Salmanassar levou como cativas para fora de seu próprio país?'

"'As mesmas. Lemos isso no Segundo Livro dos Reis, senhor.'

"'Capítulo 17? Isso é extraordinário, se for verdadeiro. Todavia, eu lhe garanto que está dito que eles seguiram seus caminhos pagãos...'

"'Ainda mais extraordinário, Sr. Milton, é a crença de que os selvagens deste país vêm originariamente dos troianos dispersos. Foi dito que Brutus os guiou para fora do Lácio.'

"'Mas estes povos não têm literatura desde aquela idade do mundo.'

"'Cancelada, senhor. Gasta pelo desuso. Agora meras palavras selvagens.' O obreiro milagroso limpou sua garganta. 'Homens selvagens, também. E licenciosos.'

"Meu mestre se inclinou para a frente, tão sedento como uma mosca em cima de um boi. 'Deve se explicar, Sr. Culpepper.'

"'Eles cometem muita imundície entre si. Há luxúria, lascívia em seus lugares nativos. Jogo. Prostituição. Eles não têm a menor expectativa, senhor. São viciados na preguiça e na mentira.'

"'Entretanto, sem dúvida confirmam suas apreensões obscuras. Se eles são o lixo que restou de uma raça anterior devemos esperar um povo decadente e desconjuntado. Na verdade, me dá pena sua triste sina nefasta.'

"'Estou cheio de piedade também, mas nunca se deve esquecer que são selvagens, e portanto vaidosos e furtivos.'

"'Talvez seu sangue tenha secado com excesso de sol e fogo?'

"'É possível.' O bom reverendo moveu sua cadeira para mais perto. 'E o que é pior, seu governo geralmente é monárquico.'

"Nosso mestre respirou fundo. 'Deveria imaginar isso.' Então ele acenou na direção das matas e das florestas atrás de nós.

'Compreendo agora como estamos nos limites da selvageria, nos próprios confins de uma grande corrupção.'

"'Ah, sem dúvida.'

"'Tremo ao pensar no esperma sórdido engendrado pela sua luxúria. Como vocês os mantém em boa ordem?'

"'Ah, senhor, o melhor é encorajá-los com pequenos presentes, como uma maçã ou um biscoito. É claro que eles nada sabem do dinheiro. Deus os fez dar peixe a um preço muito barato no inverno passado.'

"Eu estava cansado da cantilena do obreiro milagroso e, como eles estavam entretidos em bisbilhotices como velhas comadres de Cheapside, decidi começar uma conversação com o garoto índio. 'Goosequill', disse eu, batendo no peito. Então apontei para ele e levantei minhas mãos no ar, como um ponto vivo de interrogação.

"'*Mummeecheess*', disse ele.

"'Joseph não?' Ele balançou a cabeça. 'Então de quem este abençoado velho bobo está falando?'

"Ele me viu olhando para o 'obreiro milagroso' Culpepper com tanta simpatia como um condenado olha para a forca e pareceu entender alguma coisa que eu dizia. Então ele murmurou '*Manowessas*' e pareceu feroz.

"'Bem, meu garoto, isso parece muito interessante. Por que não vamos dar uma caminhada e discutir isso? Gostaria de beber alguma coisa comigo?' Coloquei as mãos em concha na boca, como se estivesse bebendo de um cálice e ele sorriu. 'Vamos estudar as Escrituras', falei para o Sr. Milton. 'Temos sua permissão?'

"Ele me acenou para sair, sem mesmo um balançar de cabeça em minha direção, então Joseph, perdão, Mummeecheess, e eu saímos de mansinho em direção à floresta. Sucedeu que eu tinha uma garrafa de aguardente em algum de meus bolsos."

— Não acredito, Goose.

— Obrigado pela confiança em mim, Kate. Posso beber à sua saúde mais tarde? Então depois de pouco tempo o garoto e eu estávamos muito amigos. 'Árvore', disse eu, apontando para o tronco em que estávamos encostados.

"'*Mihtuk.*'

"'Vento.' Balancei minha mão na direção dos ramos ondulantes na brisa e soprei ar com a boca.

"'*Waupi.*'

"'Terra.' Apontei para o chão.

"'*Auke.*'

"'Você é um bom companheiro.'

"Joseph colocou a mão em meu peito. '*Wautaconauog.* Homem de casaco. Inglês.'

"'Eu uso casaco, sim. Muito útil para o inverno inglês.'

"'*Chauquaqock.* Homens de faca. Homens ingleses.' Ele estava apontando para o assentamento dos irmãos. 'Corações de pedra.'

"'Sei disso. Esse povo piedoso não é tão bondoso como poderia ser.'

"'Eles veem de debaixo do mundo para tomar o nosso mundo.'

"'Parece que sim, não é? Então vamos tomar mais um gole pela ruína deles?'

"Terminamos logo a última gota de aguardente e começamos a correr pela floresta com alguns 'Hurra' e outros gritos que lhe ensinei. Ele era rápido e eu estava feliz, e, se quer saber, eu me senti livre naquele lugar selvagem. Lembra-se de Eleazer Lusher? Ele foi o primeiro inglês que o Sr. Milton e eu havíamos encontrado em nossas andanças. Naquele momento tive inveja dele. Invejei sua liberdade."

— Você já me perguntou sobre ele, Goose. Usava uma pele de urso, como um índio. Eu costumava vê-lo toda manhã de segunda-feira, quando vinha negociar conosco. Trazia peles e carne, enquanto nós lhe dávamos leite, queijo e outras coisas. Era um homem tranquilo. Vivia só, acho.

— Como sempre você está certa, Kate. Ele morava na floresta. Bem, eu disse ao Sr. Milton que ele era o homem para nos falar mais a respeito daqueles índios. Nosso mestre estava agora muito interessado, depois de sua proveitosa conversa com o reverendo Culpepper, e então falei com Eleazer no mercado.

— Na manhã de segunda-feira?

— Como você está dizendo. Ele concordou em conversar conosco e, como disse o Sr. Milton, nos instruir em seus costumes pagãos. Então na manhã seguinte ele nos levou à sua cabana de madeira na beira do rio. É claro que tivemos de entrar na floresta e o Sr. Milton segurou minha mão quando percebeu a escuridão fechando-se sobre si. "Há serpentes por perto?", perguntou.

"'Ah, sim.' Você se lembra de como ele falava devagar e se interrompendo? Acho que era alguma coisa em sua barba."

— Ele nunca falou comigo, Goose. Era um homem muito reservado.

— Não era tão reservado na floresta. "Os nativos acham que as serpentes são excelentes contra febres e dores, Sr. Milton. Por isso eles as comem vivas."

"Meu mestre segurou mais forte minha mão. 'Estas serpentes gostam da escuridão e da floresta densa', ele sussurrou. "Gostam de sementes podres e águas lamacentas.'

"'*Askook*', disse Eleazer subitamente, nos surpreendendo. 'É como eles as chamam.'

"'Tudo isso deveria ser arrancado e queimado', o Sr. Milton ainda estava sussurrando. 'Ele deveria aprender a podar.'

"Em uma hora chegamos à cabana e Eleazer nos levou para dentro. Embora estivesse tão quente que dava para assar castanhas na palma da mão, ele acendeu uma lareira logo atrás da entrada; a fumaça, disse, afugentaria os grandes insetos verdes e os carrapatos.

"Então nos sentamos em dois bancos de madeira e nosso mestre começou. 'Somos crianças de Londres, Sr. Lusher, e sabemos muito pouco dos costumes dos selvagens.' Eu poderia sorrir, mas decidi agir polidamente e em vez disso tossi. 'Por favor, ensine-nos os caminhos nativos.'

"O Sr. Lusher olhou demoradamente para seus sapatos, como se eles pudessem falar por ele. 'É difícil saber por onde começar...'

"'Disseram-me que eles não são melhores do que bestas selvagens. Disseram-me que se deliciam com o massacre.'

"'Oh, não. De modo algum. Podem ser vaidosos e arrogantes, mas não são de fato selvagens. Gostam de convívio social, até os mais selvagens deles. Também adoram suas crianças, a ponto de estragá-los em tudo.'

"'Deveras.'.

"'São tão corretos quanto muitos ingleses. Eles se denominam *Ninnuoch*, que significa humanidade.' Ficou silencioso por um minuto. 'Posso relatar uma história? É a narrativa de um inglês que viveu entre os índios.'

— Goose, isso pode ser verdade?

— Exatamente o que o Sr. Milton perguntou a ele. "Isso pode ser verdade?"

"'É verdade, senhor, em todos os detalhes.'

"'Monstruoso. Horrível. Continue.'

"'Havia um inglês que se mudou para o mato e viveu ali caçando, como único meio de subsistência. Ele havia treinado um filhote de lobo como seu cão, justo como os índios fazem: o lobo foi domesticado, mas mantinha seu instinto animal contra todas as criaturas. É claro que esse inglês vestia as piores roupas, sem cachecol, e um chapéu esfarrapado de pano apertado sobre os olhos. Ele não era, poderia dizer, nem nativo nem inglês.'

"'Absolutamente assustador.'

"'Então, no início do verão, quando os índios deixam a mata e vão para os campos abertos, o lobo desse inglês desapareceu de repente. Havia seguido os outros lobos, sabe como é, que haviam acompanhado os nativos para seu novo acampamento. Mas ele gostava do animal, seu único companheiro na floresta, e estava disposto a recuperá-lo de qualquer maneira. Encontrou a trilha feita pelos índios e descobriu que estavam acampados a um quilômetro e meio na direção oeste, perto da praia. Mas, é claro, viram-no muito antes que chegasse perto e logo ele se viu cercado de guerreiros brandindo arcos e longos bastões. Ele gritou na língua deles, Paz!, Paz!, e tentou explicar que seu lobo havia desaparecido. *Anun!*, disse, que era a palavra deles para cão. E então acrescentou, *Nnihishem*, que significa 'estou só'. Com isso a atitude deles mudou, pois não existe raça mais hospitaleira para estranhos que não sejam seus inimigos. É por isso que eles são conhecidos por receber os ingleses em suas casas, oferecendo-lhes seus melhores víveres.'

"'Acredito nisso', disse eu. 'Eles são boa gente.' O Sr. Milton me silenciou com um gesto.

"'Então, muito alegres e com grande boa vontade, levaram o inglês para suas cabanas onde, de fato, ele felizmente reencontrou-se com seu lobo. Os nativos podem proferir graves ameaças, senhor...', olhou para seus sapatos e fixou-se em meu mestre, 'mas são um povo caloroso por natureza. Então o que ocorreu é que esse inglês, sem companhia por tanto tempo, decidiu viver entre eles e se liberar dos riscos dos inimigos e das bestas selvagens. Andava quase nu entre eles e seguia seus costumes até que, com o passar do tempo, tornou-se um verdadeiro selvagem.'

"'Isso é terrível demais para se descrever com palavras.' O Sr. Milton mexeu-se desconfortavelmente no banco de madeira. 'Ele cometeu impureza com alguma jovem mulher índia?'

"'Oh, não. Isso não. Entretanto pescou, comeu e dormiu com eles. Velejou com eles em suas canoas.'

"'Ouvi falar delas', disse eu. 'De certa forma são parecidas com nossos botes de pesca, não é?'

"'Eles as fazem com casca de bétula costurada com raízes de cedro branco...'

"É claro que nosso mestre não estava interessado nesses assuntos. 'Você parece ter grande conhecimento dessas coisas selvagens, Sr. Lusher.'

"'É verdade. Fui eu que vivi no meio dos índios.'

"Nosso mestre levantou-se logo de seu banco e me acenou para sairmos. 'Uma narrativa de grande interesse, senhor. Mas precisamos nos despedir agora.'

"Eleazer deve ter ficado surpreso, pois me olhou fixamente por um momento sem dizer nada. Eu só revirei meus olhos."

— Pare, Goose, você parece uma boneca de milho.

— Então Eleazer perguntou se podia nos guiar de volta para casa. "Não, senhor. Conhecemos nosso caminho. Venha, garoto." O Sr. Milton pegou em meu braço e marchamos da cabana de madeira para a trilha na floresta. Eleazer ficou na porta, eu acenei, e então ele entrou. Tão logo entramos na floresta fomos cercados de insetos. "Esta floresta é um contágio mórbido", disse ele, "quando pode gerar monstros como este."

"'Que monstros, senhor?'

"'Você sabe muito bem.' Andamos em silêncio, enquanto eu me certificava de que seguíamos o caminho certo. 'Virgílio nos informa que uma raça de homens veio do tronco das árvores, Goosequill. Mudanças indizíveis. Os descendentes de Noé viveram nas florestas depois do dilúvio.' Eu o guiava com firmeza para a frente, mas ele ainda estava absorto em suas palavras. 'Quem ficou no mar senão leprosos, vagabundos e eremitas? Então Dionísio levou os alucinados cidadãos de Tebas para uma

floresta, não foi assim? *Velut silvis, ubi passim palantis error...**
Oh!' Ele escorregara num galho seco e caíra no chão lodoso.
Logo estava mergulhado na lama até a cintura, mas ágil como
um estafeta com sua lanterna, pulei sobre duas pedras e o puxei
de volta. Agora ele estava realmente de mau humor. 'Odeio
pântano lamacento!', murmurou, enquanto eu o arrastava para
terra firme. 'Devemos nos purgar desses alagadiços e lodaçais.'
Depois acrescentou, quando já havíamos reencontrado o caminho certo, 'devo explicar aos nossos irmãos a necessidade de
disciplina e boa ordem. Não podemos nos deixar emaranhar em
ervas daninhas ou cercar de vapores pestilentos.'

"'Então o que o que o senhor propõe?'

"'Temos de drenar o solo. Precisamos construir pontes. Devemos criar estradas de acesso por esses paludes putrefatos. Precisamos sanear esta vastidão terrível. Precisamos fazer mapas.'

"Eu o guiei pela mão até poder ver o céu claro acima de
nós. 'O Sr. Lusher nos contou uma história realmente estranha.'

"'Vil. Desafiadora além de todas as medidas. Não posso
tolerá-la.'

"Naquele instante ele foi picado na mão por um grande
inseto e gritou de dor. 'Quando formos demarcar o território de
Nova Milton', continuou ele, depois de chupar a mão, 'devemos construir muros altos e trincheiras profundas para nos proteger contra a penetração dos inimigos pagãos.' Eu não sabia a
que inimigo particular ele se referia, Kate, mas sabia que não
deveria perguntar. Dizem que uma criança que se queimou tem
medo do fogo. 'Temos de estar cercados e armados!'

"Quando chegamos de volta ao assentamento ele já estava
planejando e calculando. Estávamos acomodados naquela tenda
de lona. Lembra?"

---

*Verso de Horácio, em *Sátiras*: "Como na floresta, cujos erros induzem o passante a
se perder." (*N. do T.*)

— Oh, sim, Goose, foi um escândalo. Você a tinha arrumado com as flores mais bonitas e brilhantes sem que o Sr. Milton jamais soubesse.

— Oh, ele sabia. Alice Seacoal* lhe disse.

— Uma velha comadre, garanto.

— Uma velha megera. Uma velha... Então, Kate, voltamos para nossa tenda, e fiz com que ficasse esperando do lado de fora enquanto eu escovava as folhas, lama seca e sujeira da floresta das suas roupas. "Governar bem", disse ele, enquanto eu começava a abrir o cadarço de suas botas, "é treinar uma nação em sabedoria e virtude. Isto é o verdadeiro nutriente de uma terra, Goosequill. O temor de Deus."

"'Sim, senhor. Pode, por favor, levantar um pouco sua perna?'

"'Vejo uma nação grande e poderosa surgindo aqui. Não sou nenhum profeta. Este seria um título alto demais para mim.'

"'Um pouco mais alto. Não posso tirar sua bota.'

"'Nesta terra não há constituições falsas e sinecuras, nem estatutos antigos irrevogáveis. Não temos lordes e conselhos privados revestidos de vernizes exteriores de pompa e glória. Tudo está para ser feito como novo. Tudo está para ser inventado.'

"'Gostaria de inventar uma bota que pudesse sair sem dar trabalho. Esta saiu. Agora a outra perna.'

"'Colherei as sementes da virtude e da civilidade pública no rebanho disperso, e eles serão governados por aquela piedade e aquela justiça que são as causas verdadeiras da felicidade política. Em nosso estado decaído...; puxei sua bota com tanta força que ele segurou na lona para se equilibrar. 'Em nosso estado decaído toda a sociedade humana deve fluir da mente.' Quando ele enfuna as velas de suas palavras, como você sabe, nunca pode ser convencido a mudar de rumo."

---

*Em inglês, Alice Carvão Mineral. (*N. do T.*)

— Eu o vi falar em capítulos, Goose. Em livros inteiros. Ele é uma verdadeira biblioteca completa.

— Você podia tentar parar o vento. "Nós não criaremos uma sociedade autossuficiente", disse ele, "direcionada em todos os aspectos ao bem-estar e a uma vida cômoda. Nossa cidade será o lar e a casa de Deus."

"'Mas, e os índios, senhor?'

"'O que tem eles?'

"'O que o senhor propõe para eles?'

"'Ah, aquele lixo pagão pode ser disperso em seu tempo. Não pense neles.'

"'Vamos beneficiá-los com nosso conhecimento?' Eu estava sorrindo pois tomava emprestadas suas palavras, mas imitando uma voz grave.

"'Não podemos afrouxar as rédeas já no começo da nossa raça. A lei é a nossa pedra de toque de pecado e consciência, Goosequill, e não pode ser maculada pela indulgência corrupta. Guie-me para dentro, preciso ordenar meus pensamentos.'

"Fiquei do lado de fora e estava começando a limpar suas botas com uma bucha, quando vi você de novo, Kate. Você embalava Jane nos braços e cantava suavemente para ela debaixo da sombra de uma grande árvore."

— Era um sicômoro. O dia era agradável e eu não estava muito feliz.

— Eu me aproximei, lembra? "É uma criança esperta para ficar nessa posição."

"'Sr. Goosequill. O senhor me assustou.'

"'Creio que esta coisinha se tornará uma verdadeira inglesa nova.' Comecei a brincar com os dedos de Jane, para não olhar para você diretamente. 'Acha que poderia ter alguma que fosse sua de verdade?'

"'Sr. Goosequill!'

"'Bem, meu mestre diz que os irmãos terão de popular a vastidão.'

"'De qualquer maneira, não acho que você seja um dos irmãos. Nunca o vi rezando.'

"'Oh, sim. Eles rezam por uma garrafa de vinho, eu rezo por um vinhedo. Rezo por outra coisa, Katherine Jervis. Posso lhe dizer o quê?' Você não disse nada.

— Eu fiquei muito surpresa com sua grosseria, Goose. Fiquei muda.

— Então eu me aventurei um pouco mais. "Peço a Deus que meus ardores espirituais sejam espalhados numa direção particular."

"'Vá embora, Sr. Goosequill, você é um blasfemador devasso.'

"'Mas você sorria para mim, Kate, então eu sabia que não estava terrivelmente ofendida."

— Eu não estava sorrindo. O sol batia em meus olhos.

— Eu estava em seus olhos, acho. Então você começou a sussurrar palavras sem nexo para Jane. Dada. Lala. Tala. E assim por diante. Lembrava-me as palavras que Mummeecheesss me havia ensinado.

— Eram boas palavras devonianas. Hert. Zlape. Gurden. Luve.*

— E sei agora, Kate. Sei que seu coração dormiu no jardim do amor. Mas naquela época eu não sabia. E qual era a canção que você cantarolava para o bebê? Lembro-me da música, mas as palavras me escapam.

"*Em torno do mastro de maio enfeitado, Goose, dançamos o tempo todo,*

"*E cobertos de grinaldas de rosas naturais,*

"*Para cada garota bonita damos um avental verde...*

---

*Rimas para Heart, Slept, Garden, Love — coração, dormiu, jardim, amor, formando uma cantiga de ninar. (N. do T.)

"Havíamos chegado a esse ponto quando o Sr. Milton me chamou da tenda. Eu me arrisquei e dei um beijo em seu rosto."

— Não me lembro de nada disso, Goose. Estou certa de que ficaria ruborizada. Poderia até lhe ter dado um tabefe.

— Você de fato corou e eu a beijei de novo. Corri depressa até meu mestre. Ele queria redigir algum discurso de peso antes que fizéssemos nossa viagem para o local de Nova Milton, de modo que peguei meu lápis e papel de rascunho. Nós o ensaiamos enquanto ele girava em largos passos. "Você acha, Goose, que eu deveria citar a fábula moral de Hércules?"

"'O homem forte?'

"'Indubitavelmente. Você não ouviu falar dos seus trabalhos?'

"'Tive um amigo na Taberna Hércules que me falou que ele foi bem trabalhado.'

"'Chega de seus absurdos. Entretanto você me faz lembrar que poderá parecer para este povo singelo uma analogia pagã. Tenho de encontrar um exemplo mais piedoso.'

"Foi no dia anterior a nossa viagem, e suas palavras, Kate, estavam frescas como saídas do forno. Todos tinham que se congregar num círculo antes que ele começasse. 'Não é conhecido que homem sábio e eloquente persuadiu pela primeira vez sua raça a se reunir numa sociedade civilizada, mas minha tarefa é um pouco diferente. A minha é uma empresa elevada e difícil, que só posso realizar com temperança e orações incessantes, mediante contínua vigilância e trabalho na vossa causa. Mas estou contente.' Ele fez uma de suas pausas dramáticas. 'Estou contente em ser vosso juiz, vosso magistrado e vosso pastor.'

"Deus seja louvado!' Você se lembra de como Humility Tilly estava sempre interrompendo com exclamações de louvores e regozijos?"

— Às vezes desejo que ela contraia a peste. É descaridoso odiar alguém, Goose?

— Profundamente. Não acredito que nosso mestre estivesse muito contente com ela, mas não o demonstrou. "Conheço sua voz, cara Humility", disse ele, "e lhe agradeço. Guiarei minha visão interior na direção do bem da família, da igreja e da comunidade. Nenhum homem será mais paciente em ouvir causas, mais inquisitivo em examinar, mais exato na distribuição da justiça. Mas eu sou apenas um instrumento..."

"'Não! Não!' Humility estava gritando de novo.

"'...debaixo de um poder e um conselho mais altos e melhores do que o humano, trabalhando para o bem geral neste mundo decaído.'

"'Um veículo santificado está sendo derramado sobre nossas cabeças!'

— Isso parece coisa de Alice Seacoal.

— Era mesmo. "Existem alguns", continuou ele, "que se inclinam a pensar que assumi uma tarefa demasiadamente grande ou difícil para minha idade e minhas deficiências."

"Tormento para todos eles!' Humility jamais seria superada pela dama Alice. 'Oh, não.'

"'Estas não são opiniões inconsequentes. Os gregos e os romanos, os italianos e os cartaginenses, embora ímpios, rejeitaram um desvio soberano, por sua própria vontade. É por isso que eu abomino absolutamente qualquer comando ou governo arbitrário. Vocês não viajaram tão longe para serem constrangidos ao jugo de outro rei. Logo, depois que viajarmos em fé para Nova Milton, instituiremos uma assembleia livre e geral. Se for do agrado de todos.'

"'Assim é, bom senhor!'

"'Quem fala?'

"'Phineas Sanctified Coffin,* senhor.'

"'Sanctified, Deus o abençoe.'

"Naquela noite ele chamou seu irmão para se sentar ao seu lado."

— Seaborn adora falar.

— Mas não tanto como o Sr. Milton. "Anote", disse ele para mim. "Item. Temos que ter um carpinteiro habilidoso.

"'Nós já temos senhor', disse seu irmão. 'Mestre Hubbard já transformou um carvalho em três abençoadas cadeiras para minha própria família.'

"'Bom. Também necessitamos alguém que seja capaz na profissão de pescador. E um caçador. Precisamos ter carne. Carne nutritiva.' Houve um barulho nas árvores atrás de nós e nosso amigo cego virou-se rapidamente.

"'Só um gato-do-mato, senhor', sussurrei. 'Procurando comida.'

"'Por favor, lembre também que temos de ter um pedreiro e um ladrilheiro para melhorar nossas moradas.'. Ele se voltou em redor e esperou um momento. 'Precisaremos de um bom marceneiro. E de um tanoeiro.'

"'O senhor Jesus nos proveu de homens e ferramentas, senhor. Viemos armados para nosso trabalho na selva.'

"'As únicas ferramentas verdadeiras, Sr. Jervis, são a disciplina e o trabalho ordenado. Temos de ficar atentos para nos disciplinar como aqueles que são domadores de cavalos ou de gaviões.' O cheiro da floresta era tão forte naquela noite que eu quase desmaiei."

— Coitadinho do Goose.

— Então ouvi uma criatura estranha rugindo na floresta. Creio que eles o chamam de pato selvagem. O barulho é assim.

---

*Em inglês, ataúde santificado. (N. do T.)

— Goose, isso é o rosnar de um cachorro.

— Se era um cachorro, era resultado de um cruzamento com uma gaivota. Mas o Sr. Milton apenas continuou falando. "Nada neste mundo é mais urgente e importante para a vida do homem do que o rigor e o controle. O senhor e os outros irmãos consideraram minha proposta para uma assembleia geral?'

"'Consideramos, senhor, e não encontramos falha na proposta.'

"'Então devemos decidir sobre questões de salários e contratações, de rendimentos e impostos.' Ele se virou pela segunda vez, embora o gato já tivesse ido embora havia muito tempo. 'Um pouco de organização inglesa e domaremos todas as coisas selvagens.'

Oito

Meu irmão em Cristo, Reginald, querido amigo e confederado no Senhor, que mais posso lhe contar de nossa peregrinação? Começamos a viagem na manhã depois que eu havia exortado os irmãos a se treinarem na disciplina do bom governo. A localização de Nova Milton estava a apenas 16 quilômetros do assentamento de Nova Tiverton, mas fomos forçados a caminhar por matas e pantanais horríveis; é claro que se pretendia que eu liderasse a procissão de nossas duzentas almas, mas, sendo cego, pela vontade de Deus, julguei mais adequado seguir em ritmo mais lento. Várias vezes fui interrompido pela vegetação densa ou por árvores tombadas ou quebradas, de modo que, como Remalias, rei de Israel, fiquei cansado no meio do caminho. Então chegamos a uma planície de grama seca, que parecia mais seca e quente depois da escuridão da mata. "Não é uma planície como os irmãos gostariam", o garoto Goosequill me disse. "Alguns deles estão muito arranhados e cortados pelos arbustos. Aqueles sem botas altas ficaram ensanguentados como um porco depois da Quaresma." Todavia, não era apenas a exaustão que impedia nossa marcha. O calor do sol batia nas folhas dos arbustos, dissipando um odor tão forte que, como fui mais tarde informado, muitos dos irmãos estavam prestes a desmaiar.

Fui fortemente afetado pelo cheiro repulsivo, admito, mas me veio à mente uma analogia. "Nínive", disse eu ao meu garoto tolo. "Este é o próprio ar de Nínive". Por um momento me senti vizinho dos profetas de antanho, até que seu assobio me trouxe de volta à nossa presente situação. "Sabe, Goosequill, não posso ser um rei. Meu poder deve ser temporário e eletivo."

"Sei muito bem. O senhor falou-lhes assim."

"Eu não serei forçado a ser rei como Brutus. De outro modo não serei melhor do que o faraó que está sentado agora em Londres." Inclinei-me no ombro do meu garoto, momentaneamente devastado pelo calor e pela poeira do mundo. "Nenhum homem deve empunhar este cetro que muitos acharam tão quente. Está tão quente."

"Chegaremos logo, senhor. O Sr. Jervis diz que é muito perto."

"Hércules não foi parido em uma noite ou pelo calor casual. Você pensa que eu vou tartamudear como um dissoluto? Na verdade não. Devo brilhar abertamente a céu claro. Minhas próprias ações devem se revelar como um espelho diante de meu rosto."

"Não há necessidade de um espelho agora, senhor. O senhor verá seu reflexo naquele rio mais abaixo, logo além das árvores." Havíamos, Deus seja louvado, chegado ao fim de nossa viagem.

Na alvorada do dia seguinte os queridos irmãos começaram seu trabalho. Os mais fracos entre eles se desculparam alegando cansaço, mas eu lhes informei que estavam empenhados num trabalho santificado e que os campos os chamavam para labuta incessante — quando um povo esmorece, disse eu, é melhor entregar seu pescoço a um tirano feroz. O local de nossa nova cidade era uma terra virgem, bem irrigada por fontes, e logo a designei como pastagem e pomares; a própria planície, por onde havíamos viajado, era então posicionada como um local onde poderiam surgir ruas e edifícios. Os homens mais jovens já haviam sido instruídos (em nossa tristemente traída pátria-mãe, na qual, como sei com muito desgosto, você ainda reside entre suspiros e lágrimas) sobre como colocar as pedras nas ruas, como cavar fossos, como cortar e moldar a madeira para suas casas; outros, agora a meu pedido, dividiram-se em pequenos grupos para derrubar árvores ou lavrar os terrenos necessários para plantio. Exortei as mulheres a executar certas tarefas como queimar sobras de madeira, juntar pedras para calcetar as ruas e recolher minério de ferro das lagoas próximas. Os irmãos começaram também a erguer cercas e demarcar nossas fronteiras; deveria haver lotes para seu gado e jardins para suas frutas, mas eu lhes havia lembrado da urgente necessidade de uma prisão para conter a semente daninha e de um salão de reuniões para proteger os bons. "Que república cristã surgirá aqui", disse eu a Humility Tilly, viúva de grande humildade e paciência. "Que tabernáculo de graça salvadora!"

Você ficará contente em saber que terminamos de construir nossa igreja seis semanas mais tarde. A primeira assembleia dos colonos foi convocada para celebrar essa abençoada inauguração com uma cerimônia de orações e cânticos de hinos sagrados, mas decidi que a ocasião solene deveria também ser usada para ratificar minha posição de magistrado chefe e pastor do rebanho. "O mérito sem a livre escolha não é suficiente", disse a eles enquanto se reuniam na planície. "Deve haver um sufrágio claro, voto e eleição."

O palhaço ao meu lado gritou "hurra", mas não pude me convencer a castigá-lo por seu sagrado entusiasmo.

"E quem será o mediador dessas cerimônias eletivas? Posso chamar Seaborn Jervis?" Todos os irmãos, tanto homens como mulheres, receberam um pedaço de papel; aqueles que desejavam votar em meu nome deveriam fazer uma espécie de marca, enquanto os opositores da minha ação deveriam deixar seu papel em branco. O Sr. Jervis os instruiu para formar uma única fila, com os papéis dobrados no meio. "Seu chapéu", murmurei para Goosequill. "Coloque seu chapéu como recipiente para os votos!" Ele assobiou levemente enquanto eles se aproximavam e colocavam seus papéis dentro. "É um trabalho bom e prudente ser capaz de guiar uma família", disse eu a um do rebanho, um carniceiro e açougueiro que eu conhecia como Jô, "Desafiante no Senhor", "mas governar uma nação piedosamente e com justiça é uma tarefa da maior grandeza."

"Se vai haver uma nação que se governe desse jeito", murmurou Goosequill, "então vamos precisar de muitos chapéus."

"O senhor nos mostra um exemplo divino." Replicou Jô, "autorizando-nos a submeter nossos votos."

"Não, não, não é assim. Quando os homens são iguais eles devem ter interesse igual no governo. Somos inteiramente livres por natureza. Goosequill, seu assobio está perfurando meus ouvidos. Pode contar os papéis sem mais barulho?"

O garoto murmurou algo sobre ele mesmo ser "livre", mas eu lhe dei uma bastonada de modo gentil. Ele devia ter empilhado as cédulas em cima da mesa diante de nós e anunciou minha eleição de modo inaudível, pois foi abafado pelas saudações dos irmãos. "O primeiro ato da assembleia já foi realizado", disse eu. "Vocês me lembram os apóstolos da igreja que faziam proclamações abertas num foro como este. Mas posso perguntar uma coisa? Posso aconselhar que adotem o governo civil que Jetro propôs a Moisés? Por acaso não somos nós também israelitas na vastidão?" Houve um momento de silêncio, pois o bom povo, em seu entusiasmo, havia momentaneamente esquecido da passagem no livro de Êxodo a que eu me referia. "É ocioso, é claro, lembrar a vossas mentes o que já está gravado em seus corações. Quero dizer, como todos sabem, que devem ser estabelecidos leis e direitos. Os homens livres escolherão os outros magistrados que comigo terão assento no Conselho Supremo. E assim, pelo trabalho da justiça, nós aspiraremos ao trabalho da fé."

Eu os liderei em procissão solene para a casa de reuniões, onde, após muitas preces devotas, começamos nossas deliberações. Dois atos necessários foram aprovados por aclamação. Um proibia usar cavalos para arar e o outro proibia severamente queimar brotos de aveia. Então eu os lembrei da importância da economia frugal e recomendei que os preços de gêneros de primeira necessidade deveriam ser fixados. Desculpe-me, caro irmão eleito, por estas alusões mundanas. Entretanto é direito e próprio que você saiba cada ponto e título do nosso trabalho nesta selva. Quem sabe quando tocará a você e a nossos irmãos dispersos na Inglaterra começar o mesmo trabalho? Um penny bastava para comprar quatro ovos e 1 litro de leite, enquanto meio quilo de manteiga e queijo deviam ser vendidos por 6 pence. Controles semelhantes foram votados para o trigo, a aveia, os grãos, a cevada, as carnes de boi e de porco. Informei aos irmãos que os peixes eram tão abundantes que não era necessário fixar seu preço, mas as vacas custavam tão caro que seu preço deveria ser aumentado para 12 libras esterlinas. Não houve mais discussão.

Na verdade eu estava contente de me mover das considerações terrenas para os remédios herdados de Deus, a necessidade de uma punição justa. Jô, "Desafiante no Senhor", cuja voz grave era por mim conhecida, propôs que aqueles que fossem encontrados bêbados deveriam ser açoitados. Houve altos gritos de apoio, é claro, mas eu pedi silêncio. "Os que forem a favor", disse eu, "levantem as mãos." Goosequill murmurou o resultado para mim. "Quem for de parecer contrário, levante as mãos."

"Somente eu", a criança boba sussurrou em meu ouvido.

Do mesmo modo outras leis sagradas foram aprovadas sem discordância. Qualquer pessoa vista beijando uma mulher na rua seria açoitada, esposas briguentas seriam amordaçadas e colocadas numa esquina por seis horas, e aqueles que fossem ouvidos blasfemando ou xingando deveriam ter a língua queimada com um ferro quente. Bruxas e adúlteros seriam mortos à vista de toda a comunidade. Senti que a noite se aproximava quando debatíamos a fogueira para bruxas, e embora estivesse naturalmente relutante em impedir suas sagradas deliberações, achei por bem encerrar a assembleia com palavras de elogio à nossa maneira cortês e suave de disciplina paternal.

Meu guia bobo me levou para minha recém-construída morada. "Imagino", disse ele, "que o senhor podia queimá-los na fogueira por estarem embriagados. Ou enforcá-los por xingar. Isso seria bem sagrado."

"A punição, Goose, às vezes é necessária para domar e acalmar."

"Se o senhor assim diz."

"Eu realmente o digo." O garoto ficou silencioso por fim. "Não podemos ter impureza ou inimizade ou contendas."

"Mas podemos ter mortes nas fogueiras, não é?"

"Você não ouviu dizer que o julgamento vem do fogo?"

"Também ouvi dizer que é fácil acender um fogo, mas muito complicado apagar."

Senti uma justa ira vindo a mim, então o peguei pelos ombros e o lancei fora da porta. "Mas não é difícil botar alguém para fora. Deixe-me em paz."

Fiquei sentado, quieto, por alguns minutos, contemplando todos os eventos de um dia tão notável em nossa história, quando decidi que deveria andar ao ar livre para me acalmar. Caminhei só, é claro, mas Deus me guiou para aquele lugar onde as quatro ruas da nossa cidade estavam marcadas para se encontrar. Ali, no escuro, caro irmão em Cristo, contemplei o oeste na direção de territórios desconhecidos.

Nove

— Coitado do Sr. Milton. Sinto falta dele, Goose. Ele sempre foi assim?

— Muito regular, Kate. Onde quer que esteja, tenho certeza de que segue a velha estrada. Despertar às quatro horas, quando os pássaros raramente se movem. Na época estava acostumado a lavar as mãos na água que eu deixava numa bacia junto à cama. Não mencionarei o fato de que ele se aliviava numa casinha no jardim. Então voltava para seu quarto, do qual não mencionei que havia saído, e se ajoelhava no chão de madeira. Era tão duro como uma salsicha de Flandres, mas ele sempre cuidava de suas devoções até que o relógio batesse cinco horas. Naquele preciso momento exclamava "Amém!" e gritava por "Nutrição!". Eu estaria esperando fora de seu quarto com um prato de estanho contendo nada mais que um pão mergulhado em leite, mas o carregava com a solenidade de um serviço funerário.

— Ele sempre come devagar, Goose.

— E limpa cuidadosamente a boca após cada mastigada com um lenço de linho. Então limpa as mãos antes de se sentar na cadeira de madeira. Você conhece aquela que sempre range no inverno? Bem, ali, pela hora seguinte, ele me ouvia lendo o Velho Testamento. Tentou me ensinar um pouco de grego, mas nunca consegui passar minha língua pelas sílabas: quando tentava os sons ele colocava as mãos nas orelhas e gemia. Foi o fim da empreitada, e dali em diante eu recitei em inglês simples. Ele ouviu você, Kate, no dia em que terminamos com os bolos Eccles. Desculpe-me, Eclesiastes. Você lembra como eu estava alegre?

— Sempre pensei que você tivesse imaginado algum plano com ele.

— Um plano? Oh, não, Kate. Não participei disso. Fiquei totalmente surpreso.

— Ele queria que ficássemos juntos?

— Dificilmente. De fato, creio que foi por acaso. "Quem está cantando?", ele me perguntou depois que acabei de ler. Você estava brincando com Jane perto de casa naquele momento.

"'Desculpe-a senhor.' Eu estava pronto para sair e calar você. Você me perdoaria?"

— De fato, sim. Tinha tanto respeito por ele que me teria calado sozinha. Eu tinha um pouco de respeito por você, Goose, já que você quer saber. Ter um mestre tão fino e importante.

— Grandioso como um sultão, não é? "Ela não pode deixar de cantar pela manhã", disse eu. "Vou falar com ela para ficar quieta."

"'Não. Não precisa. A voz dela é um pouco como o som dos pássaros da floresta, não acha?'

"'Oh, sim, senhor.'

"'E ela se chama?'

"'Katherine Jervis.'

"'Você a conhece bem?'

"'Eu já a ouvi antes.'

"'Juro que com uma voz assim deve ser bonita. Ela é?'

"'Nunca o vira fazer uma pergunta assim antes, e admito que me ruborizei como o chapéu do vendedor de flores. 'Acho que sim. É uma mulher jovem.'

"'Chame-a para o jardim para que eu possa falar com ela pela janela.'

"Você se lembra de eu ter corrido para fora e sussurrado para você? 'Katherine, Katherine. O Sr. Milton quer falar com você.'

"'O que eu fiz?'

"'Você não fez nada. Ele quer ouvir você.'

"'Eu?'

"'Ele quer ouvir sua voz.'

"Olhei quando você entrou no jardim com Jane nos braços. Então você ficou no caminho e olhou nervosa para mim quando o Sr. Milton falou. 'Cante-me aquela ária de novo.' Eu sabia que ele estava sentado à janela, fora de vista. 'Se o senhor quiser.' Então você cantou aquela antiga canção de Devon. Como é o nome? "O pardal e o rouxinol".

— Eu era tímida, Goose. Acho que minha voz tremeu.

— O Sr. Milton ficou em silêncio por um momento depois que você terminou, e você ninou o bebê. "Você se chama Katherine, não é? A irmã de Seaborn Jervis?"

"'Sim, senhor.'

"'Uma família santificada, tenho certeza. Você sabe ler, Katherine?'

"'Oh, sim. Leio o Livro Sagrado para meu pai em casa. Todos fomos ensinados para compreender a palavra de Deus.'

"'Venha para dentro. Goosequill a guiará.'

"Eu tinha alguma noção do plano dele para você, e não pude deixar de sorrir quando tomei sua mão."

— Fiquei tão surpresa quando entrei em sua casa, Goose. Era tão simples. Arrumada e simples. Eu esperava mais móveis e tecidos, mas só havia aquelas cadeiras velhas, uma tábua e uma cama.

— Sem contar o espeto de ferro para a carne e a panela de cobre na corrente.

— E havia os bancos, é claro. Bem como a estante de livros. E você também estava sempre ali, Goose.

— Você sabe que Phineas Coffin se ofereceu para construir uma casa maior? Ele declinou. "Eu sou meramente o pastor do rebanho", dissera. "Preciso apenas de simplicidade e limpeza. Nada de grande e espaçoso, faça o favor. Não ambiciono bens exceto os caseiros." Sugeri que merecia uma cama adequada, mas ele colocou a mão em meu ombro enquanto falava com Phineas e os outros acima da minha cabeça. "Temo, boa gente, que este garoto tolo fala no frescor da juventude. Vocês conhecem a voz do preguiçoso? Vamos devagar, vamos ficar ricos, vamos ser orgulhosos."

"Eu então estava acostumado com esses truques e nem prestei atenção. 'Nem mesmo um travesseiro simples?'

"'E depois tudo chega a isto. Vamos ficar sem lei.'

"'Só algumas penas?'

"'Nenhum móvel luxuoso...'

"'Penas de ganso, talvez?'

"'E nenhuma moleza'.

"Era por isso que ele estava sentado numa simples cadeira de carvalho quando você entrou no aposento. Estava com sua bíblia aberta e tivera o cuidado de ter o indicador pousado na página. 'Poderia ler esta passagem para mim, Katherine Jervis?'

"Você olhou para ele apenas por um momento.

"'Posso ler como estou acostumada, senhor? Com meu sotaque de Devon? Meu pai amava essa parte.'

"Bem, eu estava espantado, Kate, quando você recitou com força. Recite de novo para mim, pode ser?"

— O cântico dos cânticos, que é de Salomão. Beije-me ele com os beijos de sua boca; porque melhor é o seu amor do que o vinho. Suave é o cheiro dos teus perfumes; como perfume derramado é o teu nome; por isso as donzelas te amam. Leva-me tu; correremos após ti. O rei me introduziu nas suas recâmaras; em ti nos alegraremos e nos regozijaremos; faremos menção do teu amor mais do que do vinho; com razão te amam. Eu sou morena, mas formosa, ó filhas de Jerusalém...

— Foi quando meu mestre interrompeu você, mas acho que ele estava sorrindo. "Você também escreve em inglês normal?"

"'Oh, sim, senhor. Aprendi com uma senhora em Barnstaple.'

"'Sinto que você é cortês e modesta. Ela é bem apurada em seu vestido, Goosequill?'

"'Arrumada como uma prateleira de alfaiate, senhor.'

"'Bem, Katherine Jervis, tenho certeza de que você é uma cópia de sua mãe Eva antes que ela conversasse com a serpente. Sabe cozinhar?'

"'Pudim de amêndoas, senhor. Torta de alcachofra. Marmelada de ameixa.

"Ele sorriu de novo e então, Kate, foi como você começou a trabalhar com ele. Mas nem tudo era lavanda, não é? Logo você estava fazendo a limpeza, lavando nossas roupas, enquanto eu tomava conta da pequena Jane. Mas, como lhe avisei naquela época, o maior bebê de todos era o Sr. Milton. Tudo tinha que estar ordenado e arrumado como os sinos de São Magnus, com aquelas quatro velas no mantel para marcar seu tempo."

— Cansei-me de acendê-las, Goose. Hora para suas refeições, tempo para seus estudos, tempo para pastorear o rebanho, tempo para sua recreação.

— Depois da refeição da manhã, ele sempre ouvia sua voz deliciosa lendo as Escrituras. Ele sabia que eu também ouvia, mas costumava me chamar como se eu estivesse em outro quarto. "Pegue sua cangalha, Goose, seu dia de trabalho começa agora."

— Você sempre mantinha a pena atrás da orelha. Eu achava engraçado.

— Eu tinha aquelas penas de abutre, pois Eleazer Lusher me dissera que eram as melhores para escrever. Quando expliquei isso para o Sr. Milton ele fez uma careta. "Como posso voar", disse ele, "nas asas de uma criatura maligna?"

"'Elas ajudam uma escrita segura, senhor.'"

"'Bem, é verdade que preciso de uma boa mão para me ajudar. Proceda. Proceda.' Então todas as manhãs às nove horas, depois que você havia saído, ele se deitava na cama e ditava para mim. Continuávamos com a santa tradução dos Salmos, embora eu jure que ele a preparava quando estava dormindo: saíam tão precisos e tão musicais que ele poderia estar lendo de um livro. Havia dias nos quais ele estava tão cheio de palavras que me chamava a seu lado de noite. 'Estou tendo minhas vésperas", dizia ele, "bem como minhas matinas.' Se me fizesse trabalhar demais podia chegar a ter um serviço fúnebre. Traduzimos os cento e cinquenta, Kate, e quando chegamos ao fim dei minha própria interpretação de "Louvado seja Vós, o Senhor". Aplaudi e fiz círculos com as penas sobre minha cabeça. Ele também ficou contente, mas não demonstrou. 'Você acha', disse ele, 'que agora deveríamos passar do Velho Testamento para o Novo?'

"'Oh, sim, senhor. Imediatamente. Minha pena ainda não está seca e poderíamos usar o resto da tinta.'

"'Talvez uma série de epístolas aos anciãos de nossas comunidades espalhadas? Poderia exortá-las de alguma forma.'

"'Leve-as à exaustão', falei para mim mesmo.

"Certa vez escrevi com esse espírito aos cantões suíços, embora seja verdade que seus ministros possuíssem uma disposição mais escolástica. Não. Seria desperdício, com peregrinos daqui. Eles são tementes a Deus, mas são incultos."

— É claro que nem tudo eram orações e trabalhos, Goose. Você se lembra do dia em que meu irmão lhe disse que aqueles tecelões recém-chegados de Dorset haviam trazido um clavicêmbalo? Ele disse a Seaborn para tomá-lo deles imediatamente.

"Ah, sim, eu lembro. 'Não é direito, bom Sr. Jervis, que mãos profanas forcem notas rudes no ar.' Então foi levado para sua própria casa. Ele estava sentado num canto, com a cabeça inclinada, em pensamentos profundos, mas pude ver suas orelhas se mexendo rapidamente quando os santificados irmãos o trouxeram. Você já viu orelhas se mexendo, Kate? Olhe. Assim que eles foram embora ele se levantou. 'Este vai ser a matriz', disse ele, 'de doces árias e melodias. Sempre lhe digo que devemos nos forçar em relaxar as teias de intensa meditação e trabalho.'

"'Não sei nada sobre teias, mas estas cordas estão bem empoeiradas.'

"Ele me ignorou, como de costume, e correu as mãos pelo teclado. 'Você sabe, meu pai era grande apreciador de música. Eu costumava cantar frequentemente com ele. Monteverdi, Henri Lawes. Até o papista Downland.'

"'O senhor se recorda do órgão do *Gabriel*, senhor?'

"Ele meneou a cabeça. 'Não é uma recordação que eu deseje remexer em meu peito, Goose. Não agora.' Então ele se sentou para tocar e começou a cantar em sua voz doce e triste como o vento nas paredes das velhas ruínas de São Michel.

> "*Oh Senhor, vós sabeis que coisas são passadas*
> "*E as coisas que são;*
> "*Vós sabeis também as que virão,*
> "*Nada se esconde de ti.*

"Você estava no jardim naquela hora, Kate. Estava ajoelhada em seu canteiro de erva-doce e eu a observava da janela. Levantou-se quando ele começou a cantar e ficou bem quieta.

"Vedes minhas amarguras como elas são,
"Minha tristeza é por vós conhecida;
"E ninguém há que as remova,
"Ou as afaste de mim."

— Gosto muito da voz dele, Goose. De algum modo parece combinar com todos os sons da floresta. Você me compreende?

— Compreendo você muito bem. Eu até disse a ele: "Esta canção é bem triste, Sr. Milton."

"'Estes tempos são tristes.'

"'Sim, de fato. E um lugar triste também.'

"'É claro.' Mas então, sem nenhum motivo, ambos caímos numa gargalhada. 'Vá para o jardim', disse ele. "Componha-se entre a canela e o orégano.'

"Ele arrumava aquele jardim como se fosse o quintal de Bedlam, Kate. E antes que você pergunte, Bedlam é um hospital psiquiátrico agradável em meio a um pomar. Um número muito grande de pessoas o visita por recreação. Havia um tempo para cuidar das frutas, um tempo para podar as árvores, um tempo para cortar as ervas daninhas entre as plantas."

— Um tempo para passear no crepúsculo, Goose, com você segurando um dos braços dele e eu, o outro.

— Você se lembra daquela noite em que vimos o monstro? "É um local à sombra muito agradável, Katherine", disse ele. "Combina com minha calma solidão."

"'Obrigado, senhor. Goosequill cuida dos ramos. Eles são muito altos para mim.'

"'E como crescem nossas plantas cultivadas? Como floresce o pomar de limões?'

"'Oh, senhor, elas são lindas.'

"'O aroma é delicioso. Parece que estou andando em meio a fragrâncias perfumadas de mirra e bálsamo.' Ele parou subitamente no caminho e eu quase tropecei nele. 'Estou sentindo cheiro de heléboro?'

"'Está, senhor. Faz uma boa infusão para dormir.'

"'Arranque-a, Katherine. Agora mesmo. Seu nome é maculado pois é uma erva do diabo. Deixa a gente preguiçosa na cama enquanto os outros estão trabalhando. Ajude-a, Goosequill.' Ficamos então de joelhos, mas quando escavamos a terra para arrancar aquela planta tão ofensiva nossos dedos se tocaram. Oh, Kate."

— Goose, pare com isso.

— Ele estava passeando de mau humor para cima e para baixo no caminho estreito. "Você perguntou ontem, Kate, se deveríamos plantar macieiras no jardim. Admito que é uma fruta agradável, mas me foi dito que na selva ela pode ter propriedades suspeitas e perigosas. Assim, cuidado com as maçãs.' Nossos dedos ainda estavam se tocando e estávamos sorrindo um para o outro.

"Começamos a caminhar calmamente, depois que a planta fora arrancada, e mais uma vez ele se interrompeu tão subitamente como o comandante num temporal. 'Que zumbido é esse, Goose?'

"'Uma abelha?'

"'Não é uma abelha. É de certa forma mais ruidoso.'

"'Poderia ser o que eles chamam de vespão?' Estava voando nervosamente entre as flores, pois há criaturas nesta terra nova que discordam de meus gostos refinados.

"'Não, é um som diferente."

— Era uma coisinha linda, Goose.

— "Oh, Senhor", disse eu, é um pássaro. "Um pássaro pequenino. Não é maior do que um vespão."

"'Como pode ser? Veja de novo.'

"'É um pássaro. Tem asas pequenas parecendo de seda e patas tão finas como as de uma aranha. É cheio de vida com cores e emoções. Sr. Milton, ele se move tão depressa! Parece uma pequena faísca de luz cintilante.'

"Ele deu um passo para trás parecendo franzir a testa. 'Então que tipo de criatura de penas pode ser?'

"'Oh, veja. Põe seu bico na flor e fica flutuando ali.'

"'Deve ser alguma criação deformada da natureza, algum progênito assombroso de insetos ou corvos.'

"'Não, isto não. É muito bonito.'

"'Vamos voltar, Goosequill. Há coisas sem nome neste mundo selvagem que seria uma loucura examinar. Estou seguro de que essa criatura é fruto de algum cruzamento monstruoso. Vamos embora.' Então ele nos puxou para fora do jardim."

— Mas eu voltei para olhar o pássaro pequenino. Era tão sublime, Goose, prosseguindo sua doce viagem de flor em flor.

— Aquele não era o único monstro no jardim. Oh, não. Você lembra que certa tarde eu o deixei estendido naquela velha rede que armei para ele entre dois cedros? Estava um calor dos diabos, apesar de ser início de primavera, e o Sr. Milton vestia apenas uma camisa de linho e suas calças; com seu chapéu marrom claro na cabeça, ele parecia, me desculpe, Kate, um jardineiro de Devon. Eu já havia caminhado até a rua principal, para encontrar você, é claro, quando subitamente ouvi um grito tonitruante. Corri de volta o mais rápido que podia, gritando: "O que aconteceu? O que é?" Eu podia ver o Sr. Milton com os joelhos fora da rede.

"'Oh, Goosequill, era um chocalho.'

"'O quê?'

"'Está no chão embaixo de mim? Está balançando a cabeça? Vem em minha direção?'

"Corri para casa e de lá entrei no jardim pela porta dos fundos. Tudo estava quieto, no momento, mas também ouvi aquele pequeno chocalho. O Sr. Milton gritou de novo, mas então gritou bem alto. 'Você, serpente. Besta mais sutil de todos os campos!' Havia silêncio, e acho que a cobra o escutou. 'Você, labirinto de muitas voltas enroladas. Sua criatura desprezível cheia de veneno!'

"Nesse momento, Preserved Cotton correu para a beirada do jardim. 'O que está havendo, Sr. Milton?'

"'Ah, querido irmão. Há uma serpente aqui. Ela me cerca com suas espirais, eu acho.'

"'Espere. Sente-se. Não faça nada. Vou buscar meu filho.'

"'Será Zephaniah Cotton?'

"'Será.'

"'Graças a Deus por este socorro.'

"Você conhece Zephaniah tão bem quanto eu, Kate, e sabe que prazer terrível ele tem em preparar armadilhas e matar serpentes. Eu o vi agarrar as criaturas pela cauda e rodá-las sobre sua cabeça com tanto desfrute quanto um mágico na feira de Greenwich."

— Eu realmente jamais gostei dele, Goose. Às vezes ele olha para mim com a mais estranha das expressões no rosto. Como se quisesse me encurralar e me pegar.

— Já lhe falei sério e ele nem piscará os olhos em sua direção. Então ele veio logo para o jardim, todo sorrisos, com um longo bastão e um pedaço de pedra afiada.

"'Oh, Sr. Milton', disse ele, 'esta é uma das grandes.'

"'Onde ela está, bom Zephaniah?'

"'Um pouco longe do senhor. Não precisa se alarmar. Esse diabo jamais o alcançará.' Vi nosso mestre limpar a testa com a palma da mão. 'É mais longa que um metro, senhor. Tem o pescoço pequeno, mas conheço algumas que engolem uma galinha viva grande como as que valem três pence na Inglaterra.' O idiota estava falando bem alto enquanto se aproximava da serpente, e agora eu a via pela primeira vez, enrodilhada no chão. 'Ela, de qualquer modo, não conseguiria matá-lo, senhor. Se o senhor fosse mordido, bastaria tomar um pires de óleo de salada e mastigar umas folhas de ervas contra serpentes.' Olhei muito e não consegui ver seu ventre amarelo com as marcas pretas e verdes no dorso. 'Os selvagens as chamam de *askook*', Zephaniah gritou bem alto a palavra enquanto corria na direção da besta, cortava sua cabeça com a pedra afiada e depois a golpeava com o bastão. 'Está morta, Sr. Milton. Está toda cortada e quebrada.'

"'Eu lhe agradeço, Zephaniah. Bom trabalho.' Ele então virou o rosto na minha direção. 'Onde está você, Goosequill? Ajude-me a sair desta rede, por favor. Meus membros estão enrijecidos.'

"'Estou chegando agora, senhor.'

"'Eu estava perto da morte. Poderia ter sido assaltado pelas garras da serpente.'

"Zephaniah gostava de me ver acossado, como eu estava, pois eu sabia, desde aquela época, que ele tinha grande desejo por você. 'Veneno tão negro como tinta, Sr. Milton', ele murmurou. 'Presas como pontas de diamante.'

"'Precisamente. Foi removida do meu jardim?' Zephaniah enrolou-a em seu bastão e a lançou fora, no caminho dos fundos. O Sr. Milton ouviu o ruído da carcaça e abriu um largo sorriso. 'Hoje fomos salvos de grande perigo. Sem qualquer ajuda de meu serviçal, cujas atenções, eu compreendo, eram desejadas em outro lugar.' O matador de serpentes sorriu e apontou para mim. Eu nada disse, mas ajudei o Sr. Milton a sair da rede. Ele agora estava bem-humorado, depois de se livrar do pânico. 'É ainda um pomar delicioso', falou para ninguém em particular. 'É ainda um jardim plantado com árvores de Deus. Nenhuma serpente pode destruí-lo.'"

Dez

Então, querido irmão Reginald, fui salvo por milagre das garras da serpente. E como louvei ao Senhor, quando compreendi como ele me preservara para meu trabalho na selva! Foi por dispensação divina, não tenho dúvida, que aqueles primeiros meses se passaram ordenada e tranquilamente sob minha jurisdição. Mas não estávamos livres de muitos suspiros laboriosos: os irmãos foram obrigados a plantar em terra não preparada, como os servos de Jeú, quebrando os arbustos com suas enxadas e algumas vezes com suas mãos abençoadas. Todavia, até no trabalho da natureza a Providência foi nosso guia. Grãos de centeio haviam sido trazidos da Inglaterra, mas, depois que recintamos campos para milho, foi levado ao meu conhecimento que os grãos locais, comprados dos nossos vizinhos, eram muito mais frutíferos e poderiam até produzir duas colheitas. Houve chuva e trovão no começo de nosso primeiro ano, trazendo mosquitos e outros insetos maiores em grande número, mas então o tempo mudou. Começamos a semear abóboras, cebolinhas e outros vegetais em nosso próprio jardim. "Que ninguém", disse a eles, "zombe das abóboras. Com estas o Senhor foi servido em alimentar seu povo." Nossa pequena cidade começou a crescer. Nos primeiros meses de 1661 regozijamo-nos com quatro ruas completadas de acordo com nosso plano.

Descrevi isto para Nathaniel "obreiro milagroso" Culpepper, ministro muito produtivo e espiritual de Nova Plymouth, que havia decidido me visitar mais uma vez para piedosas conversas. "Nossa pequena cidade", disse-lhe eu, enquanto caminhávamos no jardim, "tem a forma de uma flor-de-lis, você não acha?"

"Senhor?"

"Flor de lírio." Repeti, com a expressão usada em Londres, para seus ouvidos rudes.

"Não tenho tempo para flores, Sr. Milton. Estou plantando vinhas verdadeiras."

Eu o repreendi gentilmente. "Mas pense na canção de Salomão, quando em alegoria Cristo desperta sua igreja. Não há jardins e flores abundantes que se acham ali?" O bom pastor parecia não se lembrar da passagem, mas sem qualquer palavra de reprovação eu mudei de assunto. "Onde está aquele garoto índio que viajava consigo no ano passado? Seu nome era Mummer, ou algo assim?"

"Ele se foi."

"Se foi?"

"Morto. Foi surpreendido no ato de roubar um cavalo. Foi enforcado, como a lei requer. Não foi nenhuma perda, pois ele se havia tornado desobediente e inclinado ao mal."

"Entristece-me ouvir isto."

"A morte é uma disciplina necessária num lugar como este, Sr. Milton."

Logo que ele pronunciou a palavra "morte" em meu ouvido, houve um grande estrondo, vindo do céu, em minha direção. "O senhor está ouvindo isto, Sr. Culpepper? Está ouvindo este estrondo vindo do sul? Pode ser de armas ou canhão?"

"Armas, não, senhor." Eu ouvi seu sorriso — é possível, Reginald Pole, ouvir um sorriso? "Os pombos voltaram."

"Que pássaros fazem este estrondo?"

"São como os nossos pombos domésticos." Ele tinha modos precisos e literais, que às vezes inquietavam. "Só que têm longas caudas, como gralhas. Sempre vêm para cá na primavera."

O ruído ficou mais alto e a passarada se tornou tanta e tão espalhada no céu que senti que ofuscava o sol. "O ar está escuro com suas asas emplumadas", disse eu. "Há alguma coisa monstruosa em seu voo."

"Geralmente isto continua por quatro ou cinco horas. Tentamos desviar sua rota com chumbo fino, mas nada altera seu curso."

"Milhões e milhões com a mesma antecipação de seu fim."

"Eles se aninham entre os pinheiros a nordeste de nós. O sol nunca chega ao solo por causa da sombra de seus ninhos."

"É algo assustador, essa sombra viva ao meio-dia, não acha?"

Ele não respondeu, mas falou sobre o preço dos grãos.

Na manhã seguinte fiz uma alegoria para aquela grande migração, pronunciando minhas palavras cuidadosamente para o garoto tolo, que insiste em ficar a meu lado. "Seu voo firme e propositado", disse eu, "me faz lembrar aquelas leis da sociedade humana, mantidas pela vontade de Deus, continuadas para fora na paz e no bem-estar dentro de uma grande comunidade."

Eu estava para continuar com certas alusões sobre o tema da fraternidade, quando ele me interrompeu em meu próprio devaneio. "Os meninos e as meninas já estão reunidos na sala de aula, senhor. Estou ouvindo as suas orações?"

"Você reconheceria uma oração se a ouvisse, seu selvagem? Pegue minha beca."

Eles estavam de fato em meio às suas devoções quando me dirigi depressa à pequena escola que eu determinara que fosse construída. Não tínhamos pedras, além das encontradas por acaso, nem bancos além daqueles feitos a machado de peças de carvalho, mas diante de Deus não pode haver manchas ou marcas no altar do ensino. E assim foi o que ouvi da voz piedosa de uma criança quando entrei na sala.

"Nosso Senhor e mestre, doce Jesus, que, quando menino de 12 anos, disputou de tal maneira entre aqueles doutores do Templo de Jerusalém, que todos ficaram surpreendidos com sua mais excelente sabedoria, nós vos pedimos, nesta escola onde és chefe e patrão, que possamos seguir o caminho do ensinamento."

"Muito bem dito, William Gogeshall. E como poderemos seguir este caminho, Jonah?"

Eu sabia que este Jonah era um garoto lento e cabeçudo, com o senso de uma formiga. Sem dúvida ele estava observando uma se arrastando pelo chão quando falei com ele, que apenas arrotou: "Bom mestre, os índios o fazem na floresta."

Eu sabia onde ele estava sentado e me abaixando sobre ele puxei sua orelha esquerda. "Temos de ser justos", disse eu, torcendo-a em minha mão. Outra torcida. "E precisos". O garoto idiota deu um grito e eu o soltei. "Jonah Saybrook, eu o condeno a trabalhos forçados nas minas profundas do conhecimento. Um salmo para ser aprendido de cor a cada dia. Agora, Martha, você pode recitar a lição da lei moral?"

"Aquilo que se funda nos princípios da natureza e da razão correta é comumente chamado lei moral."

"Você fala proveitosamente e com método. Continue." Enquanto Martha Rainwell, filha do piedoso carpinteiro, recitava as sentenças morais das *Regras simples e exemplos para uma criança cristã*, de Drake, considerei mais uma vez as lições que eu poderia tirar da grande migração de pássaros. Ela havia chegado à homilia divina sobre o arrependimento quando a interrompi. "Se todos vocês seguirem estes preceitos e os ensinarem a todos que vierem depois, então nossa pequena colônia disseminará conhecimento e religião por todas as partes desta nova terra. Nosso calor natural reavivará aqueles que ainda jazem dormentes e negligenciados." Ouvi um grito em alguma parte do assentamento, mas fiz apenas um momento de pausa. "Que nação será mais industriosa domesticamente, mas honorável exteriormente? Nossa comunidade poderia, então e de fato, atingir o poder geral e a união de uma república completa, algo de novo na face da terra..." Subitamente, ouvi gritos de "Paz, paz", seguidos de "Bom-dia, bom-dia, bom-dia". Um grupo de índios nativos, caro irmão Reginald, havia chegado a Nova Milton!

John Saybrook gritou que seríamos cozinhados e comidos, mas eu lhe ordenei para ficar em silêncio. "Eles podem ser pagãos, mas não são selvagens. Todos vocês permaneçam quietos e atentos aos seus estudos. Eu sairei por alguns instantes." Deixei a sala de aula com andar compassado e, chamando Goosequill, saí na estrada empoeirada perto dos próprios índios. Fiquei na frente da escola e nada disse. Permaneci imóvel e então levantei meus braços em sua direção. Eles me viram logo, é claro, com a toga preta e o colarinho branco, que é minha obrigação usar entre os pagãos. Ouvi um do seu pequeno grupo dar um passo à frente, parar, depois dar mais um passo. Então ele repetiu em voz grave. "Bom manhã, bom manhã."

"Bom-dia, senhor." Coloquei os dedos sobre meus olhos. "Não posso vê-los, mas sinto reverência e autoridade em vossa voz. Os senhores são bem-vindos aqui." Então me lembrei de uma palavra a mim ensinada pelo bom homem Lusher. "*Npockunnum.*" Que significa: eu sou cego.

O nativo veio para perto de mim e senti cheiro de gordura animal espalhada por seu corpo. Ele se inclinou em minha direção e me colocou um colar na cabeça: eu o toquei e vi que se tratava de um colar de conchas marinhas. Inclinei-me, sabendo que algum prêmio ou honra me havia sido concedida. Então falou para mim em sua língua. "*Wunnetunta*", disse ele. "*Kekuttokaunta*".

Goosequill estava a meu lado e traduziu as palavras pagãs. "Meu coração é verdade. Vamos conversar."

Eu perguntei mais tarde ao garoto como ele havia compreendido a linguagem deles. "Oh", disse ele, "só observei os gestos do sujeito. Ele colocou a mão no peito e então na língua."

"Muito bem observado. Fale-me, Goosequill, da roupa dele. Eles usam roupas soltas, como os nativos da Escócia."

"Não tão primitivo assim, senhor. Os mais velhos usam peles de animais, mas também estão cobertos de capas feitas de penas de pássaros."

"Extraordinário, se são arrancadas dos pombos que ouvi no céu."

"Os homens jovens têm capas de pano vermelho e azul, amarradas na cintura, como as velhas mulheres que vendem cadeiras em Leadenhall. Mas digo isto, senhor. Nunca vi aquelas mulheres com listras vermelhas no rosto, emblemas de peixe tatuados na testa, brincos na forma de pássaros ou braceletes de búzios."

"Não, não é a moda em Leadenhall. Você viu o bastante para escrever um volume. Mas não podemos depender da aparência, Goosequill, quando também temos a palavra. Temos que chamar o Sr. Lusher para nos assistir nestas delicadas confabulações."

E assim foi, querido Reginald, que Eleazer Lusher chegou a Nova Milton num certo dia aprazado, para agir como intérprete no meu discurso com os índios. Ficou logo claro que eles queriam fazer trocas conosco, e em sua primeira visita trouxeram peles de castores e raposas negras, dentes de cavalo, óleo de focas, e bolos de milho conhecidos entre eles como *nokake*. Em troca os bons irmãos deram a eles caçarolas de metal e panelas de cobre. Mais tarde nos presentearam com sapatos com cadarços de tripa de alce, e os caridosos ingleses lhes deram pratos e colheres; os índios nos forneceram também quantidades de xarope de árvore de bordo, e em recompensa construímos para eles portas de madeira para serem usadas no lugar dos seus cobertores pendurados. Goosequill me informou que os nativos distribuíram todas essas coisas e materiais igualmente entre si, e eu fiz uma alusão à comunidade de Platão. "Não sei nada disso, senhor", ele replicou, "mas às vezes esses selvagens parecem mais justos do que os ingleses." Eu não lhe dei resposta, tendo matérias mais onerosas para considerar.

O líder, ou *sachem*, era conhecido como Cutshausha; mas logo o premiei com o nome de Adam Newcome em honra à sua primeira chegada ao assentamento. De fato, tornou-se evidente, pelo relatório do Sr. Lusher, que Cutshausha estivera próximo de Nova Milton alguns meses antes — e que a primeira voz inglesa que ele ouvira fora a minha própria. Eu estava falando no jardim e ele se escondera atrás das leiras; não por medo, insistiu, mas por curiosidade. Não estava nu, acrescentou, mas usava um pequeno avental de couro para esconder suas partes secretas. "Então seu nome é bem a propósito, Adam", repliquei por intermédio do Sr. Lusher. "Você se veste como nossos primeiros pais. Deus o cobriu com a pele de bestas para esconder nossa comum indecência."

"Oh, senhor", Lusher me disse, "eles são felizes."

"Nós fomos todos expulsos do paraíso, Sr. Lusher."

Neste momento, Adam Newcome decidiu recitar uma frase inglesa que, soube mais tarde, ele havia decorado cuidadosamente. "Você meu amigo, John Milton, desejo sua adoração e seu poder porque espero que o senhor pode fazer grandes coisas com este. Nós somos pobres."

"O que ele deseja, Sr. Lusher?"

"Ele quer que seu povo trabalhe."

É claro que eu havia considerado justamente essa possibilidade desde a chegada dos pagãos entre nós. A economia do nosso piedoso assentamento precisava de um certo número de trabalhadores, e em poucos dias concordei com Adam Newcome que seu povo deveria trabalhar com os colonos na lavra da terra, no corte de madeira e na construção de muros de pedras ou de casas. Cada uma dessas atividades deveria ficar sob a superintendência de um dos três filhos do chefe selvagem, renomeados por mim John Firstfoot, Newcroft Matuxes e Last-born Nanaro. O trabalho para valer começou logo depois. Os índios distribuíram suas ostras, carne de urso, lagosta seca e língua de alce, em troca de provisões inglesas de queijo, manteiga e ovos. E entristece-me revelar, Reginald Pole, que alguns dos nossos irmãos lhes ofereceram cerveja, sem dúvida honorável e generosamente; mas eles não estavam acostumados com seus efeitos e me vi forçado a limitar seu uso.

Entretanto, mesmo apesar desses justos editos, havia ainda certos nativos que não se sentiam inclinados a trabalhar para nós. Começaram a jogar pedras premiadas, quando deveriam estar trabalhando nos campos, e jogavam um tipo de jogo de cartas com movimentos rápidos. À noite, muitos deles cantavam e dançavam em torno de suas fogueiras atrás do nosso assentamento. Até eu, do meu próprio quarto, podia ouvi-los cantando. "Penso que eles são muito parecidos com os antigos britânicos", disse eu para meu garoto certa noite enquanto ele servia minha ceia de capão e sopa de legumes, "mas parece que eles estão mais próximos dos irlandeses selvagens. Certamente são muito volúveis e impetuosos, e seus mantos de pele de alce não são diferentes dos mantos irlandeses. Uivam como os irlandeses sanguinários, também. Você os está ouvindo?"

"Eles só estão cantando."

"Gritos bárbaros, como os sons do próprio inferno."

"Foi Increase Dobbs* que lhes deu primeiro cerveja, senhor. E obteve um bom lucro com isso."

---

*Em inglês, Aumento Dobbs. (*N. do T.*)

Ele estava sempre na frente, mas decidi ignorá-lo. "E tive notícias de tribos canibais não muito distantes de nós. Você já ouviu falar desses irlandeses pagãos que se alimentavam de nádegas de meninos e tetas de mulheres? Hollis os descreve muito bem nos seus *Memoriais*." Eu não pude evitar um suspiro e depois bebi meu costumeiro copo d'água. "É a mesma selvageria em todas as raças e reinos do mundo. Onde quer que formos neste mundo, Goosequill, só encontraremos uivos horrendos e gritos terríveis."

"Lamento ouvir isto".

"Entretanto, não importa quão desgovernada e supersticiosa uma raça possa ser, ela pode ser convertida pela razão do direito e pela santificada persuasão. Está na hora, Goosequill, de desenraizar este mundo demoníaco e seus terrores".

"Senhor?"

"Está na hora de ensinar nossos índios a rezar."

Na manhã seguinte chamei à minha residência John Firstfoot, o filho mais velho do *sachem*. Eu sabia que o jovem índio e Goosequill estavam ensinando um ao outro os rudimentos de suas línguas, então lhes pedi que se sentassem junto comigo. "Fale-me de Deus, Firstfoot."

"*Mannit.*"

"Acredito que esta seja sua palavra para divindade." Eu estava afável, mas determinado.

"*Ketan. Wetuomanit. Keesuckquand.*"

"Ele está explicando para o senhor que seu povo tem muitos deuses."

"Estou bem ciente disso, Goosequill. Eles são vítimas de superstição. Podem adorar tanto a lua como os elefantes. Eles também podem ser monges. Bom e querido John Firstfoot, como você adora o seu Deus?" Fiz um gesto com as mãos como em oração.

"Adorar?"

Goosequill falou com o índio por alguns momentos e depois replicou por ele.

"Eles não adoram seu Deus porque dizem que, sendo Deus, ele não lhes fará mal."

"Que extraordinário. Paganismo cego."

Eu falara muito rispidamente, talvez, pois então Firstfoot sussurrou alguma coisa para o meu garoto. "Ele diz, senhor, para não ficar zangado. Diz que temem o Deus inglês, porque ele os subjugou."

"Estou contente de ouvir isto. Sugere uma reverência correta. Pergunte a ele sobre o diabo."

"Oh, eles já me falaram do nobre cavaleiro. O senhor quer ouvir dele próprio?"

"É claro."

"Eles dizem que, às vezes, ele vem na forma de um garoto branco."

"Outro absurdo. O branco sempre foi a cor da pureza e da virtude. Eles têm charcos para seus anjos?"

"Mas se o senhor lembra, eles às vezes nos chamam de diabos."

Eu me levantei da minha cadeira e fui até as estantes. "Eles são ignorantes como os ciganos. Iludidos pelos seus próprios feiticeiros..."

"*Powwows*, senhor."

"Desculpe, Goosequill, mas eu não posso torcer minha boca inglesa com esses nomes estranhos." Coloquei minha mão em meus livros. "Bruxos, somente. Espiando e murmurando. Lembram-me daqueles papistas com seus mantos extravagantes desfilando no teatro de seus altares." Voltei para minha cadeira. "Espargindo névoas de incenso e percutindo dos seus sinos baratos. Diga-me Firstfoot, você sempre acreditou em seus feiticeiros?"

Goosequill traduziu a pergunta e de novo respondeu por ele. "Ele diz, senhor, que não conhecem nenhum tempo em que não fossem como são agora."

"Compreendo. A mesma velha dança circular, com seus falsos fogos cintilantes, no qual os homens tropeçam ou se queimam. Você entende a minha mensagem, Goose?"

"Se é aquela dança que vi..."

"Tradição, seu tolo. Será uma úlcera purulenta perpétua até o fim do mundo. Entretanto, temos de nos erguer e esmagá-la. John Firstfoot, preciso falar com todo o seu povo."

"*Cowatam?*" O garoto perguntou e o índio fez sinal de que sim, de fato, entendera minhas palavras.

"Excitarei suas mentes com o desejo de saber."

Então assim foi que, duas semanas depois dessa conversa, encontrei-me com os anciãos da tribo numa convocação solene para discutir questões de fé. Eleazer Lusher havia mais uma vez concordado em servir de intérprete, pois não podia confiar no meu garoto como um tradutor diligente, e comecei com um discurso para satisfazer o coração selvagem. "Eu sonhei que estava aqui", disse eu, "e vi uma igreja surgindo do chão."

Ouvi um deles exclamar "*Mamaskishaui!*", mas o Sr. Lusher não o traduziu.

Eu sabia onde estava o nativo, e girando o rosto em sua direção pedi com cortesia que me descrevesse a natureza das suas divindades. Ele parecia relutante em discutir tal matéria, mas foi persuadido por Eleazer Lusher, que replicou em seu lugar. "Ele está dizendo que o grande Deus, *Cawtantowwit*, tem sua caverna a sudoeste daqui, de onde vêm os ventos quentes."

"Entendo."

"Mas também têm relações estranhas com *Wetucks*, um homem que realizou grandes milagres entre eles e profetizou de forma verdadeira."

"Sem dúvida algum passatempo do diabo."

"Ele caminhou sobre as águas. Foi dito que desceu do céu."

"Outra superstição abominável. O que é este céu deles?"

Eleazer questionou o índio mais uma vez, que eu agora suspeitava que estivesse ligado a mágica e feitiçaria. "É um lugar com solo muito fértil, Sr. Milton. Eles não necessitam de comida ou roupas. Basta desejar que eles as têm."

"Podemos igualmente nos fascinar com os espetáculos alegres de pompa dos papistas. Por favor, continue."

"As pessoas no céu nada fazem. Os campos produzem milho, grãos e abóbora sem precisar ser lavrados."

"Verdade? Sem dúvida existem macieiras e outras árvores frutíferas."

Eleazer consultou o presumido feiticeiro. "Sempre verdes e sempre florescentes."

Não pude conter o riso. "E nenhuma serpente, espero."

O selvagem não poderia ter entendido nada daquilo, mas eu o ouvi levantando-se e postando-se diante de minha cadeira. "O Deus inglês é todo uma mosca", ele murmurou, "e o Deus inglês é todo uma mulher." Então ele cuspiu na minha cara. Houve uma consternação geral entre os índios, que nunca haviam testemunhado um dos seus golpear ou insultar um inglês daquele modo. Esperei que o tumulto diminuísse. "Neste dia", disse eu tranquilamente, "faço uma promessa solene a Deus de desenraizar a superstição pagã. Não permitirei ídolos ou cerimônias, ou velas durante o dia ou qualquer dessas cavilações. Basta."

Dois dias depois os irmãos de Nova Milton, em sua própria assembleia, publicaram um edito ordenando o policial a suprimir qualquer feitiçaria ou idolatria pagã em qualquer local dentro do assentamento; então sugeri um edito, também para extirpar tais práticas, se descobertas, entre as tribos de índios que faziam trocas conosco. Fui aconselhado, entretanto, a ser paciente, pois seria perigoso agir contra todos os índios. Então decretei que nosso povo redimido somente poderia empregar ou negociar com os índios que abraçassem a verdade revelada no Velho e no Novo testamentos. Ao mesmo tempo, querido Reginald, instituí escolas de orações, e no primeiro domingo do mês e no mês seguinte vinte homens e mulheres nativas entoaram o padre-nosso. Tive muita dificuldade em traduzir as palavras para sua própria língua, de modo a poder liderá-los no recitativo. "*Noshum kesukqut, quttianatamunch koowesuonk.*" Nessas classes semanais também comecei a pregar, de modo a ensiná-los a doutrina, perguntas, respostas, razões e usos. "*Kukketassooatamoonk peyaimoutch.*" Ocorreu-me que deveria mostrar-lhes relógios e instrumentos mecânicos projetados pelos ingleses para glória de Deus, e depois os nativos faziam fila para beijar a bíblia sagrada que eu mantinha em minhas mãos. Nessa ocasião, também com a ajuda de Eleazer Lusher, eu havia anunciado "*Pausuck naunt manit*". Só existe um Deus. É claro que jamais poderia me acostumar ao cheiro de gordura de urso na pele deles, e insisti que todos os índios que oravam usassem roupas inglesas. Expliquei-lhes sua antiga condição em uma palavra — *Cowauwaunemun*, eles estavam fora do caminho certo —, mas tinha boas razões para esperar que a alusão os agradaria com sua referência a seus próprios velhos caminhos dentro da floresta. Eles me disseram que seu Deus havia criado o homem e a mulher de uma árvore que se tornara, assim, a raiz da humanidade. Com isso, fiquei mais preocupado. "Não. Qual é a palavra, Eleazer, para que me ouçam com atenção?"

"*Netopkihkkta.*"

"Por favor, traduza tudo mais que eu lhes disser. Deus tomou uma costela de Adão e daquela costela Ele fez uma mulher." Eu havia deliberadamente escolhido as palavras mais simples de todas. "Quando Adão viu a mulher ele disse: 'Este é o meu osso.' Vocês têm que esquecer suas velhas histórias supersticiosas." Então eu os deixei e retornei para minhas meditações.

Onze

— E foi naquele dia que ficamos noivos. Quando me ajoelhei e lhe dei o anel, Kate.

— Oh, sim. Você me contou que fora herdado. Sua avó morrera num paroxismo em Saddlers Well, e o deixou como legado. Logo que eu vi, soube que era índio.

— Admito, Kate. Foi depois de vários minutos, eu sei, mas caí de joelhos e ardentemente pedi perdão. Veja como fica tão bem em seu dedo. Quando Newcroft Matuxes me vendeu, disse que era um amuleto de felicidade.

— Você me disse que era um signo de muitas crianças que viriam.

— A mesma coisa, Kate. Ou assim se diz. Você ainda tem aquele livro que lhe dei? Como era o título? Tinha um título bem estranho.

— *Um discurso sobre as mulheres mostrando suas imperfeições alfabeticamente*. Eu fiquei muito ofendida.

— Foi uma brincadeira, Kate. Nunca quis ofendê-la.

— Eu culpei o Sr. Milton por isso, é claro.

— Você notou que seu estado de espírito não estava melhorando. Eu me lembro. "Ele se tornou muito difícil." Você estava dizendo quando passeávamos na floresta naquele dia. "Mais autoritário."

"Mais estrito, você quer dizer. Ele ficou pior do que os outros."

— Não tão ruim como alguns dos outros, Goose. Ele ainda canta. E eu o ouvi sussurrando para uma pomba outra manhã.

— Concordo que ele pode ser alegre, Kate. Mas também pode ser desagradável. Acho que ele se ressente de sua solidão aqui.

— Mas nós somos tantos.

— Não. Não há ninguém que seja seu igual. Ele me disse certa vez que contemplava algum grande trabalho. "Mas então", disse ele, "quem o leria aqui, Goose? As árvores e as pedras?"

— Pensei que ele tivesse afeição pelos irmãos.

— Um bom cristão, tenho certeza, em cada centímetro.

— Mas acha que somos um povo de Deus.

— Assim declara em suas preciosas assembleias. Mas não é tão afeiçoado a eles como parece. Ele gosta de governá-los, certamente. Mas o tenho visto suspirar de alívio depois que o deixam.

— É mesmo, Goose?

— Sim. É mesmo. Ele ama ser o mestre e dar ordens, mas às vezes acho que está de fato perdido neste lugar.

— Imagino que depois de Londres isto deva parecer uma selva.

— Ah, o mundo é sua selva. Ele é um homem decepcionado.

— Ele é cego. Isso já não é bastante sofrimento?

— Ele sofre de algo mais. Muito mais.

"Estávamos de mãos dadas naquele momento. Você estava usando aquele lindo bonezinho que Sarah Venn havia feito. 'Sabe, Kate, há momentos em que o encontro na janela, olhando para o céu. Poderia jurar que ele enxerga alguma coisa.'

"'Ele provavelmente está escutando os pássaros.'

"'Não, ele olha fixamente para cima. E por vezes mexe a mão, como se estivesse escrevendo. Sei que tentou certa vez, pois derramou a tinta. 'Eu não podia esperar por você', disse-me. 'Olhe para suas mãos', disse eu. 'Elas estão pretas.' 'Como um selvagem', replicou. Então sorriu.'

"Estávamos em nosso canto preferido, onde as árvores e os arbustos faziam aquela clareira. Como se chamaria? Nosso próprio círculo de madeira. Então nos sentamos na grama. 'Pode me dar o prazer de ouvi-la cantar um pouco, Kate?'

"'O que você prefere, Goose?'

"'Que tal aquela velha favorita, 'Conforte-me com maçãs'?'

"Então você solfejou e eu me estendi de costas na grama. Nunca ouvi uma canção tão amorável em toda a minha vida. Você sabe o que aconteceu depois?"

— Goose, não diga mais nada.

— Por que colocar seus dedos nos ouvidos? Foi tudo perfeitamente natural. Peguei você pela cintura e a baixei muito gentilmente.

— Goose, estou ruborizando.

— Eu fui gentil, não fui?

— Goose.

— Oh, Kate. — Eu voltei para a casa do Sr. Milton algumas horas depois, assobiando bem alto para assinalar minha chegada. Encontrei-o no jardim, deitado na famosa rede. "Ah, Goosequill, você me encontra numa hora propícia."

"Eu não sabia se ele pensava em si ou em outra pessoa. 'Estou satisfeito em ouvi-lo.'

"'Obrigado. Seria grande coisa estabelecer uma nação de Deus neste mundo oeste.' Ele rolou para fora da rede e pegou em meu braço. 'Que crônica majestosa se desenrolaria para as nossas futuras eras! Pense em Diodorus entre os gregos, e Lívio entre os latinos.'

"'Estou tentando, senhor.'

"'Eu serei Milton entre os americanos! E você escreverá a respeito.'

"'E o senhor ditará, espero?'

"'É claro. Os eventos de nossa história ficarão gravados como monumentos para as eras futuras. Você terá uma pena de ferro, como Jó, para proezas de ferro. Pode começar agora.'"

Doze

Vinte e cinco de agosto de 1661. Nesta última semana a colônia foi muito perturbada por uma praga de lagartas; as árvores que elas atacavam, das quais devoravam os frutos e as folhas, ficavam secas e mirradas, e quando elas caíam nas plantações as transformavam em campos desertos. Disseram-me que as carroças que as encontravam ficavam pintadas de verde com seus grandes enxames. Evitei mencionar paralelos bíblicos para o bom povo aqui, pois não acreditava que estivéssemos sendo punidos por coisas ímpias ou pecaminosas. Não havia eu embarcado no santo trabalho de ensinar aos selvagens a palavra de Deus? Não, as lagartas eram meramente um fato da natureza.

Vinte e nove de agosto de 1661. Um companheiro recém-chegado de Lyme, Daniel Pegginton, chegou correndo na vigília da noite de ontem num estado curioso de excitamento. Em altos brados relatou a aparição de um tritão ou homem-peixe que ele viu e que colocou as mãos no deque de seu bote. Diz que decepou uma das mãos daquilo com seu machado, e em tudo parecia a mão de um homem. Então, com medo, jogou-a de volta ao mar, no mesmo local onde o homem-peixe afundara, tingindo a água com seu sangue, e não fora mais visto. O clima desta terra deve influenciar estranhamente a cabeça dos homens. Pode ser que as cerimônias impuras e as tradições dos selvagens, cozidas pelo sol, enlouqueçam nossos colonos. Devo acelerar meu trabalho santificado antes que todos sejamos infectados.

Primeiro de setembro de 1661. Ensinei aos índios que a denominação para os irmãos é Eleitos Particulares Separatistas; mas eles arruinaram tanto as palavras em suas bocas que lhes pedi para silenciar. Como, no futuro, poderei instruí-los em latim e hebreu?

Sete de setembro de 1661. O vento noroeste voltou de novo e atingiu igualmente ingleses e selvagens, com a triste doença conhecida como a praga das costas. É uma doença americana, pois eu nunca soube de coisa assim em Londres, e decidi colocá-la na lista de doenças e febres da região — por exemplo, a peste negra, a febre intermitente, o nó nas tripas, a hidropisia e a ciática. Todavia, algumas das nossas doenças inglesas estão maravilhosamente ausentes da selva, entre as quais sarampo, doença verde, dores de cabeça e tuberculose. Eu mesmo estou livre de afecções. Tenho uma constituição saudável, o que, espero, tenha impressionado bem nossa nova e crescente colônia de almas cristãs.

Onze de setembro de 1661. Fomos provados. Uma mulher de grande impudor veio estar conosco, depois de tentar as várias cidades e vilas de irmãos vizinhos. Ela se chamava Joanna Fortecue "Fiel" e tentou passar por um membro piedoso de nossa igreja reformada, mas sua reputação de prostituta logo chegou a nós. Ordenei que a levassem ao pelourinho onde ela foi açoitada, antes de mandá-la de volta para o mar, como sua deusa Vênus. Tal devassidão e sujeira não devem ser toleradas em um mundo novo como o nosso. Senão, como poderia nossa luz brilhar como um farol na vastidão selvagem?

Cinco de outubro de 1661. Um terremoto nos perturbou ontem. Entre três e quatro da tarde, num dia de tempo calmo, chegou com um longo barulho de trovão, como o chacoalhar das carroças em Londres. Começou no interior oeste e balançou a terra com tanta violência que os pratos e as travessas caíram de minhas prateleiras. Quem estava nas ruas teve de se agarrar aos postes, enquanto os que estavam nos campos largaram seus implementos e saíram correndo em todas as direções. O barulho e o tremor de terra continuaram por três minutos, mas depois desapareceram; meia hora mais tarde houve um novo tremor, mas não foi tão demorado ou tão ruidoso como o anterior. Informei meus índios de que estávamos experimentando a ira de Deus. Onde há glória deve também haver temor, onde há reverência deve também haver apreensão.

Sete de outubro de 1661. Voltamos à boa ordem e ao costume. Convoquei uma assembleia geral para alocação de terra para os recém-chegados; que seja justa e santificada, disse eu, mas que também seja estritamente metódica. Esta manhã houve uma explosão de pólvora que destruiu o celeiro de Isaiah Fairehead.

Nove de outubro de 1661. Deus raramente nos manda chuva, mas quando chega de suas mãos é muito violenta.

Onze de outubro de 1661. Adam Newcome, chefe dos selvagens em nosso território, veio com os filhos esta manhã e pediu para falar comigo. Eu o mandei entrar, cortesmente, e ele me disse (pelas palavras de seu filho) que alguns dos eleitos haviam profanado uma sepultura índia. Sua fala para mim foi deste modo, que eu reproduzo para benefício daqueles curiosos de conhecer sua língua primitiva. "Quando a última e gloriosa luz de todo o céu estava debaixo da terra e os pássaros ficaram silenciosos, comecei a me acomodar e a repousar. Antes que meus olhos se fechassem tive uma visão, depois da qual fiquei muito nervoso e tremendo, um espírito gritou: cuidado que há estas pessoas que quebraram meus ossos. Imploro sua ajuda contra esses ladrões que vieram para nossa terra. Se isto for sofrido, não terei repouso dentro de minha morada sempiterna." Fiquei afrontado por aquele discurso pagão, mas dominei-me e transmiti a

Adam Newcome que tal profanação de sepultura seria examinada cuidadosamente. Mas meu amanuense, Goosequill, já conhecia os fatos daquela matéria. Dois dos jovens irmãos, recém-chegados, estavam procurando milho índio, que, segundo lhes fora dito, estava enterrado. Escavando embaixo de alguns celeiros abandonados a 3 quilômetros de Nova Milton, encontraram uns velhos ossos abandonados, cobertos por duas peles de urso costuradas. Diante disso, deixaram os ossos e trouxeram as peles de urso para nossa santa cidade. Foi um ato imoral, e embora eu não tenha grande reverência por qualquer cerimônia pagã, vi a loucura de seu roubo. Havia sido muito mal executado. Ordenei que os dois jovens fossem presos e levados à minha presença. Eles foram logo encontrados e eu ordenei que caíssem de joelhos e pedissem perdão ao *sachem*. Eles obedeceram, muito a contragosto, e seguindo minhas instruções peremptórias, devolveram a ele as peles de urso. Dei um relógio a Adam Newcome, em sinal de minha própria assistência compungida. Não preciso dele e espero que seu mecanismo acalme seus espíritos ancestrais. Entretanto fui dormir apreensivo.

Quinze de outubro de 1661. Houve um espetáculo estranho ao anoitecer de ontem. Três lobos perseguiram um alce pela rua principal de nossa abençoada cidade e ele fugiu na direção do rio, com as bestas ferozes o seguindo. Foi uma lição de que há uma selva em qualquer zona e em qualquer clima.

Vinte de outubro de 1661. Increase Dobbs teve uma febre alta e ficou delirante. Ele fora visitar Humility Tilly, chorando e gritando que vira um negro com chapéu azul, girando-o como um tear. Então ele caiu no chão e se queixou amargamente de que estavam enfiando panos de fogo em seu nariz e sua boca. A senhora Tilly desmaiou e foi reanimada por Alice Seacoal com alguma cânfora em conserva. Com Increase Dobbs foi mais difícil. Temos um apotecário, mas ele está senil e não tem a droga certa para purificá-lo. O coitado do Dobbs vive um pouco longe de nossa cidade e sem dúvida a solidão lhe causou desconforto geral e perturbação mental. Toquei em seu rosto uma vez, quando ele veio me ver para receber instruções de São Paulo sobre a disciplina da igreja, e sabia que ele tinha feições que o induziriam à melancolia. Era sempre tomado de vômitos depois de suas convulsões, o que é sinal de algum fermento curativo ou balsâmico interno. Disse ao nosso não tão competente apotecário para lhe dar enxofre, mas não fez nenhum efeito: apareceram marcas em sua pele, como queimaduras a ferro em brasa ou mordidas, e ele vomitou muito.

Vinte e quatro de outubro de 1661. Que melancolia pestilenta é essa que grassa entre nós? A senhora Sprat, uma santa viúva de Barnstaple, veio visitar-me esta manhã com algumas narrativas e rumores de que vira no rio, ontem à tarde, algo com cabeça de homem e o rabo de um gato, e nada mais no meio. "Vá embora", disse eu, "você sonha, mulher."

"Sr. Milton, não é fantasia. Não posso mentir para o senhor, e Deus sabe que todos nós o reverenciamos, mas isso não foi nenhum sonho de minha humilde pessoa. Outros além de mim têm observado coisas nesta floresta que nenhum inglês ou inglesa jamais presenciaram antes." Ela sempre usava um estilo florido. "Temos visto homens de camisa azul aparecendo e desaparecendo continuamente entre as árvores. Temos ouvido vozes."

"E como ninguém me informou dessas loucuras?"

"Acreditamos que seja o trabalho do diabo nos testando, senhor, e não queríamos aumentar o peso das suas preocupações. Não queríamos perturbar a calma e a ordem de sua mente tão pura."

Eu a dispensei. Há um envenenamento sendo gerado que pode estar por baixo de uma aparente constituição saudável antes da manifestação de uma doença; parece que, até o presente, nossas leis e ordenações não foram suficientes para controlar a loucura demoníaca que parece surgir nesta imensidão. Entretanto, doenças lunáticas podem ser curadas pelo sol brilhante, e a única expiação dessas desordens deve ser obtida à luz da disciplina e da penitência. Ordenei uma semana de jejum e humilhação. Increase Dobbs morreu, ainda delirando.

Vinte e sete de outubro de 1661. Foi decidido pela assembleia, pressionada por minha autoridade, que a senhorita Sprat deve ser examinada por bruxaria. Eu a interroguei cuidadosamente em solene convocação — todavia ela seria uma bruxa insignificante, se o fosse de verdade. Não havia influenciado qualquer de nossas crianças, de modo geral, mas mantinha firmemente que havia visto esses fantasmas ou aparições. Confessou ainda que havia visto objetos como pás e enxadas sobrevoando os campos. Num sonho, disse ela, vira grandes torres de luz surgindo do chão onde agora habitamos; tais grandes estacas, prosseguiu ela, enchiam os espíritos de terror e apreensão. Ela viu carruagens aladas e grandes estradas, e nesse momento suas vozes gritaram: "Não batemos nunca mais! Não batemos nunca mais!"

Todas essas fantasias ociosas me desagradaram, e então lhe perguntei: "Você, por sua própria confissão, admite que teve muitas conversas com o diabo?"

"Oh, não, senhor. Sou uma das pessoas do Senhor. E direi isto. Foi-nos dito que o diabo trouxe os selvagens para esta terra. Poderia ser que ainda reine entre eles e espere nos fazer seus súditos?"

Ordenei que ficasse em silêncio e proferi uma sentença condenando-a a ser amarrada ao pelourinho por três horas com uma grelha na cabeça, para torná-la mais ridícula.

Vinte e quatro de novembro de 1661. Um crime bárbaro foi cometido. Certo Noah Winthrop, artesão que fazia cadeiras, foi encontrado submerso no gelo de um lago fora da cidade. Seu chapéu e sua arma estavam sobre o gelo, e assim os outros poderiam supor que ele se afogara. Mas descobriu-se, mais tarde, que seu pescoço se quebrara estranhamente, e foi de imediato constituído um júri. A princípio as suspeitas caíram sobre os índios, pois o pescoço é o modo selvagem de assassinato, mas dois santos irmãos testemunharam que haviam visto Winthrop em briga furiosa com um cortador de couro chamado Simon Gadbury. Winthrop fora observado caindo sobre ele e pegando-o pelo cabelo, e mais violência somente foi evitada quando um vizinho correu e os desapartou. A causa da briga ainda não fora sabida, embora palavras duras houvessem sido trocadas. Gadbury foi interrogado e a princípio negou sua culpa — todavia pude perceber por seu modo de falar que ele mentia, e, como presidente do júri, chamei o vizinho para ser novamente interrogado. Era uma criatura trêmula e fraca de espírito, este Samuel Hardinge, um apicultor, e quase não se ouvia o que falava quando o chamei. Ele escondia algo no peito. Eu sabia e me tornei peremptório. "Eles eram", disse ele, "como marido e mulher."

"Esta é uma matéria premente", disse eu. "Por que não foi colocada diante de nós?"

"Eu não tinha... não tenho nenhuma prova. Cheguei recentemente à sua colônia, senhor..."

"Recém-chegado e recém-saído. Por seu grave e enganador silêncio, Sr. Herdinge, será expulso a pé. O senhor está banido doravante." Podia ouvir o idiota miserável soluçando enquanto era levado para fora da sala de reuniões, mas então com firme alegria convoquei Simon Gadbury. Ele estava preso e nada sabia dos nossos procedimentos. "Sobre o senhor pesa a acusação, Sr. Gadbury, de uma grave falta. O senhor suspeita do que seja?"

"Não, Sr. Milton."

"Oh, Sr. Gadbury, não brinque comigo. Não brinque com fogo. Você conhecia o morto, não é?"

"De fato eu o conhecia."

"Oh, de fato, sim. Você é um garoto bonito, então?"

"Senhor?"

"Você brinca de menina?" Fiz um bico com os lábios e balancei a cabeça para os lados. "Você é devasso?"

"Sinceramente, Sr. Milton, estou neste estrado..."

"Você está. Sem dúvida você se agacha. Você se inclina. Você se torce. Você mente." Bati palmas exigindo silêncio mais uma vez, enquanto os irmãos lamentavam. "Havia sexo abominável de merda entre você e o morto?"

"Sr. Milton, eu..."

Ele não poderia suportar a força de minha vontade inspirada por Deus e, tendo confessado aquela bestialidade, admitiu voluntariamente que era o assassino — que havia quebrado o pescoço da vítima e o submergira no gelo ao modo indígena. Dois dias depois ele foi retirado de sua masmorra e queimado na fogueira. Decretei que seus ossos e suas cinzas fossem jogados na fossa de esgoto. Não se escreverá nada ou se falará sobre esta matéria.

Três de dezembro de 1661. Sempre considerei este ar saudável, tão claro e seco que esfriaria os humores lascivos do corpo, mas agora acho que não tem tal natureza curativa. Um selvagem estava enlouquecido no fim da tarde de ontem, na rua, e ouvi gritos altos de alguns dos irmãos. Saí depressa e podia ouvir o nativo gritando *Mamaskishauo!, Mamaskishauo!* Consultei Goosequill, que me informou que os pagãos haviam declarado que ele tinha varíola. Recordei que Eleazer Lusher me informara que os nativos poderiam ser ligeiramente atingidos por nossas doenças inglesas, pois não tinham contato prévio com elas. O selvagem fugiu para a floresta para morrer sozinho, o que sugere que este povo possui em seu seio alguma forma de consciência.

Quinze de dezembro de 1661. A infecção se espalhou entre os selvagens e eles caíram numa condição lamentável. Eles contraem varíola quando se deitam em suas esteiras duras e sua pele se rasga nas próprias esteiras. Ordenei que lhes dessem camas e lençóis, mas eles recusaram. O bom povo daqui lhes dá comida e água; acendem fogo para eles e os enterram quando morrem. Nenhum dos eleitos ficou doente ou foi atingido minimamente pela doença, o que me leva a crer que a infecção não chegou conosco neste novo mundo. Meus índios convertidos, eles próprios atingidos pelo contágio, têm perguntado por que estão sendo punidos pelo Deus inglês. Garanti-lhes que Ele também é seu Deus e parafraseei o primeiro capítulo do livro de Isaías sobre a justa punição da idolatria e do pecado. Que Deus ilumine suas mentes sobre a perplexidade pertinente à Sua vontade.

Vinte de dezembro de 1661. Uma história me chegou, filtrada mais como uma lenda do que uma história. Preserved Cotton veio à minha casa esta manhã para me dizer que seus companheiros viram luzes extraterrestres por perto. Peguei a substância do assunto na pressa de suas palavras claudicantes, mas lhe dei pouco crédito: na noite anterior ele havia observado um grande foco de luz no rio. Então o foco fugiu, como ele o descreve, e se contraiu na figura de um porco; depois ficou imóvel por um momento, subiu no ar e tomou a forma de um porco de três metros quadrados. Foi visto assim pelo Sr. Cotton e alguns outros irmãos pelo espaço de três ou quatro minutos, quando apareceram outras luzes juntas. Elas se tornaram uma só e depois se espalharam e se uniram diversas vezes, até que desapareceram lentamente.

"Fogos-fátuos", disse eu.

"Não, Sr. Milton, eram grandes luzes."

"Tochas dos índios?"

"Não, senhor. Eram maravilhosamente rápidas, juntando-se e dividindo-se num abrir e fechar de olhos."

"Andou comendo carne estragada, que pode transmitir humores maldosos, Sr. Cotton?"

"Para nós é sempre a comida costumeira, como se sabe. Aquelas luzes não eram nossa fantasia."

"Se não são deste mundo, Preserved Cotton, então são trabalho do diabo. Deus não iria se revelar no mato ou na floresta. Você e seus companheiros vão para suas casas e rezem para que elas não voltem de novo. Vá. Saia agora antes que seu senso também desapareça."

Eu não tinha outra resposta imediata além daquela, e depois que ele saiu fui caminhar no jardim para espairecer os pensamentos. E se esta terra nova fosse de fato cheia de luzes e aparições, como me fora relatado? Sabíamos que era uma selva, mas e se fosse uma imensidão em mais de um sentido? Poderia ser de fato o próprio reino do diabo?

Treze

— Foi assim que ele deixou o diário, Kate. Veja aqui onde marquei no dia seguinte. Nada. Nada escrito abaixo. Fui a seu quarto na manhã seguinte, na hora de costume, mas ele não estava em lugar nenhum. Desaparecera por completo.

— Sei disso, Goose. Já falamos muitas vezes sobre o assunto.

— Não houve qualquer violência ou emboscada, pois nada foi tocado. Sua bacia d'água estava ao lado da cama com um pequeno filme de poeira na superfície. Temo que ele tenha saído caminhando pela floresta, confiando em sua visão interior. Ah, Kate, para onde ele teria ido?

SEGUNDA PARTE

A Queda

Um

Como eu caí? Como pode ser permitido terminar assim? Como pode ser permitido começar assim? Eu havia deixado o assentamento. Fui chamado à floresta. Entrei na escuridão. Entrei na mata para verificar se as vinhas floresciam e as romãs brotavam. Estava caminhando entre os troncos das árvores, tocando a mistura aromática de terra e árvores enquanto o vento verde da vida subia até minha capa. Uma escuridão suave e produtiva como aquela eu nunca havia conhecido, desde quando sonhava com corvos esvoaçantes e nuvens de areia. Ouvi os nomes de cedro e de pinho, de lianas e palmeiras. Toquei a santa poesia das árvores.

Ele encontrou um caminho aberto largo como uma alameda inglesa. Oh, roseiras selvagens e framboesas, raízes expostas e emaranhadas não me impedem. Meus olhos são como os de uma pomba, lavados com leite. A infinidade leitosa do espaço. Mas o cego tropeça, pois ele tem andado entre pedras. Ele se perdeu. Não há nenhum eco em torno e ele teme a presença de solo lodacento ou pantanoso. Por que me aventurei, procurando e não encontrando nada? Esta é a selva. No sonho do homem, este é o lugar do terror. Terror do Druida. As coisas perversas que andam de noite. Oh, impureza.

Estuário imundo. Gira e regira enquanto a noite desce sobre ele. Vou subir na palmeira, acho. Vou então me segurar nos ramos. Preciso repousar numa célula pensativa secreta de madeira. Preciso encontrar um porto. Mas onde ele pode encontrar repouso, exceto na base de uma grande árvore, onde se senta e se enrola em sua capa? Sem a companhia de amigos ou parentes, sopra as mãos para sentir seu próprio calor. Está chovendo e ouço o conforto das gotas sobre as folhas. Ele dorme e devaneia de novo.

Alvorada. É a alvorada? Minha cabeça está cheia de orvalho e meus cabelos molhados com as gotas da noite. Tirei minha capa; como a vestirei de novo? Diga-me, qual é o destino de um cego no meio da mata? Vem em minha direção? Arranquei um pedaço de casca de madeira e comi. Lambi a umidade das folhas e bebi. Vou me levantar e vou continuar. Ele caminha entre coisas vivas, não sem temor. O mundo ainda é uma vastidão de palavras e visões, como o suspirar das árvores. Quanto calor. Quantos gritos. Aqui há copulação. Aqui é o murmurar da escuridão. Os cipós se embaraçam em seus cabelos e o odor forte das ervas me rodeia. Lascívia. Se eu cair serei confortado pela lesma e pela aranha. Um estouro de som vem das árvores e ele inclina a cabeça envergonhado. Ele cheira a terra, tão madura quanto uma câmara mortuária. Algo está crescendo a meu redor.

Mas agora a brisa traz o perfume de fruta. Toda a minha fome e minha sede aumentam com o doce odor desejável da fruta, e estendo a mão para tocá-la. Revolver a ambrósia na palma da mão. Deliciosa. Não. Oh, não. O cego, ele ou eu é suspenso pela perna e lançado para cima no ar. Ele foi laçado pela arapuca e está pendurado num tronco. Tudo permanece em expectativa enquanto ele balança na corda de uma armadilha indígena. Seu mundo escuro ficou de cabeça para baixo. Eu sou como o túmulo de Maomé, grita bem alto, preso entre a terra e o céu.

Faça-se a luz. E fez-se a luz. O mundo era luz. A palavra era luz. Algo está acontecendo. Minha cabeça se quebrou e agora está cheia de luz. A luz está entrando em minhas veias e se movendo para cima. Para baixo. E agora as árvores estão andando em minha direção. Vistas primeiramente. Árvores da criação. Folhas verdes. Céu de esmeralda. Estas cores são os braços esperando para me saudar. O jato de sangue, meu mar vermelho, abriu as pálpebras fechadas de meus olhos. O cego, balançando na corda preparada para o alce, pode ver. Da manhã à tarde, de tarde até a noite orvalhada, ele ficou pendurado, observando as cores se aprofundando enquanto o dia avançava. Posso ver.

Dois

E assim, caro irmão em Cristo, querido Reginald, eu fui devolvido. O homem cego, como aquele que veio chorando de Hebron, foi restituído a seu próprio povo. Estive ausente por seis semanas e quase desesperei, tão grande é o amor dos irmãos por mim, quando fui encontrado, apoiando-me em meu bastão, andando nas pastagens fora de nosso piedoso assentamento. Eu vinha caminhando sem rumo nestes campos abençoados quando fui visto por dois dos nossos trabalhadores. "Deus seja louvado, senhor. O senhor retornou para nós, como José. São e salvo."

"Quem é você?"

"Accepted Lister,* senhor. O senhor me ouviu pregando em Ishmael."

"Foi uma boa pregação. Lembro particularmente seus comentários sobre o cabelo do proscrito." Creio que suspirei, tão grande havia sido minha luta nas semanas anteriores. "Por favor, agora pode me levar para minha morada? Estou cansado depois da viagem."

"Agora mesmo, senhor. Meu coração se alegra com sua recuperação! Por aqui."

---

*Em inglês, Lister Aceito. (*N. do T.*)

Fui guiado até minha casa e o garoto tolo que me serve de guia veio todo sorridente e gritando ao mesmo tempo. "O senhor está em casa", gritou ele. "O senhor voltou."

Ele me abraçou, mas permaneci imóvel. "Oh, Goosequill."

"Sim, Sr. Milton?"

"Leve-me para casa. O refúgio."

A jovem estava esperando na casa e me cumprimentou efusivamente. "Sinto-me gratificado em ouvir você, Kate. Estou contente de ter retornado a esta humilde morada. Eu vi o bastante. Vi um mundo começar e terminar."

"Senhor, o que houve?"

"Não tem importância, Goose. Aguentei muita coisa. Tudo foi vontade de Deus."

"Imagino que sim, Sr. Milton. Mas o senhor parece quase morto pela viagem, se posso falar assim."

"Estou meio-morto."

Às vezes estou imbuído de mau humor, e não desejo exprimir meu sofrimento. Como Jó, me contento com a tristeza. Então o palhaço continuou. "Nós limpamos tudo muito bem, senhor. Até sua velha bússola está agora brilhando como uma estrela. E seus livros foram espanados. Passei um pano neles todos os dias."

"Estou satisfeito em saber. Você se lembrou do pedômetro?"

"Lustrado."

"Bom. Devo recomeçar minha caminhada medida."

"Kate também fez maravilhas no jardim."

"Oh, Katherine, há mais uma coisa. Me agradaria muito se você pudesse plantar as ervas em ordem alfabética." Ela ficou em silêncio. "Você me compreende, espero?"

"Se o senhor deseja. Eu conheço os nomes muito bem..."

"Excelente. Há água limpa, da fonte, em meu armário?"

"Eu a troquei todas as manhãs, senhor." Percebi que ela tinha algum segredo para revelar e fiquei quieto. "E o senhor ficará contente de saber que Katherine está grávida."

"E quais são as outras novidades?" Caminhei até a porta aberta que dava para meu jardim, mas não encontrei nenhum prazer no aroma das flores. Estava muito quente, mas por alguma razão tive calafrios na soleira.

"Algum problema, senhor?"

"Nada demais, Kate. Que problema?" Eu olhei, caro Reginald, para minha escuridão de sempre. "Mas o sol está muito forte para mim. Leve-me para dentro. Dê-me um pouco de água morna com camomila, talvez."

Um conselho solene foi convocado na manhã seguinte. Formalmente, para dar boas-vindas ao meu regresso aos eleitos; Seaborn Jervis, Jó "Desafiador no Senhor", e Phineas Coffin lideraram os demais em oração. "Eu fui restaurado", disse eu quando as orações terminaram e eles se sentaram nos bancos de madeira. "Fui chamado de volta da terra de abominação e desolação."

"Glória a Deus."

"Os senhores podem querer perguntar onde morei nestas semanas. Bem, eu vos direi o seguinte. Bons irmãos e irmãs, o Senhor Jesus Cristo julgou conveniente que eu morasse entre homens carnais e gente pecadora." É claro que houve grande consternação, com muito ranger de dentes, mas levantei minha mão para silenciá-los. "Sim, fui compelido a viver entre os selvagens." Um gemido tão grande não fora ouvido desde a destruição de Tiro. "Mas Deus foi servido em me dar paciência e espírito piedoso, mesmo quando habitei com eles em seus buracos imundos."

"Seus caminhos são misteriosos e poderosos!" A boa senhora Seacoal estava falando de forma piedosa e excitada.

"Eles luxuriam em indolência. Estão cheios de desejo insaciável."

"Não pode ser!"

"Havia fedores repugnantes."

"Oh!"

"Os nativos entregavam-se a comportamentos tão repulsivos que eu me regozijava por minha cegueira. Dei graças que Deus foi servido em me poupar de ver suas blasfêmias horrendas."

"Louvado seja!"

"E agora voltei ao vosso seio." Nada mais foi dito naquele dia, querido irmão, nada mais jamais foi dito.

Todavia, o Senhor é sempre vigilante, sempre seguro das rédeas, sempre enérgico com o ferrão, e não fui deixado em paz. Num domingo de manhã, em abril, dois meses depois de meu retorno, os irmãos se reuniram para nossa assembleia semanal. O rufar dos tambores anuncia nosso serviço, pois não se havia fundido nenhum sino na selva, e ao tempo aprazado fui levado a meu lugar pelo garoto Goosequill; os eleitos me seguiram, segundo o costume, e se sentaram gravemente nos bancos. Atrás deles eu havia colocado uma senhora com uma vareta, para impor ordem às crianças — não há conversa nem risada no paraíso, como eu lhe dissera, então como iríamos aturá-las aqui? Houve orações extemporâneas, vindas das bocas santificadas daqueles que se sentiram inspirados a dizê-las. Naquela manhã, Daniel Pegginton murmurou uma oração pela eventual redenção "daqueles que estão em falta" — pelo que significava, caro Reginald, aqueles que não estão no rebanho ou são separatistas. Cada linha do Salmo 61 foi então lida pelo diácono Seaborn Jervis, antes de serem cantadas pela congregação; não temos címbalos ou trombetas, nenhum instrumento de Belial ou de Mamon, mas fiquei contente em pensar que aquelas palavras sagradas, "Desde os confins da terra clamo por ti", estavam ressoando pelos matagais e pelos pântanos desta desolação. Nosso orador daquele dia era William Deakin. Ele é o açougueiro de nossa pequena colônia e é conhecido por todos pelo fato de ser verdadeiramente inspirado; é dado a súbitos arrebatamentos de sagrada oratória, acompanhados de exclamações de "Aleluia! Aleluia!", com as quais costuma construir suas sentenças. Assim se tornou conhecido como Aleluia Deakin, e muitas vezes pode ser visto cantando salmos em sua pequena loja. Eu mesmo passo ali para comprar carne e me reconfortar com seus cânticos. Ele então avançou à frente da congregação e começou a falar. "Nossa fé evangélica pode ser testemunhada em duas palavras, meus queridos membros de Deus. Quais são elas?"

"Fé!", entoou a boa Humility Tilly.

"Caridade!", prosseguiu Alice Seacoal.

"Sim, de fato. Fé e caridade, que podem ser construídas em crença e prática. Aleluia! Ouçam estas duas palavras. Repitam-nas nos edifícios de seus ouvidos. Fé. Caridade. Não precisamos de livros que exalem o perfume de Roma, de nenhuma oração fedendo a óleo de velas. Tudo entre nós é espírito e revelação. O que eu gritarei?"

"Aleluia!"

"O livro de orações é um ídolo e seus leitores são idólatras."

"Aleluia!"

"É coisa podre, extraída do velho livro de missa do Papa, um sacrifício abominável e detestável aos olhos de Deus." Ele fez uma pausa. "Tanto quanto um cachorro morto!" Fiquei tão chocado com seu discurso que fui obrigado a limpar minha testa com um lenço. "Eu vos digo isto, caros ungidos do Senhor. Eu vos falarei de meu pai no velho país. Ele tinha muitos livros em seu quarto, onde se guardava também milho, e tinha entre tais livros o Novo Testamento Grego, os Salmos e o Livro de Orações, todos encadernados em um volume. Ele entrou naquele quarto e o que, caros ungidos do Senhor, o que encontrou?"

"O que foi?" A senhora Seacoal estava tão arrebatada de agitação que me senti inclinado a acompanhá-la. "Diga-nos!"

"Encontrou o Livro de Orações comido por ratos, todas as suas páginas, mas nenhum dos outros dois foi tocado, nem os demais livros danificados. Vocês veem como Deus opera entre nós? Como move seu dedo sagrado?"

Neste momento ouvi barulho de gritos e comoção generalizada fora da casa de reuniões. "Goosequill", sussurrei, "o que é isto?"

"Alguns dos nossos índios, senhor, estão saltando para cima e para baixo como..."

"Nada de risos profanos neste lugar."

"Eles dizem que um grupo de ingleses está cavalgando em nossa direção. Ingleses e guerreiros índios."

"É verdade?" Eu temia algum inimigo arruaceiro, mas julguei que não era nem sensato nem apropriado demonstrar meus temores para aqueles que estavam reunidos. Aleluia Deakin estava falando mais alto, para se sobrepor aos ruídos confusos lá fora, mas até ele foi forçado a se interromper quando se ouviu claramente o estrépito de muitas ferraduras. Os irmãos agora estavam apreensivos e, percebendo a balbúrdia circunvizinha, levantei-me de meu banco e ordenei que se calassem. Coloquei o garoto à minha frente e com a mão em seu ombro direito segui para a entrada. A congregação me seguiu, apesar de minha firme recomendação, e alçaram a voz em espanto quando chegaram à rua. "E agora?", murmurei a Goosequill.

"Carroças puxadas a cavalo, Sr. Milton. De certa forma como as de nossas ruas de Londres."

"Que mais?"

"Homens a cavalo. Alguns com garrafões nas mãos. Alguns deles cantando."

"Ouço as vozes bastante obscenas. Descreva-os para mim antes que venham até nós."

"Trajam roupas, senhor, de cores vivas, como vendedores de lojas de uniformes. Mas não são exatamente como as roupas de Londres. Nem exatamente como as roupas dos índios. São de certa forma como uma mistura das duas. E seus cabelos, senhor, tão longos como os das mulheres." É claro que eu temia que fossem soldados vindos da Inglaterra para me prender. Mas suas cantigas e gargalhadas me asseguraram que eram um regimento esfarrapado, se fossem algum regimento. Entretanto, quem eram eles? "Oh, seu chefe é um homem de roupas estranhas. Posso descrever?"

"Sim. Mas seja rápido. Já posso sentir seu hálito de embriagados."

"Um tipo de aparência violenta. Rosto muito grande e avermelhado como uma tigela de cerejas. Barba vermelha como a cauda de uma raposa. Devo continuar?" Acenei com a cabeça, com a paciência que pude manter. "Túnica azul, com uma faixa verde na cintura. E na cabeça, oh, Senhor, um chapéu de feltro branco com algumas penas enfiadas nele."

"Que criatura de Bedlam é essa?"

"Ele usa uma espada, senhor, e duas pistolas."

"Não de Bedlam, então, mas da Torre."

"Oh, não, senhor, ele as usa como enfeites. Estão penduradas de forma elegante e há flores em torno da sua espada."

Não demonstrei apreensão, mas me aproximei quando ouvi a criatura heterogênea ordenar seus seguidores a se deter. Ele desmontou e ouvi o chocalhar de suas joias e contas quando se aproximou. "Tenho a honra de cumprimentá-lo, senhor", disse-me ele.

"A honra é minha. Posso me atrever a perguntar..."

"Meu nome é Ralph Kempis, senhor. Viajando de James Town, Virgínia, para tomar posse do meu novo território." É possível que este homem tenha recebido algum título de propriedade daquele rei blasfemo e vá se investir desta nova terra?

Eu não podia falar. Poderia ser ele algum comissário real enviado para me atormentar e subjugar? "Este lugar, senhor, é conhecido como Machapquake?"

"Não. É conhecido como Nova Milton."

"Desculpe-me, senhor. Sei que nós, ingleses, agora comandamos, mas alguma vez foi chamada pelos índios por este nome?"

"Acredito que sim."

"Então sou seu novo vizinho. Comprei as terras do outro lado do rio, conhecidas como Sepaconett. Mas seu nome também mudará."

"Como o saberemos, Sr. Kempis?"

"Serão chamadas Monte Maria."

"Monte Maria?"

"Em honra à Virgem Santa, senhor." Dei um passo atrás, e houve um lamento abafado dos irmãos em torno. Kempis sorriu. "Será que percebo que os senhores são de uma confissão diferente? Bem esta terra é imensa. Há espaço para todos."

"Desculpe-me, Sr. Kempis", eu permaneci calmo como Ezequias diante dos pagãos, "temos de voltar ao nosso ofício. Estávamos ouvindo excelentes palavras sobre idolatria."

"Um tema interessante. Bem, bom dia, Sr..."

"Milton. John Milton."

"Muito honrado em conhecê-lo, Sr. Milton." Ouvi quando ele se inclinou diante de mim com um grande floreio que fez seus ornamentos tilintarem de novo, mas Goosequill disse que ele sorrira no meu rosto. Oh, sim, ele me conhecia muito bem por nome e reputação. Então montou seu cavalo e com um grito de "Hurra" galopou de novo à frente de sua tropa.

Meus irmãos em Cristo permaneceram imóveis enquanto o grupo atravessava nossa cidade, mas houve um súbito murmúrio inquieto. "O que os assusta, Goose?"

"Três carroções, senhor. De mulheres índias. Quer que eu continue?"

"Temo que sim. Porém continue." Então houve um gemido alto dos meus irmãos. "Que novo horror é este?"

"Dois padres de batina preta."

"Infernal."

"Estão carregando uma estátua da Virgem Maria."

"Excrementício. Isso não deve ser tolerado."

"Eles cavalgam felizes. Oh, senhor. Um deles está lhe dando uma bênção."

Admito, caro Reginald, que cuspi no chão. Naquela noite convoquei Seaborn Jervis, Aleluia Deakin e Preserved Cotton para minha humilde morada; eles trouxeram Innocent Jones que viajara pela Virgínia antes de chegar à Nova Inglaterra. Supunha-se que tivesse ouvido rumores sobre Ralph Kempis naquele território, e eu estava ansioso por qualquer relato. "Fale-me mais", disse eu, "desse tipo imoral. Esse grande pavão imbecil."

"Senhor?"

"O libertino romano, Kempis."

"Ele é um dos muitos papistas de James Town, senhor. Lá está cheio deles. O calor ali seca nosso sangue inglês, mas eles florescem no charco."

"Não é de admirar. Não são ingleses de verdade. São apenas pintados, como os índios. Comecei a sorrir. *Purpurea intexi tollunt aulea Britanni.*"* Deakin conseguiu apenas balbuciar "Aleluia", tão grande a sua tristeza.

"É justamente o que digo eu", murmurou Preserved Cotton. "Todos vestidos de púrpura. Badalando seus sinos."

"Verdade", disse Seaborn Jervis, "uma geração transviada."

---

*Referência a verso de Virgílio nas Geórgicas, citado na obra de John Milton, sobre os britânicos unidos que repeliram a púrpura. (*N. do T.*)

Entretanto, eu estava impaciente por notícias. "Innocent, estou sedento."

"Um cordial, senhor?"

"Não, faça seu relatório."

"Creio, senhor, que Kempis deve ser um que tem plantações na Virgínia. Eu vi um carroção cheio de tabaco."

"Mas você não tem informações certas sobre ele?"

"Não, senhor, eu era apenas um trabalhador desesperado para sair do meio dos selvagens católicos."

"E agora esse monstro, essa hidra de sete cabeças rasteja entre nós. O senhor se informou, Sr. Jervis, sobre essa aquisição?"

"Foi-me dito que ele tem uma outorga do rei, e o governador foi obrigado a lhe dar um título de propriedade."

Dei um suspiro, caro Reginald, vindo de dentro do peito. "Então agora temos de tolerar, às nossas portas, o orgulho, a luxúria, a embriaguez, a prostituição e todas as outras mazelas que acompanham a superstição romana. Eles consideram o Deus vivo como um ídolo avarento."

"Você viu o ídolo que eles carregavam?" Aleluia Deakin estava cheio de justa indignação. "Eles o carregavam pelas pernas como uma índia pintada."

"Oh, sim, de fato." Eu me contive para não gritar. "Sem dúvida brevemente teremos ricos paramentos, suntuosos altares cobertos de renda, quadros e imagens, alegres espetáculos e cerimoniais sombrios, toda a velha pompa e glória da carne."

"E aqueles padres, senhor, andando a cavalo como se estivessem voltando de uma taverna."

"Putaria masculina em suas bestas. É uma figura do Apocalipse. Sem dúvida que são incontinentes e bêbados contumazes, como quaisquer outros padres impostores. Mas temos de ser cuidadosos, cavalheiros, agora que estamos na selva. Quando os homens se tornam papistas, logo aprendem a magia negra..."

Fui interrompido por Goosequill, que chegou assobiando. Ele colocou um papel em minha mão. "Da parte do Sr. Kempis, senhor." Eu o deixei cair no chão com um suspiro, mas ele o apanhou e me deu de novo. "É uma carta, senhor. Deseja que eu a leia?"

"Não sei se terei força para qualquer bruxaria papista."

"Devo queimá-la senhor?"

"Não, bobo. Leia." Eu o ouvi romper o selo. "Em voz alta, faça o favor."

"Certamente é do Sr. Kempis. Ele usa uma assinatura floreada."

"Desejaria que fosse com seu próprio sangue."

"Ele o saúda humildemente e envia seus cumprimentos civis e fraternos. Então, com a reverência devida, convida-o para estar presente à cerimônia."

"Cerimônia? Que cerimônia?"

"A instauração — é esta a palavra? — de Monte Maria."

Eu me recusei a comparecer a tal carnaval, é claro, mas era meu dever solene saber que ritos idólatras estavam sendo preparados em nossas próprias fronteiras. Então mandei o garoto em meu lugar. "Você realmente deseja imiscuir-se no meio deles. Você se aventura?"

"Eles parecem muito alegres, senhor."

"A alegria se torna Maria, e outras pútridas imundícies. Seu brilho é apenas falso. Assegure-se de que eles não o enganarão, Goosequill, como enganaram os índios com suas contas e vidros. Cuidado."

Três

Apesar de tudo, Goosequill admirou o bando que cavalgou na cidade, cantando e bebendo; havia tão pouca alegria e tão pouco colorido em Nova Milton que às vezes lhe parecia que era apenas um retalho de sombra sobre o verde florescente. Assim, ele se sentou com os índios, aprendendo pacientemente sua língua e observando seus costumes, descobrindo como viviam antes da chegada dos ingleses. Eles lhe contaram a história dos guerreiros dos sonhos, que ainda podiam ser vistos, correndo à noite pelas florestas escuras; comiam a casca das árvores e madeira em decomposição; passavam o dia sentados de cócoras, como os doentes; mas ao cair da noite caçavam as sombras dos animais com suas sombras de arco e flecha.

Essas histórias pareciam para Goosequill mais genuínas e interessantes do que quaisquer palavras da pregação de Aleluia Deakin ou Preserved Cotton. Com suas expressões carrancudas, as maneiras formais, seus casacos negros e cachecóis desbotados, os irmãos não tinham nenhuma afinidade com este lugar. Goosequill sentiu que eles morreriam aqui ou, de alguma forma, conseguiriam subjugá-lo à sua vontade. Somente seu casamento com Katherine Jervis poderia reconciliá-lo com a vida em Nova Milton — eles possuíam uma pequena casa de madeira perto da casa de Milton, e agora trabalhavam juntos como criados e acompanhantes do cego. Então quando Ralph Kempis e seus seguidores entraram em Nova Milton, Goosequill sentiu-se genuinamente exultante: finalmente aqui estavam ingleses que pareciam se misturar com a selva, que usavam roupas vivas como as dos índios, que cantavam entre árvores e rios.

— Nada temos a temer deles, senhor — disse ele a Milton, antes de partir para a inauguração de Monte Maria. — Podem fazer mais barulho do que os irmãos, mas não há maldade neles.

— Não há maldade? São serpentes armadas de ferrão mortal e você diz que não há maldade? Cometem as abominações e bestialidades da prostituta que está em Roma. Não há maldade? Eles propagam uma podridão e gangrena universal onde quer que andem. E você diz que não há maldade neles.

Goosequill estava acostumado com as explosões violentas de seu mestre e olhou impassível para ele.

— Então eu espero, senhor, que o senhor os queime todos na fogueira. Gostamos de carne assada aqui.

Milton sorriu.

— Não, Goose, você é muito exagerado. Ainda não precisamos queimá-los todos. Pode ser que sejam persuadidos a renunciar às suas superstições. Eu os instruirei.

Goosequill estava também sorrindo.

— Como fará isso, senhor?

— Há um impressor recém-chegado de Weymouth com todos os implementos de sua profissão. Escreverei para eles um tratado verdadeiro e útil.

— Bem, mestre, vamos esperar que eles sejam leitores dignos o bastante do senhor.

— Isso é um ponto a considerar. Eles são uma escória, creio eu, de papistas, fugitivos e selvagens. Poderei adequar minha palavra a tais ouvintes?

— O senhor poderia mandar o Sr. Deakin pregar para eles. Um cavalheiro tão sóbrio certamente serviria de exemplo. Eles se arrependeriam imediatamente.

— Você está muito saliente esta manhã. — Milton avançou para lhe dar um tapa na orelha, mas Goosequill se esquivou. — Então vá adiante. Vá para aquele lugar horrível e amaldiçoado. Testemunhe todo o paganismo vomitado de sua idolatria sensual.

— E trago de volta para o senhor?

— Vá. Você verá incenso de tarde e velas de noite.

Goosequill parecia encantado com a perspectiva, mas nada disse além de se despedir. No dia seguinte saiu para Monte Maria; cavalgou pela margem do rio e ao meio-dia chegou a uma ponte de madeira que deveria ter sido erguida apressadamente pelos próprios recém-chegados; nada mais que algumas pranchas colocadas sobre grandes pedras no leito do rio, mas havia um caminho no outro lado. Seguiu por ele e em meia hora chegou ao assentamento. Não sabia como seria, mas certamente não esperava o que encontrou: numa área de campo aberto um grande mastro havia sido erguido. Estava ricamente decorado, com guirlandas e fitas, e pequenos sinos que soavam com a brisa. Quando chegou mais perto observou que havia sido pintado com vários rostos e figuras humanas vermelhas sobre um fundo azul. Um homem se aproximou com os braços abertos em saudação.

— Bem-vindo —, disse ele. — Nosso primeiro visitante. Um inglês, posso ver.

— Londres, senhor. Tallboy Rents em Smithfield. Uma parte agradável da cidade.

O homem deu um passo atrás, colocou as mãos na cintura e assobiou.

— Nasci em Duncan Lane!

— Conhecida como a rua dos bêbados?

— A própria.

— Também conhecida como rua do rola de novo?

— É claro. — Ele sorriu e balançou a cabeça. — Que boa coisa é encontrar um antigo vizinho! — Ele notou que Goosequill continuava olhando para o mastro. — Você já viu um destes antes?

— Não em Londres. Não. — Entretanto Goosequill tinha uma lembrança distante de ter visto algo ligeiramente semelhante em algum campo fora dos muros da cidade. — Eu já vi isto — disse ele. — Chama-se mastro de maio.

— Raramente visto em Londres.

— Desconhecido. Tão raro como uma peça de teatro.

— Mas agora tudo mudou de novo. Espero, também, que tudo mudará aqui.

— E os irmãos ficarem felizes? Duvido.

— Eu também. Aperte aqui a mão por favor. Meu nome é Percival Alsop. Para meus amigos e vizinhos, Percy.

— Goosequill.

— Oh, então você é um estudioso?

— Falo inglês como um nativo e posso contar com meus dez dedos.

— Muita ironia para esta selva, senhor. Devia estar em casa, descascando ervilhas e lutando com o relógio.

— Eu daria tudo que possuo, que é nada, para ver de novo a velha cidade.

— Então o que o traz para tão longe de Tallboy Rents? O clima maravilhoso?

— Oh, não. — Ele hesitou. — Fui trazido.

— Forçado?

— Viajei por vontade própria. — Hesitou de novo, sem querer, ou embaraçado em mencionar sua associação com os irmãos. — Venho do outro lado do rio. Mais além. Nova Milton.

— Verdade? Você nem de longe parece um dos eleitos, se posso falar assim.

— Pode. — Ficou aliviado em poder expressar sua opinião livremente. — Não sou eleito. Não sou circunspeto. Não sou separatista. Não sou nem um pouco santo.

— Graças a Deus.

— Precisamente.

— E então?

Goosequill entendeu a pergunta. — Sou secretário do Sr. Milton.

— Deveras? — Alsop assobiou de novo. — Creio que ele é um cavalheiro muito solene.

— De fato, muito solene.

Ficaram silenciosos por um momento, depois ambos explodiram numa gargalhada.

— Presumo — disse Alsop — que precisaremos continuar nossa conversa numa outra ocasião. Se você vem da parte do muito reverendíssimo Sr. Milton, então devo levá-lo ao muito alegre Sr. Kempis. Desmonte, vizinho, e siga-me.

Alsop levou Goosequill na direção de uma das tendas de lona que fora erigida perto do mastro de maio; havia sido pintada de azul-celeste com listas amarelas, com um grande "K" em vermelho num tapete pendurado perto da entrada. Goose ouviu alguém falando e logo que Alsop o conduziu para dentro houve uma explosão de gargalhadas.

— Então teremos saltimbancos, comediantes e acrobatas. — Era Ralph Kempis quem falava; levantou a mão para saudar Goosequill e continuou falando: — Teremos palhaços e mímicos, adivinhos e mágicos. Não. Já temos nosso mágico. Não é, Marquisa? Dirigia-se a um índio sentado num tamborete no outro lado da tenda. Não se parecia nem um pouco com os nativos que trabalham em Nova Milton; sua cabeça era inteiramente raspada, exceto por uma crista de cabelo, e tinha o corpo mumificado de um pequeno pássaro pendurado na orelha esquerda. Ele não replicou à questão de Kempis, mas sorriu e balançou um saco de pedras ou pó. Goosequill sentiu uma fragrância estranhíssima, como o perfume de uma flor de lírio, que subitamente dominou o ar. Kempis olhou para ele e sorriu: — Espanta os insetos, senhor. Agora sente-se e fale-me de seu negócio.

— Não tenho negócio, Sr. Kempis. Venho da parte do Sr. Milton. — Havia ensaiado suas palavras na viagem a cavalo, mas pareciam improvisadas e desajeitadas. — Ele o saúda e manda seus cumprimentos, mas sua perna está muito inflamada e não pode viajar ainda. E assim... — fez uma pausa por um momento, embaraçado — ...aqui estou eu.

— Você vem como delegado dele para nossa pequena cerimônia?

— Serei seus olhos e seus ouvidos.

— Mas não sua boca, espero. Ele disse e escreveu muito...

Kempis se interrompeu e se levantou para apertar a mão do visitante.

— Bem, seja bem-vindo. Mas devo dizer que esperava ver o Sr. Milton dançando em torno do nosso mastro de maio.

Goosequill sorriu à visão de seu mestre trocando pernas no ar.

— Acho, senhor, que ele preferiria dançar no inferno.

— Oh, mas seria o inferno para ele. Vi alguns de seus textos e panfletos a favor dos puritanos. Ele deve ser um homem muito duro e decidido.

— Neste caso, Sr. Kempis, concordo plenamente com o senhor. De fato muito decidido.

Se Milton houvesse presenciado as cerimônias do dia seguinte poderia pensar que estivera em alguma região infernal. O batismo de Monte Maria, como Ralph Kempis o descreveu, foi organizado como um dia de alegria. À primeira luz do sol, um par de chifres de galhos de alce foram trazidos da floresta com tambores rufando, pistolas e canhões disparando à sua chegada; Ralph Kempis os carregou solenemente até o mastro de maio, onde um garoto nativo tomou os chifres e trepou até o topo do poste com eles. Ali, amarrou-os com uma corda, acompanhado pelos altos gritos da multidão embaixo, e imediatamente os habitantes da nova cidade começaram a beber à saúde de todos com garrafas de vinho e garrafões de cerveja. Da faixa na cintura Ralph Kempis tirou um rolo de papel.

— Compus uma canção alegre para nós — gritou ele acima do barulho dos festeiros — digna da presente ocasião. — Desenrolou o papel e começou a cantar numa voz profunda e firme:

> *Bebam e se divirtam, alegres garotos joviais*
> *Que suas delícias sejam as do hímen,*
> *Alegria para o hímen agora que chegou a dança,*
> *Corram em torno do mastro de maio.*
> *Façam guirlandas verdes, tragam as garrafas,*
> *E distribuam o doce néctar para todos.*
> *Descubram suas cabeças e não tenham medo,*
> *Pois aqui tem boa bebida para nos esquentar!*

Goosequill duvidava se Milton aprovaria a cadência ou as rimas falsas da canção; de alguma forma estava faltando, por exemplo, a seriedade da tradução dos salmos feita pelo seu mestre. Mas seu interesse foi logo desviado. Deram-lhe um cordial e vinho e mel num pote de barro, que ele bebeu sofregamente. Então uma mulher índia pegou sua mão e ele se viu seguindo os colonos e os nativos, que formavam um grande círculo em torno do mastro de maio, pulando e correndo na manhã de primavera. Então se dispersaram e observaram quando os índios começaram suas danças separadas; dançavam sós, um começando depois que o outro terminava, e Goosequill ficou encantado com os gestos que usavam durante a função. Um deles manteve os braços nas costas, enquanto o outro pulava numa perna só e um terceiro saltava e dava cambalhotas. Subitamente sentiu-se um forte cheiro de especiarias, ou incenso, o que pareceu animá-los para outras piruetas. Mas então o alto badalar de sinos interrompeu a diversão. De uma tenda de lona pintada de azul-claro surgiram dois padres carregando a estátua de Maria. Todos, índios e ingleses juntos, ajoelharam-se diante da imagem. Até Goosequill caiu de joelhos. Mas observou com interesse quando a estátua, pintada de branco e azul pálido, foi colocada cuidadosamente em frente ao mastro de maio. Os padres imploraram seu socorro naquele vale de lágrimas, e o garoto viu que ela era bendita entre as mulheres. Houve algo acerca de fruto do vosso ventre e então os padres carregaram a Virgem lentamente em torno do poste, antes de voltarem para sua tenda azul. A festa recomeçou e durante todo o dia houve danças, bebidas e jogos.

No fim da tarde Ralph Kempis chamou Goosequill à sua tenda.

— Então o que você acha de nós? — perguntou ele. — Pulamos e dançamos como os alegres puritanos?

— Tão diferentes quanto uma gralha e um carneiro, senhor. Nunca ri tanto desde que o carroceiro mijou na fonte dos sacristãos antes que o embaixador francês provasse da água.

— Então imagino o que você deve aguentar em Nova Milton. Ouço dizer que eles não são viciados em sorrir.

— O senhor ouviu bem. As crianças sorriem às vezes, é claro. E o Sr. Milton.

— O Sr. Milton sorri?

— Oh, sim, ele tem bom senso de humor. Há dias em que tem algo como uma centelha. "Precisos?", ele comentou na semana passada sobre alguns dos irmãos. "Eles são tão precisos como os dentes de madeira de uma velha solteirona."

— Verdade?

Goosequill parou, temeroso de haver falado demais; fora lá, afinal de contas, mais como um observador do que como um informante. Assim mudou rapidamente de assunto.

— Por que viajar desde a Virgínia, Sr. Kempis, se o senhor não liga para os irmãos daqui?

— Necessidade. Dura necessidade. O clima de lá é quente como o da Pérsia e houve uma estação de seca justo quando os rios haviam evaporado. Perfuramos o chão mas tudo que encontramos foram conchas de ostras e ossos de peixes. Também seríamos reduzidos a isso, mas decidimos mudar para o norte à procura de condições mais saudáveis e ar mais fresco.

— Quando o senhor os liderou para fora do deserto?

— Somos católicos, Goosequill, não israelitas. — Ele tentou franzir a sobrancelha mas não conseguiu evitar uma gargalhada. — E eu não sou seu líder. Sou apenas o mestre de cerimônias.

O feiticeiro índio, que Goosequill vira antes, entrou na tenda.

— *Uppowock?* — perguntou Kempis, e lhe passou um saquitel de tabaco.

Goosequill ficou intrigado.

— Não temos esta palavra entre os nossos índios. Significa isso?

— Oh, sim. Eles veneram o seu tabaco. Eles o adoram. Lançam-no no fogo e produzem um incenso estranho. Lançam no mar revolto para acalmá-lo. Espalham no ar, enquanto cantam, quando escapam de algum perigo. Todos nós costumávamos dançar quando o trazíamos dos campos.

— Então vocês dançavam uns com os outros?'

— Não estamos separados, Goosequill. Estamos juntos. Sofremos tantas adversidades, tanto os índios como os ingleses, que nos tornamos um só corpo. Venha. Eu lhe mostrarei algo que aborrecerá o Sr. Milton. — Levou-o para uma tenda azul no limite do acampamento e levantou o cobertor pendurado na entrada: ali dentro Goosequill podia ver a estátua da Virgem Maria que os padres haviam carregado ao redor do mastro de maio. Havia duas grandes velas acesas diante dela.

— Nossa senhora é a guardiã aqui — murmurou Kempis.

— Mas agora observe isto. — Levou-o para uma tenda adjacente e abriu a entrada. Goosequill olhou para dentro e viu um ídolo de madeira, com mais de um metro de altura. Representava um homem ou deus acocorado no chão; estava adornado com um colar de contas brancas no pescoço e era pintado de preto e branco, exceto o rosto, tingido de púrpura. — Este é Kiwasa — disse-lhe Kempis. — É o guardião das almas, muito semelhante ao nosso Espírito Santo em suas ações eficazes.

— Então vocês têm dois deles? — Goosequill coçou a cabeça e, em sua surpresa, começou a enrolar o cabelo com o dedo.

— São como os nossos Gog e Magog em Londres, embora eu nunca tenha ouvido falar que tais cavalheiros alguma vez tenham feito algo de bom.

Kempis não pareceu se ofender com a comparação.

— Não é bem um caso semelhante, Goosequill. Nunca adoramos Kiwasa por ele próprio, mas o guardamos para os índios que desejam preservar sua religião tradicional sem renunciar à nova fé católica. Há mais segurança para eles mantendo ambas, e da minha parte não vejo nada de mau nisso. — Goosequill não disse nada, principalmente porque não pensou em nada para dizer. — Como seu mestre santificado reagiria?

O garoto balançou a cabeça.

— Ele não ficaria sem palavras, Sr. Kempis, isto posso lhe dizer. Não imagino que deixasse de falar durante várias semanas.

Em sua chegada a Nova Milton na manhã seguinte, Goosequill não foi logo para a casa do mestre. Ele retornou para sua esposa e Jane Jervis, a criança que eles "adotaram", em caráter oficioso, de Seaborn.

— Bem, Kate — disse ele, depois de beijá-la muitas vezes —, há um novo mundo, apesar de tudo.

— Onde é, Goose?

— Além do rio, e bem longe. Monte Maria é como um caldeirão fervilhante. É uma espécie de palco pintado, todo salpicado e ornamentado de joias. Oh, Kate, foi extraordinário.

Mais tarde ele cuidou de Milton em seu quarto. O cego estava em pé diante da janela, o rosto na direção do jardim, mas Goosequill sabia que seus passos haviam sido imediatamente reconhecidos.

— Bem — disse Milton —, o que você me dirá? Como estão aqueles cáftens da meretriz romana?

— Muito bem, senhor.

— Eles já contaminaram a terra com seu hálito venenoso?

— Não, até onde pude ver. Mas o Sr. Kempis manda seus cumprimentos.

— Oh, sim? Aquele beberrão com cabeça de suíno. Aquela lombriga cerebral. — Fez uma pausa. — Até agora você não me disse nada. Suspense nas notícias é uma tortura para mim. Conte tudo.

— Se o senhor está querendo minha opinião, então não sei como começar. Em Monte Maria há tantas e muitas coisas...

— Posso, por favor, saber o que ocorre, sem mais estardalhaço?

— Bem, senhor. — Ele olhou para Milton e mexeu a língua. — Seria verdade dizer que eles adoram a imagem chamada Santa Maria.

— Eu já sabia. É um escândalo sem fim para nossa terra nova que eles explorem a ignorância das idades ultrapassadas. Você viu aquele lixo pintado que eles chamam missa?

— Houve uma cerimônia.

— Sem dúvida, com ouro e quinquilharias tiradas do guarda-roupas de Aarão, todas as pobrezas judias de capas, falsas barbas e contas.

Goosequill ouviu com certo divertimento.

— Havia também um mastro de maio. Com fitas coloridas de pano.

— O quê?

— Um mastro de maio, senhor.

— O obscurantismo medieval está de volta. — Milton colocou a mão na testa. — A grande sombra de erro e horror ofuscou o sol e as estrelas!

— É só para dançar, Sr. Milton.

— Esse Kempis ultrapassou toda a vergonha e a impudência. Adorar pilares?

— Não, senhor, eles não o adoram. Somente dançam em volta dele.

— É tudo a mesma coisa. Dá tudo no mesmo. Vá buscar um pouco de água fresca antes que eu desmaie com as notícias dessa impureza. — Sentou-se numa banqueta e não falou mais nada até beber de sua tigela. — Na Antiguidade, Goosequill, esse mastro de maio, essa Babel espiritual construída no auge da abominação, era objeto de grande adoração. Antes, nas cidades e nas vilas da Inglaterra, era celebrado como algum ídolo horrível. Agora ele voltou. — E então, inesperadamente, ele sorriu. — Imagina o que Preserved Cotton dirá disto? Pode lhe pedir para vir me encontrar quando puder?

De fato, Preserved Cotton não podia esperar para ouvir notícias das "meretrizes pintadas" de Monte Maria, e concordou em acompanhar Goosequill imediatamente. Milton foi severo quando ele entrou em seu quarto: — Preserved Cotton, sente-se, por favor. — Ele esperou um momento. — Deus nos feriu com alguma loucura vinda do alto?

— Oh, Deus, senhor, o que há?

— Alguma coisa bastarda se exibe e se vangloria perto de nós.

Preserved Cotton limpou o rosto e olhou lentamente pelo quarto.

— Onde ela está, Sr. Milton?

— Eles ficam entre o povo. Usam suas vestes poluídas de cerimônia. Retiram suas vestimentas flamínicas das pilhas de lixo eclesiástico. Adoram imagens pálidas, Preserved. Erigiram, em nossos dias, em Monte Maria, um mastro de maio!

— Abominação de desolação, Sr. Milton.

— Exatamente as minhas palavras. Eles o santificaram. Eles o defumaram. — Goosequill olhou para ele surpreso, pois não havia relatado nada disso. — Eles o decoraram com farrapos infectados e poluídos que, como pensávamos, estão apodrecidos pelo desgaste do tempo.

— Oh, a perversidade, senhor.

— O assentamento deles, bom Preserved, é apenas um bolo de malária coagulado de febre terçã.

Preserved Cotton olhou alucinado para Goosequill, que o encarou calmamente.

— Que eles comam pedras e sujeira, senhor. Que cortem suas tranças obscenas.

— Você tem um coração amoroso e santificado, Sr. Cotton, que aquece o meu para ações piedosas. — Ficara rapidamente entediado, como Goosequill percebera. — Poderia me deixar agora, enquanto pondero sobre suas atividades irreligiosas e execráveis?

Preserved Cotton levantou e bateu palmas diante dele.

— O senhor será como uma palmeira plantada às margens mornas da corrente de um rio caudaloso, Sr. Milton. O senhor nos dará frutos com os quais nos saciaremos.

— Bom dia para você.

Tão logo Cotton saiu, Goosequill mudou-se para a cadeira vazia onde ele se sentara. Olhou para Milton, que estava de costas, e balançou a cabeça:

— Imagino que seja como pedir a ajuda de um cachorro manco para subir uma escada. — Milton não disse nada, mas estava sorrindo. — Agora toda a cidade terá medo de se levantar pela manhã.

— Suas horas de despertar não irão mudar. — Ele se voltou para Goosequill e ainda estava sorrindo. — Ficarão sempre alerta.

Goosequill viajou para Monte Maria muitas vezes nos meses seguintes. Ostensivamente, ele estava ali como os "olhos" de Milton, relatando o que observava, mas ele mesmo gostava dessas visitas. Estava particularmente interessado no fato de que os índios e os ingleses vivessem em condições de absoluta igualdade. Também ficou claro que vários ingleses haviam se casado com índias, tendo vários filhos dessas uniões, mas decidiu nunca mencionar tal fato ao mestre. Era um ponto muito sensível para apresentar-lhe.

— Quais as notícias dos malucos distraídos? — Milton lhe perguntava. — Como vai o próprio verme?

Goosequill havia decidido mencionar somente os assuntos que poderiam divertir ou agradar a Milton, esperando que, com o passar dos meses ou dos anos, ele se reconciliaria com Monte Maria.

— O Sr. Kempis — disse ele depois de uma visita — está preparando um espetáculo teatral.

— Que grandessíssimo idiota. Nada além de sujeira e imundície virá daquelas tábuas rangedoras. — Ele ficou silencioso por alguns momentos. — E qual é sua lúbrica fantasia?

— Será uma comédia, senhor.

— Não poderia esperar outra coisa de tal impostor. — Ele ficou de novo silencioso. — Como vai se chamar?

— Poderá ser alguma coisa como *O mágico* ou *O mágico de Londres*?

— Oh, sim, eu conheço bem. Melhor, ouvi falar. — Limpou a garganta. — Foi escrita por um cretino alucinado conhecido como Tiddy Jacob. Ele morreu num assento de latrina. Sem dúvida escrevendo. — Levantou-se de sua cadeira e foi para a janela. — Quando você a assistiu?

— Eu não havia planejado...

— Faça-me o favor de assistir. Devemos observar os truques do nosso histrião. Gostaria que sua boca blasfema fosse fechada, é tão suja, mas devemos anotar todas as suas tramoias e ardis.

Como Goosequill havia previsto, Milton estava estranhamente interessado nos desígnios e nas ambições de Ralph Kempis. Ele não o via como um adversário à altura ou aceitável — não havia ninguém nesse nível no país — mas, pelo menos, fornecia ao cego material para reflexão, conversa fiada e até, algumas vezes, diversão. Frequentemente Goosequill pensava que seu mestre preferiria a companhia de Kempis à dos irmãos separatistas estritos com quem era obrigado a viver.

Então, instigado por Milton, Goosequill atravessou o rio e viajou para assistir à representação do *Mágico de Londres*. Monte Maria tornara-se um assentamento florescente, com muitas casas alegremente pintadas com cores vivas em ambos os lados da rua central. O mastro de maio encontrara uma localização permanente num lugar aberto no limite do assentamento, havia estátuas em vários nichos de madeira ou de pedra pela cidade. Os homens, tanto índios como ingleses, se vestiam numa estranha mistura de calças curtas listradas, camisas largas e chapéus ornados de penas; as mulheres do assentamento mantinham o decoro colocando fitas e faixas coloridas na cintura e nos seios, mas fora isso vestiam-se do mesmo modo.

A peça deveria ser representada naquela tarde, no dia da festa da visitação da Virgem Santa, e Goosequill chegou justo quando estava sendo oficiada a missa num campo aberto atrás da taberna. Ficou intrigado com os paramentos amarelos que o padre usava, mas olhou com surpresa enquanto a hóstia era levantada no ar; então os índios e os ingleses, ajoelhados, inclinaram a cabeça quando o sino badalou três vezes e o incenso se espalhou na direção do céu. Por fim, ele os deixou e caminhou para a taverna, com sua flâmula de sete estrelas tremulando na brisa. Esperou no interior ventilado, ouvindo as respostas dos fiéis na missa, e passando o tempo com o gato da casa. Alguns minutos após o fim da missa, Ralph Kempis entrou com seus companheiros.

— Qual o prazer, Quill? — Agora todos eles conheciam bem Goosequill e, depois de pedir cerveja e aguardente, Kempis sentou-se a seu lado. — Quais as notícias dos homens santificados do lugar?

— Eles estão dançando nas ruas, como sempre.

— E o Sr. Milton? Ele me manda cumprimentos?

— Oh, sim. Ele saúda a lesma e verme cerebral.

— Muito bem. O que mais?

— Ele diz que você se move com insolência e vinho.

— Um sucesso. Um sucesso palpável.

— Você é como a maçã de Asphatis, parecendo boa para o olhar descuidado, quando provada, transforma-se em cinzas.

— Então eu sou a menina dos olhos dele? Estou muito agradecido. — Eles haviam começado a comer em duas grandes tigelas, cheias de carne e peixe cozido misturados com castanhas e alcachofras, e por um momento nada disseram.

No fim da refeição, Goosequill limpou a boca com um pano de linho e arrotou.

— Você sabe, Ralph, um dia vou persuadir o Sr. Milton a vir aqui. Você e ele devem concordar em algumas coisas. Estamos todos muito longe de casa.

— A casa dele não é a minha casa.

— Certamente, mas nesta selva...

— *Eles* a chamam de selva. Nós, não.

— Mas aqui, entre todos os lugares da terra, deveríamos viver em harmonia.

— Diga isso a seu mestre.

O mágico de Londres deveria acontecer mais tarde naquele dia, depois da procissão em honra da Virgem. Os dois padres, Lambert Bartelson e Henry Staggins, haviam chamado Kempis à taberna antes de arrumar os colonos e os índios numa fila irregular que se estendia pela rua principal de Monte Maria. Dois jovens índios carregavam a estátua da Virgem Santa, enquanto os padres a seguiam com incenso e turíbulos. A procissão seguiu pelas ruas da cidade cantando "Beata Maria", até que chegou ao pequeno altar perto do rio. Os próprios índios da Virgínia haviam escolhido o local — souberam de Pequots, que vendera a terra a Ralph Kempis, que ali estava situada uma nascente de águas sagradas que curavam calafrios e febres. Era conhecida como Cowweke Tokeke — adormecido e acordado —, e o feiticeiro dos índios virginianos recém-chegados havia decidido construir sua própria casa por perto. Era ele quem agora ajudava os dois padres a colocar a estátua da Virgem em seu nicho entre as rochas. Ele então deu um passo atrás e começou a cantar suas próprias orações. Os ingleses tiraram os chapéus e assim ficaram durante toda a cerimônia, e no fim responderam "Amém" em uníssono.

O mágico de Londres foi representado num pequeno palco de madeira atrás da taverna, no mesmo local onde a missa fora celebrada naquela manhã. Era uma comédia em prosa e verso, escrita no começo do século XVII, cujo assunto era o destino curioso de um feiticeiro de Cheapside em busca do ouro alquímico. Goosequill nada sabia disto, e, como as peças de teatro haviam sido proibidas durante os dezesseis anos de governo puritano, não se lembrava de nenhum teatro. Assim, ficou intrigado com a peça, do mesmo modo como se impressionara com os rituais da missa. Dois jovens ingleses subiram no palco vestidos com roupas tradicionais e começaram a conversar em falsete, o que agradou muito ao auditório.

— Pode ser verdade, Josquin, que todos os anéis devem se transformar em ouro?

— Muito verdade, Ferdinand. Num instante. Não posso tolerar prata imperfeita, você pode?

— Para mim é horrível. Tão desnecessária. E tão irritante.

— Nunca mais, Ferdinand. Aqui está nosso divino alquimista.

Os índios então gritaram mais alto quando um nativo, vestido como um inglês, entrou na plataforma de madeira. Usava uma boina negra de seda e uma beca negra com gola branca, mas Goosequill o reconheceu como o feiticeiro que ele encontrara na tenda de Ralph Kempis. Maquisa havia tomado emprestado a beca de um dos padres jesuítas e fizera sua gola de penas de cisne; mas a boina não escondia sua crista de cabelos hirsutos e o mesmo pequeno pássaro pendia de sua orelha. Carregava uma cabaça oca sobre um bastão quando entrou no palco; estava cheia de pedras ou bagos e chocalhava ruidosamente quando ele a balançava. Abraçou o inglês e então falou num dialeto índio que Goosequill não ouvira antes; mas algumas palavras pareciam próximas aos termos pequots para fumaça e fogo. O feiticeiro levantou imediatamente a mão esquerda e dela veio uma névoa ou vapor de pó que envolveu os dois atores ingleses. Quando a névoa se dissipou eles haviam desaparecido da cena. Aquele era de fato um mágico londrino que fizera os homens desaparecerem, e toda a audiência assistia àquilo maravilhada. Goosequill quase não acreditava e ficou ainda mais atônito quando os ingleses foram vistos saindo, mais tarde, da taverna, como se dela não houvessem se afastado. A peça se resumia a Maquisa fazendo o papel de mágico. Ele andava em meio a velhos livros e globos, polia espelhos e enchia cálices de pó ou cordiais; estava claro que sua procura pelo ouro alquímico fracassava e, perto do final, ele dançava com alguns passos antigos de raiva e hostilidade. Então ele pegava um dos cálices, despejava o pó em torno de si mesmo e no ar; parecia brilhar na luz do crepúsculo, espalhando-se como a poeira filtrada nos raios do sol e cobrindo-o de luminosidade. Ele gritava, batia palmas e desaparecia. Goosequill estava de pé ao lado de Percival Alsop.

— Bem, Percy — disse ele —, agora posso acreditar que as estrelas são feitas de coalhada e que os homens no outro lado do mundo andam de cabeça para baixo. Agora tudo é possível.

Goosequill descreveu os eventos daquele dia para Milton, quando retornou, e o cego parecia extremamente confuso com os relatórios do feiticeiro índio.

— Não é apropriado — disse ele. — Não está certo. Não está completo.

Ele sentiu uma dor na perna e suspirou pesadamente. Foi então que Goosequill lhe informou, impulsivamente, sobre as mulheres índias de Monte Maria — como algumas delas haviam se casado com ingleses e tido filhos. Nesse ponto Milton levantou-se, o rosto afogueado, e caminhou para o jardim. Goosequill podia ouvi-lo resmungando e gemendo, e correu alarmado para a janela. Milton estava ajoelhado, aspirando o aroma das flores, mas então, bruscamente, começou a arrancar as mais adocicadas e jogá-las no caminho. Eram botões das plantas favoritas de Katherine, que as plantara com carinho e cuidado — e agora estavam sendo descartados brutalmente. Goosequill correu para fora, gritando que as flores eram exclusivas.

— Não, Goosequill, você está enganado. Katherine deixou o jardim virar baderna. Aquelas eram ervas daninhas. — Milton parecia exultante enquanto falava, e então acrescentou: — Estou convocando uma reunião solene dos irmãos.

Goosequill não pretendia ir a Monte Maria por algumas semanas, até que a cólera de Milton se acalmasse, mas foi forçado a voltar antes do que desejava. Sua filha adotiva, Jane Jervis, ficou doente. Sofria de cólicas e, no calor do verão, seu estado agravou-se tanto que Katherine e Goosequill começaram a temer por ela. O apotecário residente em Nova Milton prescreveu heléboro, mas seus efeitos duraram apenas uma ou duas horas antes que as dores voltassem. Humility Tilly e Alice Seacoal rezavam frequente e ruidosamente ao lado da cama da menina, mas, como elas misturavam suas preces pelo bem-estar da menina com muitas censuras à vaidade e bem-estar terrenos, Goosequill não estava convencido de que suas devoções fossem úteis.

— Está na hora de sair, senhoras — disse ele uma manhã, logo depois da alvorada. — A criança está tentando dormir.

Humility Tilly reclamou com ele:

— É para o bem de sua alma.

— Neste momento estou mais preocupado com seu corpo.

Alice Seaccal colocou a mão na boca.

— Isso não foi bem dito, rapaz. O corpo é apenas a vestidura.

— Ou o fosso, Alice.

— Pode ser também esmagado, caras senhoras, ou lançado fora da porta. Agora, por favor, saiam. — Ele começou a empurrá-las porta afora.

— O Sr. Milton não aprovaria isso!

— Vão embora. Xô!

— Eu realmente acho, Kate — disse ele quando voltou —, que esta religião mata mais do que cura. — Foi então que se lembrou do altar sagrado de Monte Maria, onde estava colocada a estátua da Virgem. Kempis lhe falara de suas águas curativas. Então, sem hesitação, pegou o cavalo e trotou com Katherine e Jane para o outro lado do rio. Sua esposa nunca visitara o assentamento; ela ouvira ser descrito como o chifre de Babilônia ou a nova Sodoma e estava nervosa ao aparecer como suplicante.

— Seaborn me disse — falou ela, enquanto atravessavam o matagal — que os padres de lá bebem sangue.

— Oh, sim, Katherine, e usam a pele dos mortos para fazer roupas. — Seus olhos se arregalaram. — E comem as nádegas dos bebês, como diz o Sr. Milton, como os irlandeses selvagens.

Katherine percebeu que ele estava gracejando e beliscou seu braço.

— Isto é o que você quer dizer como sentido alegórico?

— Eles são tão pacíficos e amigáveis quanto quaisquer pessoas neste imenso mundo, Kate. Eu sei que ele os insulta com o nome de bestas e escravos...

— Ontem ele os chamou de lixo infectado.

— ...mas eles são bons e gentis como qualquer um pode ser. Sei que os irmãos não toleram a fé católica deles...

— Eles apenas acreditam no que lhes é dito.

— ...mas não há maldade entre eles. É tudo cheio de sons, visões e aromas adocicados.

A criança despertou com um movimento brusco do cavalo e começou a chorar. Katherine tentou consolá-la. Colocou a mão na cabeça de Jane para protegê-la do sol.

— Se eles conseguirem curar estas dores — disse ela — eu adorarei varas e pedras ou qualquer coisa.

Chegaram a Monte Maria logo depois, e Goosequill, procurando Ralph Kempis, obteve prontamente permissão para levar a criança para as águas sagradas. O feiticeiro havia sido informado de sua chegada e saiu de casa com uma longa capa preta de pele de urso. A criança não parecia assustada, ao contrário, sorriu quando o índio os conduziu pessoalmente ao altar.

— Boa alegria? — disse ele em inglês. — Boa alegria?

— Boa alegria, senhor. — Goosequill apontou para a barriga de Jane. — Doente, senhor. Doente aqui.

O feiticeiro tomou-a e embalou-a nos braços.

— Bom — ele murmurou. — Bem.

A fonte propriamente dita estava a alguns metros do santuário e viam-se as águas correndo entre as pedras brancas. O feiticeiro colocou a criança na margem lateral, encheu uma concha d'água que lhe ofereceu gentilmente. Ela bebeu devagar, ao mesmo tempo olhando o velho vestido de pele de urso. Então ele juntou as mãos em concha, pegou água e despejou na testa da criança. Ela adormeceu logo e o feiticeiro a carregou para a sombra do santuário de pedra. Depois a estendeu aos pés da Virgem e murmurou mais algumas palavras na língua dos índios. Katherine e Goosequill ouviam os ruídos da floresta a seu redor, e os sons dos animais selvagens ao fundo.

— Eu espero — sussurrou Goosequill — que Nossa Senhora entenda a língua deles.

— É somente um pedaço de gesso.

— É o que me dizem.

Uma hora depois Jane Jervis acordou e sorriu. A dor havia passado.

Quatro

As notícias como ouvi do garoto abalariam Salomão. Entretanto, caro Reginald, o relato dos caminhos ruidosos de Monte Maria me encheram com o que confio ser uma santa e profética fúria. Os irmãos estavam reunidos por minha convocação e falei com eles sem demora. "Os pagãos blasfemos estão invocando uma terrível vingança contra eles mesmos", disse eu. "Eles têm um feiticeiro. Praticam magia negra." Houve vários suspiros e gemidos, deliciosos para um espírito piedoso. "Eles realizam atos ainda mais terríveis. Não posso mencionar seus atos ilegais neste local sagrado. Não posso..."

Todavia, naquele momento, compreendi que o Senhor me chamava para planejar e calcular mais sutilmente. Devo proceder por níveis de discrição, caro irmão em Cristo, se é para extirpar tal inimigo com suas bexigas e barrigas inchadas. Preciso persuadir carinhosamente meu povo, treinando-o para ser forte diante daquela banda de indecentes. Estou certo, querido irmão? Oh, assim espero. Então falei com eles mais calmamente. "Entretanto, o espírito que me ilumina, que sempre me favoreceu a realizar meu trabalho de todos os dias, concentrou-se em um dos seus multifacetados vícios. Este vício, bons irmãos e irmãs, é o da embriaguez." Eu golpeara uma raiz de pecado e não podia esperar para arrancá-lo do solo da Nova Inglaterra. "Tremo ao dizê-lo, mas são bêbados contumazes, glutões e incontinentes. Todavia, nós não estamos livres de vícios. Oh, não. Esta corrupção não é desconhecida entre nós. Eu mesmo já senti cheiro de bebida forte nestas terras abençoadas. Ouvi cantos intempestivos e obscenos. Não é verdade?" Fui duro demais, caro Reginald? "Quem ousa negar isto? Quem dentre vós me contradirá?"

Daniel Pegginton aventurou-se a falar. "Nesta horrível selvageria, senhor, alguns dos irmãos mais fracos cederam ao vinho e à cerveja para se fortalecer."

"Para manter seu espírito? É o que você quer dizer? Basta." Recuperei minha calma. "Aqui não é mais uma selva. É uma comunidade. Eu os exorto, portanto, todos vocês, a me escutar. A finalidade geral de cada lei, por mais severa que seja, é o bem do homem. Em nossa presente situação, não podemos afrouxar as cordas da meditação e do trabalho intenso. Temos um inimigo licencioso germinando e debochando em nossa porta. Não pode mais haver vinho ou aguardente. E nem mais cerveja." Senti seu silêncio a meu redor e o enchi com minha própria voz. "A lei política deve ser empregada para reprimir todo malfeito. Se permitirmos que esta erva daninha cresça bem alto, ela irá estrangular as raízes de nossa política. Não podemos podar e cuidar do vício como se fosse uma boa planta. Vocês não querem isto, não é verdade?"

O bom Seaborn Jervis foi o primeiro a falar. "É claro que podemos abordar nossos deveres sociais com temor santificado, senhor, mas proibir os irmãos de sua cerveja matinal..."

"Nem todos de nós somos irmãos agora, Sr. Jervis. Eu soube que alguns homens licenciosos de Bristol se juntaram a nós. Carpinteiros, creio eu."

"Nem todos são festeiros, Sr. Milton. Ainda não fazem parte dos escolhidos. Como sabe, eles estão sendo instruídos."

"Mais possivelmente destruídos, se levantarem seus garrafões. Os novos colonos devem ser treinados com todos os bons ofícios. Não pode haver atrasos. E a cerveja é o começo desses males, Sr. Jervis." Fiquei contente em pensar que agora eu vencera toda a assembleia. "Devemos proibir toda bebida alcoólica para sempre, para evitar a decadência imperceptível de todo bom conhecimento e instrução. Levantem seus braços se concordam comigo." O garoto murmurou para mim que todos haviam concorrido. "As penalidades para qualquer desobediência serão, assim sendo, fixadas de acordo com a gravidade da ofensa. Começaremos com o pelourinho? Mas, oh, devemos ser mais justos. Não podemos cominar prisão e açoite para quem transgrida nossos decretos. E o que mais além do corte de uma orelha ou um nariz?" Todos se uniram comigo então para cantar "Fervor exuberante".

Eu estava ainda exultante em meu retorno da assembleia e solicitei ao meu bobo para copiar mais palavras. "Goosequill, anote estas instruções. Nenhuma música deve ser ouvida, nenhuma canção deve ser cantada, a menos que seja grave e dórica."

"O que é dórica, senhor? É uma melodia?"

É claro que o ignorei. "Nenhum tipo de dança, exceto as que uma vez Platão recomendou. Todos os instrumentos de corda, violinos e guitarras deverão ser objeto de licença."

"Há poucas guitarras neste local, senhor. E o único instrumento de corda é o meu."

"Deverá ser examinado. Nossas roupas deverão também ser examinadas. As mulheres índias que trabalham conosco devem usar indumentária menos obscena." Um peso tão grande havia caído sobre mim que passei a mão sobre meus pobres olhos obscurecidos. "Mas quem regulará as conversas mistas da nossa juventude, tanto masculina quanto feminina? Como poderemos proibir todas as más companhias?"

"É fácil de ver, senhor, seu cansaço depois do longo discurso. O senhor não vai dormir? Já preparei um cordial saudável."

"Como posso dormir, Goosequill? Devo guardar e proteger todos vocês. Não posso afrouxar as rédeas." Então, caro Reginald, tão grandes eram meu pesar e meu temor que eu chorei. Eu o admito. Chorei.

Cinco

Vozes em torno de mim como o mar revolto. Ele está andando em Cheapside, entre os vendedores, e os vê gritando seus produtos. Não. Estou pendurado numa árvore. Vozes selvagens. Não mais árvores em torno, mas homens, cujos olhos o despertam com suas cores. Você tem as plumas de anjos cobertas com olhos dilatados. Seus rostos são pintados com cores vivas, vermelho como um açougueiro e branco como um padeiro. Ocre. Escarlate. *Anunama*. Socorro. Estou preso por uma perna e não posso me mover. Sou um homem branco de um mundo escuro, mas você é a indumentária do pavão de Salomão. Nunca antes o mundo se vestiu assim. Socorro. Sim. Tome minha mão. Cheire minha mão. Não sou um demônio de capa preta. Sou um cego que pode ver. *Anunama*.

Ele está sendo carregado gentilmente. Os índios estão removendo a corda que o prendia na sua armadilha. Estou sendo colocado sobre uma manta de peles e vejo as árvores passarem sobre mim. Sou um carvalho cujas folhas murcharam. Sou um jardim sem água. Por favor. Água. Dão-lhe água. Ele é carregado pela floresta, onde agora certa mão toca meu rosto. Que alegrar? Ele está deitado num espaço fechado onde um índio, o velho, está dando pancadinhas em seu rosto. Ele está usando um chapéu alto de pele de urso. Quem, diz ele, quem? Eu sou John

Milton, da Inglaterra, cego, não mais. *Keen Milton?* Sim. Agora eu sede. Aponto para minha língua. Sede. Ele traz algum líquido de cheiro adocicado servido numa cabaça. Aponta para minha perna, que está coberta de folhas e pele de animal. Deus, diz ele. Deus zangado com você. Mas como eu o ofendi? Digame, senhor, meus pecados. Ainda não sinto nada, apesar do fantasma do meu membro aparecer diante de mim, direito e completo. Agora a visão desaparece e sou deixado com alguma memória de dor. Deus está zangado. Deus quebrou minha perna em duas.

Qual era aquela palavra que me ensinaram? *Npenowauntawaumen.* Não posso falar sua língua. O velho tira seu chapéu de castor e bate com ele no peito. Eu. Eu. Tão velho como a torre de São Paulo. Oh, o jovem sonha e o velho tem visões. O que você sabe de Londres? Vieram alfaiates. Ingleses. Os pinos da porta se moveram com sua voz e a casa está cheia de fumaça. Sim. Posso ver a meu redor: a fumaça vem de um fogo no centro do local. Há uma panela sobre ele. Uma panela com peixe. Um cachorro está ao pé do fogo e olha através de um buraco no meio do teto. Deixe-me ver com meus olhos, e me converter e ser curado. Há uma coluna no centro do quarto, e à sua volta estão estendidos ramos de árvores formando um círculo. Eles estão cobertos de cascas e pele de urso, formando uma cobertura contra a chuva e a borrasca. Estou deitado numa cama de palha. Os ramos ainda guardam o aroma da floresta. Fui levado de uma madeira escura para outra, mas ainda posso ver. Meu coração se emociona quando os ramos desta tenda se movem com o vento. *Meech.* Ele me traz peixe da panela no fogo. *Meech.*

O sono depois da comida é melhor. Ele acorda. É levado numa padiola de pele para ser cumprimentado pelo *sachem* da tribo. Isto eu compreendo. *Winnaytue*, ele me chama. *Winnaytue.* Ele se inclina até mim. Seu manto é bordado com quadrados e círculos coloridos. Ele está em meio a reflexos pintados com toda a glória da luz do dia. Fala comigo. O dia é azul, as tendas são topázio e vermelho vivo. Há uma grande montanha ocre atrás dele, com estrias de gelo. Termina seus cumprimentos e se inclina em minha direção. Obrigado. Suas palavras são azuis e seus olhos são da cor do sol. Obrigado.

Sou levado para a sombra de uma murta frondosa. Uma mulher está moendo milho com uma pedra e o ritmo regular de seu trabalho me ajuda a dormir de novo. Outras mulheres estão trabalhando nos campos, com a montanha branca no fundo. Usam enxadas de madeira e osso. Uma menina está sentada a meu lado. Está costurando peles de animais. Ela me mostra seu fio de cânhamo e a agulha de um pequeno osso. Um osso entalhado, não é? Seu cabelo é lustroso como o ébano do templo. Seus dentes são brancos como os de uma menina inglesa.

A criança se aproxima de mim e me oferece suas contas e conchas. Um garoto está apontando para uma pedra preta redonda. *Mowisuki*. Ele me dá uma pequena concha branca. *Peshaui*. Obrigado. Ele a chama azul. Uma seda ou um céu pode ser azul, você vê. Ele segura uma pedra verde. *Askashi*. Sim, verde. Temos pastagens verdes. Montes verdes. Eles riem de mim quando começo a chorar. Saem correndo e gritando. Enxugo meus olhos. Eu os observo quando pulam entre o sol e a sombra e mais uma vez para a luz.

Ainda não me vi. Estou tão extasiado pelo mundo, que não vi meu próprio reflexo. Ele olha espantado para sua mão. Desmaiada e desbotada à luz deste novo mundo. Levem-me para o rio, por favor, para que eu possa ver minha própria imagem. Qual é a palavra deles para oceano? O que o mundo me ensinou? *Wechekum*. Por favor. Sou levado na minha padiola até a margem do rio. Não posso mover minha perna, mas posso me alçar com meu braço. Olhe aqui. Olhe para a superfície do rio que corre. Meu rosto. Meus olhos, mudando e tremendo na corrente rápida. Toda a cegueira de nove anos de alguma forma dentro deles. Foi-se embora. Foi. Em boa hora.

Oh, Sr. Milton, tudo muito bem. A menina foi presa de mágica no mato, não é? Ela está tentada, mas não ousa cair. O senhor leu Ariosto sobre os perigos da floresta, mas o senhor mudou muito a alegoria. Muito bem. É toda uma. Única. E o senhor pensou que o mato começou a se mexer? Oh, bom senhor, somente nas suas antigas histórias. O que nos diz Virgílio? Até os deuses viveram nas florestas. Entretanto tenho bons motivos para duvidar dele. No canto décimo terceiro, Dante não escreve que as árvores contêm as almas dos suicidas? O senhor conhece as florestas da Ilíria? São consideradas encantadas. São reputadas por estarem cheias de ruídos, Sr. Milton. Num jejum na floresta a gente anda e chora. O senhor já leu *As lágrimas da paz*, de Chapman? E então toda a madeira horrível aparece. Onde crescem mais perigos mortais do que folhas. Diga-me, se o senhor viu, como aconteceu? Como aqui? Como. Aqui. Na selva escura deste mundo perdi meu caminho. John Milton abre seus olhos e vê os índios ao redor.

Seis

Os recém-chegados de Bristol não compareceram à assembleia na qual Milton havia proibido todo uso de bebida; quando souberam da interdição, de fato, esconderam seu suprimento de vinho numa arca fechada. Eram seis, temporariamente alojados numa grande cabana fora da rua principal; haviam vindo para Nova Milton logo depois de sua chegada da Inglaterra, tendo ouvido da fertilidade do solo e da operosidade dos habitantes. Estavam dispostos a trabalhar, também, e não sabiam de melhor oportunidade. Não faziam parte dos eleitos, mas haviam concordado, embora a contragosto, em ser treinados e catequizados por Accepted Lister. Todavia, não viam nenhuma razão para jogar fora o vinho; os mais velhos deles, Garbarand Peters e John Pethic, engendraram um plano para esconder suas garrafas e levar uma a cada noite para acompanhar sua comida e seu tabaco. Depois da refeição, eles brindavam à saúde de cada um e conversavam calmamente sobre os tempos no velho país.

Uma semana depois que o interdito contra o álcool havia sido promulgado, Peter "Louvado seja Deus" Pet — grande favorito das senhoras do assentamento, por causa dos seus sermões enfáticos contra a concupiscência — estava passando pela cabana dos homens de Bristol. Ouviu as risadas e fez uma pausa; ele gostava de alegria, mas aquilo não lhe pareceu piedoso.

Aproximou-se de uma janela — apenas uma abertura com um pano — e cheirou. Não era o aroma do vinho de Cristo. Havia vinho em algum lugar do quarto. O vapor farto assaltou suas narinas, e ele tremeu diante da maldade daqueles homens; abriu cuidadosamente a cortina de pano e viu três deles sentados e bebendo em tigelas de madeira. Ele estava pronto para admoestá-los e repreendê-los, de acordo com as regras santificadas da igreja de Deus, mas, refletindo, decidiu correr para a sala de reuniões, onde Isaiah Fairehead estava consertando um dos bancos.

— Sr. Fairehead! Sr. Fairehead!

— Qual é o problema?

— Ursos selvagens invadiram o vinhedo!

— Que vinhedo?

— O vinhedo de Deus. Cheirei seu hálito poluído até quando passei perto deles. Oh, de fato o Anticristo é o filho de Mamon!

— Fale-me alguma coisa clara, Peter Pet. Não sou uma das suas fêmeas penduradas.

— Eu ouvi ruídos de copos na habitação dos homens de Bristol. Espiei dentro, muito piedosamente. Sr. Isaiah Fairehead, eles estão bêbados atarantados com vinho não santificado.

— Verdade? — Isaiah Fairehead não estava contente com a chegada dos novos colonos; eram carpinteiros e marceneiros, e ele temia que roubariam grande parte do seu trabalho. Mas sua fúria parecia bastante piedosa. — Venha comigo, bom Sr. Pet. Imagino que nosso trabalho duro é muito cansativo para seus ossos.

— Serpentes, senhor, serpentes armadas de aguilhões mortais.

Eles marcharam pela estrada até a cabana de madeira; havia gargalhadas vindas de dentro e os homens pararam.

— Você acha — murmurou Peter "Louvado seja Deus" Pet — que poderemos precisar de mais soldados do exército de Deus?

Então Isaiah Fairehead caminhou pela rua, e começou a bater em várias portas gritando:

— Os recém-chegados estão bêbados! Os recém-chegados estão bêbados! Seis dos escolhidos saíram, dois deles de camisola.

— Esse grupo infernal — Isaiah declarou. — Esses pretensos carpinteiros. Eles zombam de todas as nossas boas leis e convenções.

Preserved Cotton, o primeiro a ouvir o chamado, já se aproximava da cabana dos homens de Bristol.

— Ouço gritos de prazer. — Esperou que os demais se juntassem a ele; então bateu forte na porta.

— Em nome do Senhor — gritou ele —, venham para fora!

— Houve um súbito silêncio, então mais gargalhar. A porta não estava trancada; ele a empurrou e com os outros atrás marchou em frente.

Garbarand Peters estava espreguiçado na cadeira de braços.

— O que deseja de nós, Sr. Cotton?

Preserved pegou a garrafa vazia: — Isto é contra nossas leis.

— Que leis? — John Pethic estava bem zangado com a entrada forçada. — Em nosso próprio país você poderia ser enforcado por ter assassinado o rei!

Nisto, Cotton avançou contra Pethic, agarrou seus cabelos e o puxou com força da cadeira onde estava sentado. Pethic segurava uma faca, para sua carne, e quando caiu cortou acidentalmente o braço direito de Cotton; foi apenas uma ferida superficial, mas sangrou abundantemente. Houve então confusão geral enquanto os irmãos caíram em cima dos homens de Bristol, que por seu turno se defenderam com os punhos.

— Cessem este clamor selvagem. — A voz forte, clara, era de John Milton. Ele estava na soleira da porta, o braço levantado em admoestação. Eles cessaram. — Que tempestade de verão é isto? Que baderna inconsequente? — Ele cheirou vinho no ar. — Alguém aqui é culpado de infringir nosso mandamento. Falem.

Peter Pet estava ansioso para contar a história:

— Estes homens de Bristol estavam bêbados, senhor. Viemos repreendê-los e eles foram muito agressivos conosco. — Cotton, caído no chão, ainda estava gemendo. — E Preserved Cotton foi maldosamente esfaqueado.

— Quem deste grupo de obesos e carnais atacou a sua santa pele?

— Um chamado Pethic.

— Levem o pútrido agressor para a casa de custódia. Que ele esfrie por lá como uma panela quente. Sua bebida bem logo se congelará. — Os homens de Bristol, diante de Milton, não opuseram mais resistência. Ficaram resmungando entre si enquanto os irmãos escoltavam John Pethic para fora da cabana. Milton virou-se na direção dos renegados e sorriu. — Vai haver um tempo — disse ele — quando teremos de separar o joio do trigo, os peixes frescos dos demais para fritar. Não admitiremos homens malignos entre nós. Boa noite para vocês.

No dia seguinte John Pethic foi retirado de sua cela e açoitado na encruzilhada. Os outros homens continuaram a trabalhar em Nova Milton, sob as condições estritas de seu acordo com os irmãos, mas se mantiveram apartados. Somente Goosequill os visitava e era bem recebido por eles. Ele vira bastante dos colonos piedosos para se tornar desconfiado e até suspeitoso deles; preferia a companhia destes novos colonos, apesar de seu mestre dirigir seu sarcasmo contra "os bêbados do oeste". Eles cuidavam de não beber mais, mas ainda fumavam seu tabaco e conversavam. Um tópico principal era, é claro, o povo santificado de Nova Milton.

— Vou deixar bem claro para vocês — Goosequill estava dizendo na sua primeira noite juntos depois do açoite. — Não dá para virar um peixe numa frigideira chata. Certo?

— Neste país, Goose, acho que tudo é possível. — Garbarand Peters ainda desfrutava as maravilhas da floresta. — Você viu aquela criatura com a cabeça de gamo que corria nos campos?

— É um alce, Garbarand.

— Alce? — Ele falou a palavra como se fosse um grito de caçador.

— Você me chama de "Goose",* não é? É a mesma coisa.

— Nunca na vida vi um ganso com chifres. Que Deus seja servido que nunca aconteça com você.

Goosequill recebeu a alusão graciosamente; ele conhecia muito bem a natureza de Katherine.

— Posso prosseguir na minha velha estrada, por favor? Meu peixe e a frigideira chata são o que o Sr. Milton chamaria uma alegoria. Você não pode se tornar um dos irmãos restritos mais do que, bem, o próprio Belzebu.

— Nem o diabo poderia desfrutar este lugar. — John Pethic ainda estava dolorido dos açoites. — Acho que o próprio inferno seria mais fácil.

— Bem, John Pethic, eu talvez possa ajudá-lo. Poderei prestar um serviço. Você ouviu falar de Monte Maria?

— Rumores. Notícias esparsas. — Outro dos homens de Bristol, William Dauntsey, subitamente estava interessado. — É uma colônia papista. De padres. A mesma coisa.

— Vou lhe dizer algo mais. É mágica!

Garbarand Peters riu alto.

— Ouvimos falar de feiticeiros entre os índios. Mas pensei que o povo de Monte Maria fosse inglês.

---

*Palavras de som parecido em inglês: moose, alce e goose, ganso. (N. do T.)

— Tão inglês quanto você e eu. Eu os conheço bem. E este é o meu ponto, você me entende. Posso falar com eles a seu respeito. — Goosequill ficou excitado com sua própria ideia e estava enrolando o cabelo com os dedos, para que ficassem em montículos torcidos.

— Dizem que os papistas são sodomitas, Goose.

— Não. Bobagem. Eles têm suas próprias mulheres. Alguns deles chegaram com suas mulheres índias. — Subitamente ele baixou a voz. — Mencionei o fato ao Sr. Milton, quando não devia, e ele não pensa em outra coisa.

— Verdade?

— E eles têm filhos. Tantos filhos quanto os pombos da igreja de São Paulo. É por isso que precisam de homens habilidosos para terminar e mobiliar suas casas. Eles precisam de bons homens de Bristol.

— Se tudo é tão...

— Como se Deus e nossa senhora de Willesden fossem minhas testemunhas.

Garbarand Peters olhou em torno para os outros homens:

— Pedimos a Goose para interceder por nós? Ele pode negociar por nós com os papistas?

— Oh, sim. — Fora John Pethic quem falara, mas todos estavam antecipando uma saída prematura de Nova Milton.

Então Goosequill viajou para Monte Maria no dia seguinte. Não disse nada a Milton sobre a viagem, é claro, e disse aos homens de Bristol para ficarem igualmente reticentes. Ele encontrou Ralph Kempis comendo um jantar de ganso à sombra de uma árvore de bordo.

— Estou justamente jantando você — gritou Kempis. — Você está delicioso.

— Sempre me dá prazer fornecer-lhe uma refeição, Sr. Kempis.

— Então me passe aquela abóbora. E sente-se comigo.

— Devo dar graças antes de começar?

— Tome cuidado de manter segredo com seu mestre. Ele gostaria de reservar toda a graça para ele mesmo.

Conheciam-se bem para falar francamente e Goosequill explicou a situação aflitiva dos carpinteiros.

— Ele estava bêbado, você diz? — Kempis interrompeu a história. — Ora, mande-o para cá imediatamente!

— Eles estão dispostos a sair, Ralph, mas você permite que eu termine? — Explicou que o assentamento de Monte Maria teria de "comprar" os seis meses remanescentes do acordo dos homens de Bristol com Nova Milton, e nesse tempo eles poderiam trabalhar de forma honrada e proveitosa para seus novos empregadores. Poderiam também decidir fixar-se ali, e com seu trabalho competente em carpintaria e marcenaria levariam grandes benefícios à nova colônia. Poderiam constituir família, bem como construir casas.

Kempis aprovou o plano, tão logo Goosequill terminou.

— Mas — disse ele —, não posso tratar com o Sr. Milton. Você o conhece. Sabe como reagiria.

— Seu homem lesma, seu inconsequente! — Goosequill imitava a voz muito bem. — Seu verme presunçoso!

— Oh, não tão cruel assim, Goose!

— Seu cérebro de galo presunçoso!

— É por isso que eu não falaria nem escreveria para ele. Não posso suportar a insolência daquele homem.

— Então o que se pode fazer?

— Vou mandar Bartholomew Gidney. É páreo para qualquer louco.

Dois dias depois um jovem inglês chegou a Nova Milton. Trajava uma camisa de seda azul, calças curtas de veludo verde e um grande chapéu enfeitado de plumas.

— O que é isso? — perguntou Preserved Cotton, que foi o primeiro a vê-lo. — O que é esse mastro de maio ambulante?

Gidney refreou seu cavalo.

— Desculpe-me, caro senhor. Poderia me mostrar a casa do reverendíssimo e cultíssimo Sr. Milton? Creio que ele reside aqui.

— Preserved estava tão estupefato para qualquer reação que só pôde indicar a direção correta. — Muito obrigado, de verdade; serei para sempre seu devedor. — Ele desmontou de seu cavalo e o amarrou num poste antes de caminhar até a porta de Milton.

— Sr. Milton? Sr. Milton, prezado senhor?

— Entre.

Bartholomew Gidney entrou e viu John Milton sentado numa cadeira simples de madeira junto à janela.

— Estou profundamente sensibilizado com a honra...

— Não conheço sua voz.

— *Hélas*, não é uma surpresa devastadora, eu...

— De onde vem o senhor?

— Antigamente, Westminster Square, mas correntemente residindo no local pitoresco de Monte Maria.

— Oh.

— O senhor por acaso o conhece? Uma localização admirável. Muito rural. Por momentos me lembra Chelsea no verão, logo depois da curva do rio. — Ele fez um movimento serpeante com as mãos e deu um pulinho.

— Compreendo que fala sem parar, senhor.

— Sou conhecido por esta característica. Sim. — Ele se empertigou. — Mas é da minha natureza ser altamente amigável e confiável. Minha querida mãe era assim também. Bastava começar a falar de alguma coisa e seguia em frente. Oh, como ela era reminiscente. Não conseguia parar.

— O que deseja de mim?

— Não tenho certeza de que deseje alguma coisa, caro senhor. É uma questão do que outros desejam. É tudo maravilhosamente delicado.

— Não sou um caçador tão bom para capturá-lo. Fale claramente Sr....

— Gidney. Bartholomew Gidney. Originalmente dos Gidneys de Cambridge, é claro. Agora entre duas cidades. Não posso lhe contar quanta terra...

— Então não comece. Diga-me em palavras simples por que está aqui. Ou saia.

— O senhor é prepotente, mas gosto de homens prepotentes. Em palavras simples, estou aqui atendendo solicitação do Sr. Ralph Kempis. O senhor o conhece? Sempre alvoroçado. Realmente uma pessoa encantadora. — Ele viu a expressão no rosto de Milton e se apressou. — O senhor tem alguns homens de Bristol que não são... como direi?... que não estão completamente à vontade aqui.

— Aqueles tolos. O que eles desejam? Néctar de ambrósia e frutos do paraíso?

— Não tenho certeza de que tenham pedido isto em particular, Sr. Milton, embora esteja certo de que o senhor os providenciaria.

— Eles são vagabundos impudentes. Entendo suas intenções em meio a seus floreios. Eles desejam ser liberados de suas obrigações e se mudar para a Babilônia.

— Bem, não para tão longe, acredito. Eles estavam pensando em Monte Maria.

— É tudo a mesma coisa para mim. Desejam juntar-se ao chifre da besta romana. Vira-casacas espertos.

Bartholomew se ressentiu da alusão à sua fé e de pronto tornou-se mais formal.

— Eles não pretendem rezar, mas trabalhar.

— Mas eu presumo, senhor, que você saiba como ordenhar uma vacaria tão fácil. O senhor afrouxará um pouco as rédeas, Sr. Gidney? Deixá-los se divertir e mordiscar um pouco a isca por algum tempo?

— Não haverá nenhuma mordedura, posso lhe assegurar.

— Pobres lamentáveis desgraçados. Ser entregues à tirania e à superstição papista.

— Penso que não. Não há escravidão entre nós. Nenhuma tirania. Somente o benefício perpétuo da liberdade.

— Licenciosidade, o senhor quer dizer, não liberdade. Bem, bem, vá pelos seus próprios caminhos para o inferno e leve os homens de Bristol consigo. Os pássaros estúpidos caíram na rede. Que sejam depenados e devorados.

— Quão generoso. Quão nobre.

— O preço dos contratos está fixado. Dez libras para cada homem.

— Eu sei. Providenciei o pagamento com o Sr. Goosequill. Sinta-se à vontade para me condenar se antecipei o senhor.

— Goosequill? O que ele tem a ver com isso?

Gidney percebeu que falara demais.

— Um jovem encantador, não acha? Muitos cachos elegantes. E uma curiosa habilidade de costureiro. — Não desejava implicá-lo ainda mais. — Encontrei-o em frente à vossa deliciosa igreja. Fui informado de que era seu secretário. Isto não é correto? Se não é, terei mencionado um tópico triste, seus olhos?

— Tenho um olho interno, senhor, que vê através de todas as falcatruas, espetáculos e ardis.

— Tenho prazer em ouvir isto. Deve ser inestimável aqui. — Ele hesitou. — Então eu assumo...

— Você os assume, então, e nunca mais apareça aqui. Nenhum homem pode ser inimigo deste assentamento e continuar membro dele. Não precisamos deles.

Os homens de Bristol deixaram Nova Milton, e cantando e bebendo no caminho cavalgaram até Monte Maria na companhia de Bartholomew Gidney. Goosequill observou-os saindo e então voltou suspirando para Katherine.

238

— Você sabe — disse ele, enquanto sentavam juntos no pequeno gramado sombreado atrás de sua casa —, eu desejava que nos juntássemos a eles. — Acariciou a barriga dela, inchada. — A nova criança teria sucesso e floresceria ali.

— Nem pensar, Goose. — Su´ sobrinha e filha adotiva estava brincando junto deles. — Prometi a Seaborn que tomaria conta de Jane lealmente. Ele jamais permitiria que ela vivesse entre os papistas. — Ela se inclinou e sussurrou. — Ele a mataria primeiro.

— Sem dúvida. E sempre poderia encontrar alguma passagem bíblica para justificar-se. — Ele olhou para as cabanas e as casas espalhadas pelos caminhos secos e empoeirados do assentamento. — Você acha que chegará um tempo, Kate, quando todos viveremos em paz?

Ela balançou a cabeça.

— Seaborn diz que a luz e a escuridão sempre lutarão entre si.

— Oh, Seaborn é muito correto. Ninguém fala mais corretamente do que Seaborn. Mas eu digo isto, Kate. Seaborn é um hipócrita vaidoso e enganador. — Ele baixou a voz, pois a criança podia ouvir. — Eu trocaria de boa vontade mil Seaborns por um Ralph Kempis.

Ela olhou para ele e sorriu.

Sete

Ao caso dos homens de Bristol seguiu-se, três semanas depois, um episódio mais grave. Um missal católico romano foi encontrado em Nova Milton. O livro foi descoberto na casa de uma das novas famílias — John Venn era um vaqueiro de North Devon que chegara um ano depois da fundação do assentamento. Era um homem tranquilo que "se divertia", como dizia, colecionando amostras de minerais. A mulher, Sarah, era alguns anos mais velha, mas viviam juntos bem felizes. Ela nascera e fora educada na fé católica; haviam combinado, quando se casaram, vivendo em uma comunidade puritana, que ela realizaria suas devoções em privado para satisfazer sua consciência. O próprio Venn era um dos irmãos e havia frequentado a capela em Barnstaple com eles, mas não era de modo algum um homem religioso. Por isso permitia à mulher o conforto de suas orações privadas, e assim mantiveram este acordo depois da chegada a Nova Milton.

Mas seu missal foi encontrado — ou melhor, foi observado por Humility Tilly. Ela havia visto Sarah se ajoelhando certa manhã e, curiosa, rastejou até a janela e deu uma nova espiada; ali, sobre uma mesa, estava um missal católico. Percebeu logo por causa do peixe e do cajado episcopal na capa preta de couro. Mais tarde, declarou ter recuado à vista da maldita coi-

241

sa e teria logo desmaiado, se não fosse socorrida por um vizinho. É verdade que ela sussurrou "Idolatria!" e então pediu um copo d'água, mas se compôs o bastante para ir imediatamente à casa de Milton do outro lado do assentamento. Encontrou-o caminhando de um lado para o outro no caminho estreito do seu jardim.

— Sr. Milton! Sr. Milton!

— O que é, Humility? — Ele então conhecia a voz muito bem.

— Meretrizes e abominações juntas. É o que é. — Em sua excitação ela confundira suas alusões bíblicas. — Peste e fome.

— Você está perplexa. Acalme-se.

— Não posso estar calma em meio à desolação, bom senhor. A senhora Venn está infectada.

— O quê? De quê? — Ele deu um passo atrás. Sempre tomava cuidado com sua saúde.

— Eu a vi com um livro envenenado.

— Você está brincando comigo, Humility. Fale claro.

— Vi a senhora Venn embalando um livro de orações papistas. Os demônios o chamam de missal?

— É assim. Você tem certeza? — Ela balançou a cabeça. — Você balançou a cabeça?

— Sim, balancei.

— A senhora Venn é assim tão impudente?

— Ela sempre foi uma desavergonhada, senhor. Desde que chegou entre nós com seu jovem marido.

— E ela se prostitui com os ídolos, não é? — Ele contemplou a questão por um momento, enquanto Humility olhava ansiosa para seu rosto. — Chame três membros da vigilância. Se ficar comprovado que isto é verdade, então temos trabalho santificado diante de nós.

Dentro de uma hora ele e sua vigilância estavam preparados. Apurou-se que John Venn estava trabalhando nos campos, a alguma distância, de modo que foi Sarah Venn quem abriu a porta para as fortes batidas de Milton. Ela ficou pasma ao vê-lo na soleira e sem dizer nada permitiu sua entrada. Entrementes, Humility Tilly notou com satisfação que ela estava trêmula.

— Bem, senhora Venn — Milton começou —, ouvi dizer que a senhora carrega um papa na barriga.

— Senhor?

— Ouvi que você tem um livro com imagens de espantalhos. Algum volume prostituído de Roma. É verdade? — Ela não disse nada, mas pareceu olhar para Humility Tilly para alguma assistência ou explicação; a santa mulher sorriu. — Revistem este local — disse Milton à vigilância. — Farejem a pústula escondida. — O missal foi encontrado pouco depois, escondido num compartimento do fogão, e junto dele, também, um rosário. Eles colocaram as contas na mão dela.

— Que bolinhas e bibelôs são estes, senhora?

— Pode não lhe agradar, senhor, mas é minha fé.

Ela parecia querer dizer mais alguma coisa, mas ele a interrompeu.

— Sua fé não é mais que uma impertinência. Dê-me o livro.

Um dos membros da vigilância colocou o missal na sua mão e ele correu os dedos pelas páginas enquanto falava.

— É raro encontrar católicos, exceto quando há joias e prata. Senhora Venn, como chegou a este assentamento?

— Eu vim com meu marido.

— Ah, vejo o sinal de alguma letra escarlate. — Ele estava tateando a introdução com a qual a própria missa começa. — Este livro está cheio com todos os nomes da blasfêmia. Jogou-o ao chão. — Próprio apenas para embrulhar sardinhas.

Ela estava tão perturbada com o modo rude com que Milton manuseou seu missal e seu rosário que se tornou desafiadora.

— É a fé de meus pais. É a comunhão dos santos. Tem sido a verdade nestes últimos mil e seiscentos anos...

— Não pretenda me ensinar a história, senhora. Eu a conheço de cor. — Ele ainda estava rolando as contas na mão. — Seu marido compartilha suas devoções? — Ela hesitou e ele sentiu sua indecisão. — Então ele pode ser outro címbalo rachado?

— Ele é um dos irmãos, senhor. Ele não é católico.

— Então mais vergonha e horror sobre sua cabeça, por aceitar a serpente no nosso seio.

Ela suportara bastante aquele ridículo.

— O senhor é a serpente, Sr. Milton, com suas ordens e comandos cegos.

— Ouçam o que ela diz. Ouviram sua impudência desrespeitosa? — Humility Tilly gemeu. — Oh, minha madame magnificente, vejo que joga toda a vergonha. Ela pelo menos se ruboriza?

— Não, Sr. Milton. — Humility estava olhando fixamente para a pele pálida e carregada da mulher. — Ela prefere explodir.

— Bem, então talvez vejamos a cor de seu sangue de outro modo. Prendam-na. — Milton permaneceu imóvel. — Senhora Sarah Venn, contra as boas leis e ordenações deste lugar, a senhora professou uma superstição estranha e adorou ídolos falsos. Agora levem-na.

O julgamento começou três dias depois na casa de reuniões. Seu marido sentou-se na fila da frente, choroso e trêmulo, enquanto as acusações contra ela eram lidas.

— A senhora professa a fé romana?

— Sim, professo. É a fé sagrada.

— Como ela ostenta e exalta seu vício! — Sete irmãos haviam sido escolhidos para ter assento no julgamento; eles estavam separados do resto da corte por uma corda amarrada entre os dois pilares e começaram a murmurar contra a mulher.

Ela os ignorou e falou de novo.

— É a fé antiga de nosso querido país.

Milton riu: — Então a senhora é como os druidas. Deve consultar carvalho e murta. Chega deste bate-boca. Sabe, senhora Venn, o que acaba de proclamar? A senhora soou uma trombeta que acenderá um fogo cruzado que começará uma guerra civil perpétua. Isto não pode ser tolerado. — Ela balançou a cabeça mas não disse nada. — Nenhuma sociedade civil de bons protestantes pode admiti-la como membro. Compreende isto? Sua postura é de um inimigo público, senhora Venn, e uma ferida pestilenta para a comunidade. Quer dizer mais alguma coisa? — De novo ela balançou a cabeça e os eleitos gritaram contra ela.

— Renuncia à sua fé papista?

— Eu não o farei. — Ela estava olhando para o marido, sentado, que chorava.

— Não abjurará sua falsa adoração?

— Não, senhor.

Milton voltou-se para os sete irmãos que estavam esperando para proferir seu julgamento: — Como a julgam?

— Imunda — declarou William "Aleluia" Deakin. — Sua culpa a deixa negra.

— Todos estão de acordo?

Eles levantaram a mão direita, mas então se deram conta de que Milton não os podia ver.

— Todos assentes! — gritou Jó "Desafiante no Senhor".

Milton andou até eles e perguntou tranquilo:

— É vosso desejo que sua punição seja determinada por mim?

Isto os excitou estranhamente e Preserved Cotton murmurou em resposta:

— Esta é a nossa santa resposta, bom senhor.

Milton foi ajudado até o estrado onde ela estava sentada e virou-se para Sarah Venn.

— Bem, senhora, é um princípio, e bom, que a punição deve ser adequada ao crime. Portanto... — e ele sorriu — ...portanto, ordeno que seja açoitada com velas de cera em algum lugar público. Será expulsa de sua moradia e o local será incendiado e destruído, de modo que não haverá teto para tais pássaros imundos fazerem seu ninho. Então será banida deste assentamento. Nenhuma cidade santa pode ser construída sem limpar a sujeira. Deseja falar?

— Não, Sr. Milton. — Ela permaneceu calma. — O que se pode dizer contra tanta injustiça e violência brutal?

— A partir deste momento a senhora é expulsa deste lugar santo. Eu pronuncio banimento perpétuo.

Ela foi levada para a casa de vigilância, com o marido seguindo-a em lágrimas, enquanto os irmãos se olhavam em estupefação diante da natureza da punição. Era certo ela ser banida, é claro, mas seria sábio destruir uma das casas mais recentemente construídas? E onde se encontrariam velas romanas? Milton se aproximou dos irmãos do júri, e ainda estava sorrindo. — Vosso trabalho foi benfeito — disse.

— Sr. Milton. — Foi Preserved Cotton que falou por todos — não temos velas de cera. Temos banha para nossas lâmpadas, é claro, mas são pequenas. Como ela poderia ser castigada?

— Acalme-se, Preserved Cotton. O Sr. Kempis me mandou duas dúzias de suas velas votivas. Em parte recompensa pelos homens de Bristol, disse ele, exceto que ele pensou se divertir à minha custa. Ele tentou me ridicularizar, mas devolverei a ofensa com elegância, não é? — Eles riram.

— São grossas e pesadas para as costas da meretriz? — perguntou Jó.

— Oh, sim. Seus ossos vão ser bem batidos com as varas daqueles tolos. Agora vamos embora almoçar.

Oito

Sua perna ainda está quebrada pela armadilha dos índios. Minha perna não será curada. Meus ossos não se consolidarão de novo, entretanto tudo mais congela. Minha viagem entre os índios começa com uma doença. O *sachem* olha para a ferida aberta e funga o ar. Um tempo para os espíritos. Um tempo para o feiticeiro. Não. Nenhuma mágica ou feitiçaria. A sabedoria das plantas medicinais me agrada. Mas não posso suportar o encantamento. Um gesto na direção do céu e então coloca a mão em minha cabeça. Nenhum encantamento. Então eles lhe mostram como o chefe colocou a pele de uma serpente sobre o corpo de uma mulher doente, e como a transformou numa serpente viva que a curou. Eles mostram com mímica para ele como o chefe veio da névoa sob a forma de um homem flamejante, e como fez as rochas se moverem e as árvores dançarem. Pode ser assim? Em meados do inverno ele pegou as cinzas de uma folha e, colocando-a num vaso de água, fez surgir uma folha fresca. Verdade? Sei que em Londres há quem seja reputado por possuir o dom da cura. Mãe Shipton. O garoto oco, cujos intestinos soam como uma harpa. Entretanto curas raras nesta selva devem ser seguramente trabalho do diabo. *Squantum*. Não, não. O *sachem* balança a cabeça. *Mat enano*. Não verdade. Há um diabo bom. *Abbamocho*. O diabo bom cura. Então devo

249

permitir a visitação deste feiticeiro? Não há socorro para mim em minha presente tribulação. Qual é o seu nome, este nobre feiticeiro? *Wunettunik*. Mas serei curado ou explodido?

Ele está vestido com um manto de pele de urso. A face está cheia de fuligem ou carvão, como se estivesse sob a sombra de asas. Estou perplexo com a visão dele. Ele dá pancadinhas em meu rosto e murmura para mim. *Kutchimmoke. Kutchimmoke.* Com seus dedos ele sente minha febre. Pede uma tigela de água e coloca nela a própria face. Levanta-a com um pedaço de gelo entre os dentes. Coloca o gelo em minha testa. *Kutchimmoke.* Estou em paz.

Feiticeiro, e agora? Ele está contemplando a fratura em minha perna. Escuto sua respiração arfante, mas ele não a toca. Certamente esta iniquidade não será purgada de mim até que eu morra? Bem dito, Isaías. Ele abre uma algibeira amarrada da cintura e retira um osso. Um osso de peixe. Um osso rachado. Quebra-o em dois e, esfregando os pedaços nas mãos, faz com que se tornem de novo um só. Inclina-se em minha direção, cantando suavemente. Sussurra em meu ouvido. Começa a dançar em torno de mim girando e pulando violentamente. Grita e seu corpo brilha de suor como uma névoa de orvalho. Espuma pela boca. Está ajoelhado diante de mim, e colocando a boca em meu ferimento. Oh, terrível. Ele me encara, um olhar selvagem que dura um momento antes de se voltar para meu ferimento. Cospe algo na tigela. É um osso. Meu osso. Há grandes gritos dos demais em torno dele. Ele pega em meu braço e me ajuda a levantar. Minha perna está curada.

Ele ficou dormindo por dois dias e duas noites. Estou dormindo. A carga do vale da visão. Acorda, alerta como uma criança, e vê um homem branco sentado numa esteira azul. Estou acostumado a maravilhas neste lugar, senhor. O que foi aquilo, Sr. Milton? Então o senhor é inglês e pelo som de sua voz é o

Sr. Eleazer Lusher. Ele se levanta de sua esteira e anda à minha volta. Sr. Milton, o senhor pode ver! Assim parece. Em nome de Deus senhor, é algo extraordinário. Eu sei. Ele bate palmas e põe as mãos em minha face. Muito feliz, senhor. Completamente superfeliz.

Acalme-se, ou fará minha cabeça doer. Sente-se de novo, por favor. Há muitos anos que não vejo um inglês, Sr. Lusher. Neste aspecto sou um selvagem. Não vejo um homem branco desde minha cegueira. Ele está usando um casaco de lona e um chapéu de abas largas. Não é um estilo de vestir que eu tenha conhecido antes. Ele é como alguma figura de sonho. Isto é tremendo, Sr. Milton. Isto é como um sonho, Sr. Milton, ter seus olhos de volta. Espero que não seja um sonho, de outro modo quando eu acordar verei a noite de volta. Onde arranjou esse chapéu, Sr. Lusher? Meu chapéu? Vem de uma loja em Seven Dials. Meu irmão me deu antes que eu cruzasse o oceano. Seven Dials é notória por seus chapéus, Sr. Lusher.

Oh, sim, o oceano. Havia me esquecido. O oceano e todos os seus mortos. A tempestade no oceano quando caí nas águas. Como o senhor recuperou sua visão? Foi algum bálsamo nativo ou um cordial? Oh, não, de fato não. Oceano chora na névoa. Eu estava pendurado pelo pé numa armadilha de índios. O sangue desceu para minha cabeça, de alguma forma revivendo e refrescando meus nervos oculares. Pelo menos eu acredito que foi assim. De repente eu vi. Vi cores na sua forma verdadeira. Gaiolas de luminosidade, como se o mundo fosse água correndo entre as margens preciosas de um rio. E abri minhas mãos no meio delas, como quem nada abre suas mãos. Uma catedral de ouro e ocre com as imagens pintadas de olhos.

Ouvi falar da armadilha, Sr. Milton. Um dos Nipmucks veio logo me procurar. Eles me conhecem bem. Milton levanta-se de sua padiola, sem dor. Aperta a mão de Eleazer Lusher. Estes nativos são pessoas admiráveis, Sr. Lusher, posso lhe garantir. Anda-se sem qualquer pompa, graças a Deus. Tenho conhecimento de uma armadilha de urso que arranca a perna de um homem. Como ela sarou tão rapidamente? Não posso falar dos feiticeiros a um inglês. Eu estou enfeitiçado, mas não posso falar de feitiços consigo. Bem, senhor, houve dor por algum tempo, mas agora passou. Passou completamente. Graças a Deus, senhor. Eu agradeço a Deus. Quando isto ocorrer, disseram os sinos de Stepney. Eu não sei, disse-o.

Os irmãos estão certamente preocupados com o senhor. Mando uma mensagem para eles? Não. Não, Sr. Lusher, vou descansar aqui por um dia ou dois, se é possível, o senhor pode ficar um pouco mais, desconhecido e não procurado, e então voltarei. Mas, senhor, se possível, o senhor deveria ficar mais um pouco. Oh, por quê? Entretanto, por que eu não me detenho aqui ao lado das tendas brilhantes e da montanha incandescente? Dentro de dez dias eles têm seu festival de sonhos e esperam que o senhor o veja. De fato. É algum carnaval como sua velha confusão? Não sei nada disso, Sr. Milton, exceto que é muito antigo. Pilares. Arcos sob o oceano. O nadador se afoga de tarde.

Já é tarde, não é? Tão cedo. Não vi o bastante. Ele é levado para a beira do rio. A canoa é feita de um tronco de pinho e eles o carregam nas costas até o rio. Ele se senta confortavelmente nela. Minha altura é mais para mediana e me ajusto facilmente, não acha? Nesta noite clara vejo a lua e todas as estrelas. Quando as estrelas noturnas cantam juntas, a voz de todos os povos da Terra não poderia perturbá-las. Sem comparação. Os lobos uivam. O mundo é uma dança índia.

A canoa segue à deriva, levada pela corrente. Os garotos índios se levantam e observam o rio. O garoto atrás de mim tem uma lança e um chapéu de cânhamo. Guardião. O garoto na frente segura uma tocha incandescente feita de ramos de bétula. Oh, veja, ela se acende quando ele a balança sobre a superfície das águas. Feiticeiro. Espírito do fogo. Os peixes estão procurando a luz. Seguem seu caminho. Eles se divertem e dançam na luminosidade. Maravilhoso. São espetados enquanto saltam, extasiados, para dentro da rede. A tribo de barbatanas, ele diz aos índios, são jocosos no seu perigo. Eles não compreendem suas palavras, mas riem.

Sr. Lusher, cumprimentos. O senhor retornou. Pensei que o senhor se fora. De modo algum, senhor. O senhor tem seus olhos de volta, mas se posso ser ousado, nenhuma língua por enquanto. Esta manhã vou traduzir suas palavras para os Nipmucks, para que conversem com o senhor. E o que eles estão dizendo agora? Estão perguntando se o senhor teria interesse em ver as relíquias de sua tribo. São uma tribo antiga, que reverencia seus ancestrais. É muito adequado e próprio que eles assim o façam, Sr. Lusher. Diga-lhes que considero isto uma honra. Não, senhor, uma honra para eles. Eu já lhes expliquei que o senhor é um historiador em seu próprio país.

Para onde estamos indo? *Wuttin.* Onde? *Wuttin.* Cérebro. O *sachem* toca sua própria cabeça e aponta para a montanha. É chamada Wachuset. O grupo de viajantes ou peregrinos se arruma em fila indiana. A trilha percorrida por gerações. Os pés estão descalços, mas tenho grandes sapatos de pele de alce. Minha capa, para proteger dos espíritos hostis, é costurada de peles de lobos negros. O musgo brilha na casca das árvores e as teias entre os galhos refletem a luz. Estou entre os druidas, procurando templos antigos. Estou com os trinobantes nas trilhas de Álbion. Eles vêm para as raízes da serra no crepúsculo. Estou andando com mais cuidado e trabalhosamente agora, por fendas e rápidos. Mas o chão faísca sob meus pés. Oh, Sr. Lusher, esta montanha brilha com algum tipo de escamas lustrosas!

Mineral metálico, senhor. Mas também percebo cheiro de enxofre no ar. Esta montanha é saída do próprio inferno!

O *sachem* ouve-os conversar e fala bem alto. O que disse ele, senhor Lusher? Ele nos diz que um da sua tribo encontrou uma pedra fabulosa aqui. Era maior que um ovo e de noite emitia uma luz com a qual se podia encontrar seu caminho. O *sachem* fala de novo. Ele diz que há uma grande fogueira embaixo dos nossos pés. Verdade? Minério líquido nas veias da terra? Estes intestinos de fogo formariam um verdadeiro inferno. Continuamos a andar. Eles andam até que se decide que deveriam descansar durante a noite, sob o abrigo de uma caverna. Ando laboriosamente, embora me sinta renovado e ainda bastante forte. Do jeito que poderia ter subido a Saffron Hill. Bem, amanhã, senhor, começamos a própria montanha. Estarei suficientemente elevado, Sr. Lusher, para aguentar tudo.

Começando a escalar à primeira luz. Escalando por uma corredeira feita pelas águas de neve derretida, agarrando-se às raízes dos arbustos para prosseguir. Pisando nas pedras. Duas horas depois de iniciada a subida chegamos a uma clareira plana coberta de musgo. O *sachem* acende uma fogueira e com o musgo e a neve faz uma sopa excelente. Ela me restaura. Então eles avançam pelo altiplano em direção à próxima face de Wachuset. Esta subida não será nada árdua, Sr. Lusher, está vendo como estas pedras estão empilhadas umas sobre as outras como uma escada? Circula a própria montanha, e eles sobem por seis horas. Entre gelo e neve. Minha respiração se congela num vapor brilhante. Estou andando no meio das nuvens de mim mesmo. Ah, um gradiente mais suave. Terra plana. Eles atingiram outro platô e subiram tão alto que podem ver todos os territórios da região. Montanhas. Lagos. Florestas espessas e inumeráveis. Matagais infinitos, Sr. Lusher. O que o *sachem* está cantando?

Eles caminharam pela planície coberta de gelo, os índios ecoando o canto do *sachem* com seu próprio lamento grave. Esta área deve ter uma extensão de 12 quilômetros, mas o que é isto no centro? É um lago de gelo. Seus cantos estão mais altos, Sr. Lusher. Explique-me, por favor. Bem, veja o senhor mesmo. Ele se aproxima da beira do lago e olha para baixo. Não. Isto não pode ser. Os corpos dos homens nativos, jazendo a diferentes profundidades e em posições diferentes, suspensos no gelo, perfeitamente conservados nas suas atitudes congeladas. Oh, não. Posso ver os rostos como se estivessem vivos. Posso ver as marcas curiosas em sua pele. Este aqui sorri. Isto é possível? Quem é esta gente, Eleazer? Quem são estas estátuas terríveis de gelo?

Eleazer Lusher questiona o *sachem*, enquanto John Milton olha fixamente para os olhos abertos dos mortos. Fizemos uma aliança com a morte e estamos de acordo eternamente. Aquele que crê não terá pressa. O que nos diz ele? Estas figuras estão perdidas na antiguidade, senhor, e têm talvez muitas centenas ou mesmo milhares de anos de idade. Eles são adorados como espíritos. Oh, Eleazer, é a visão mais estranha que eu já testemunhei. O *sachem* fala de novo. O que ele diz? Não pode ser. Nossos amigos devem completar seu ritual de orações, é claro, mas então vamos embora. Está frio. Muito frio. Ele caminha para mais longe. Em seus sapatos de pele de alce e sua capa negra de peles, deve ser algum descendente de uma raça antiga.

Nove

Goosequill havia assistido ao julgamento de Sarah Venn com estupefação. Ele já notara havia algumas semanas que seu mestre mudara depois que voltara dos índios. Milton parecia mais ansioso e inseguro, embora, ao mesmo tempo, tivesse se tornado mais exigente e agressivo. Agora chegara a este ponto. Sarah seria açoitada com grandes velas de cera em lugar público, e sua casa seria totalmente queimada, simplesmente porque ele desaprovava sua religião — talvez ele até segurasse as velas e empunhasse a tocha.

Quando o processo terminou, Goosequill montou seu cavalo e seguiu para Monte Maria. Logo que chegou ao assentamento dirigiu-se à casa de Ralph Kempis, que ficava em terreno próprio na rua principal. A mulher índia de Kempis reconheceu de imediato Goosequill e o beijou no rosto.

— Posso falar com ele?

— É claro.

Kempis parou de tocar quando Goosequill entrou na sala. Virou-se e notou a expressão do jovem.

— Que é isto, Goose? Viu algum espírito errante melancólico?

— Acho que sou um.

Contou a Kempis sobre a prisão, o julgamento e a punição de Sarah Venn.

— Então ele açoitará uma mulher, de fato, por causa da religião dela? Eu o achava detestável. Agora o vejo como desprezível. E o uso de velas... — Kempis ficou furioso e para se acalmar sentou-se de novo diante da harpa. Mas antes que começasse a tocar, ele se levantou do banco e caminhou pela sala.

— Sabe, Goosequill, vou a Nova Milton. Preciso ir agora mesmo.

Goosequill ficou alarmado com a possibilidade de algum encontro acalorado e imediato que provocaria nova ira de Milton.

— Talvez você deva escrever de modo amigável e como vizinho, solicitando tolerância?

— Certamente que não. Quero olhar na cara daquele puritano. Então poderia cuspir nela.

— Ou talvez uma carta em termos elevados, dizendo-lhe para ser mais informado e mais moderado?

— Eu uso a palavra, Goose, não a escrita. Não vou fazer o jogo dele. Vamos ver quanto exato ele será quando eu o questionar. Vamos ver se tem a ousadia de me jogar sua arenga santimonial.

— Você vai ser forte com ele, Ralph?

— Primitivo. Terrível.

— Oh, Senhor. Posso me ausentar por um momento?

— Pode. Não mencionarei seu nome.

Então os dois cavalgaram até Nova Milton, mas quando se aproximaram do assentamento Goosequill foi na frente. Ele entrou em sua cabana, abraçou Kate, beijou a criança, e então correu para a casa de Milton; entrou como se não estivesse estado em lugar nenhum e começou a espanar os livros. Seu mestre estava dormindo em sua cadeira de braços, mas acordou pelo assobio de Goosequill.

— Goose.

— Oh, sim, senhor?

— Esse barulho poderia acordar os mortos.

— Peço desculpas, não percebi. — Ele, de qualquer modo, queria acordar Milton antes da chegada de Ralph Kempis. — Sabe o que estive pensando, senhor?

— O que você esteve pensando, Goose?

— Não poderíamos usar aquelas velas para iluminar a rua principal?

Ele continuou limpando os livros e depois falou de novo.

— A punição de Sarah Venn pode enfurecer nossos vizinhos.

— Que vizinhos?

— Monte Maria.

— Aquela raça vagabunda de jacobitas? Aqueles gafanhotos? Você é muito engraçado, Goosequill.

— Obrigado, senhor, esperemos que venhamos a rir por último.

Nesse momento houve uma batida forte na porta e Milton virou o rosto na direção do som. Sem esperar por instruções, Goosequill abriu para Ralph Kempis.

— Ah — Milton sorriu. — O próprio homem chega. A porta range e o ator entra no palco. — Suas narinas tremiam. — Conheço seu perfume, Sr. Kempis.

— Óleos da Virgínia.

— Acredito, senhor, que o sol americano amadurece espíritos e óleos. — Goosequill andava nervoso atrás dele. — Goose, seus sapatos não estão bem calçados. Poupe-os um pouco por mim. — Kempis sentou-se num banco de madeira e olhava curiosamente para o cego. — Alguma água da fonte, Sr. Kempis? Não temos nenhuma das suas bebidas de Monte Maria, mas a que temos é pura.

— Não, estou satisfeito. Vou ser claro com o senhor, Sr. Milton.

— O quê? Nenhum africanismo enrolado? Nenhuma metáfora pomposa? O senhor não é fiel à sua fé, meu senhor.

— O senhor é culpado de grave transgressão.

— Oh, que será de mim!

— O senhor se prepara para açoitar uma pobre mulher, queimar sua moradia e bani-la, simplesmente porque ela professa a religião católica. Isto é uma barbaridade.

— Goosequill. você ouviu este orador dos mais ridículos?

O jovem estava em pé ao lado da janela, ouvindo a conversa e olhando o jardim. — Ele somente fala a verdade como a conhece, senhor.

— Tome cuidado, garoto, senão você pode se tornar o malabarista de Monte Maria.

— Não, eu também falo o que sei que é a verdade.

— Vamos. É uma conspiração. — Milton sorriu. — Estou arrasado. — Ele mordeu o lábio. — Diga-me, Sr. Kempis, você sodomiza o pobre Goose? É sua maneira de conseguir aliados?

— O senhor é conhecido por ser um mestre da palavra. Fala como uma velhota de Billingsgate.

O comentário incomodou ou perturbou Milton; ele se mexeu na cadeira e inclinou-se para a frente.

— Eu nunca fujo da questão, Sr. Kempis. Não sou algum palhaço brincando com frases. Então eu lhe digo isto, aquela prostituta, Venn...

— Ela não é nenhuma prostituta, senhor. — Goosequill ainda estava olhando por uma janela quando falou. — Isto é injusto.

Milton ignorou a interrupção e continuou falando diretamente para Ralph Kempis:

— A prostituta Venn é uma escrava abjeta do papismo, e não se pode permitir que aquela superstição permaneça ou cresça dentro de uma comunidade bem fundamentada. É por isso que ela há de ser punida.

— Não argumentarei com o senhor sobre a fé.

— Não argumentará? Não poderá.

— Disseram-me que Sarah Venn era uma mulher de vida irrepreensível, que rezava dentro de sua própria casa. Onde está o mal?

— A idolatria privada, Sr. Kempis, representa tanto escândalo mortificante e insuportável quanto uma cerimônia pública. Sei que vocês papistas não são conhecedores das Escrituras, mas posso citar Ezequiel? "Filho do homem, vistes o que os antepassados da casa de Israel fazem na escuridão?" Não haverá escuridão aqui. Não tivemos nossas lições dos primeiros doutores do evangelho somente para ter o papa dentro de nossas fronteiras.

— É uma pena que seus doutores não lhes deram boa saúde. Eles não curam. Eles matam.

— O senhor não me ofende com suas palavras, Sr. Kempis. Ofende Deus. Não é uma coisa sem importância.

— Não é uma coisa sem importância chicotear o corpo de uma mulher e depois queimar sua casa.

— É uma coisa necessária. Não queremos nenhuma Roma neste mundo do oeste. Não se pode transformar um escorpião num peixe ou um papista num súdito livre.

— Tome cuidado, Sr. Milton, ou se engasgará com seus próprios sorrisos. O senhor se esquece de que há muitos católicos em seu próprio país.

— O senhor poderia também dizer que há muitos londrinos ainda viciados no paganismo. Eu sei e lamento isto. Entretanto, serve apenas para comprovar que uma mente miserável, crédula e iludida permanece na vulgaridade.

— Você ouviu isto, Goosequill? Você é um dos londrinos vulgares?

— Assim espero, Sr. Kempis. Tenho alguns maus hábitos.

— Goosequill estava intrigado com a conversa, em que os dois homem se enfrentavam como esgrimistas.

— Então o senhor vê, Sr. Milton, como a vulgaridade está sempre entre nós? Mas aqueles a quem o senhor denuncia como crédulos e iludidos são, para mim, os adoradores do piedoso e do sagrado.

— Oh, sim. Que eles se abastardem na poeira com os índios.

— Como é então que minha superstição pagã, como o senhor a chama, tem durado tanto tempo?

— Eu não confiaria na mera antiguidade, Sr. Kempis. Todas as suas velhas raspas vem de um barril vazio, pois o costume sem a verdade nada mais é do que a velhice do erro.

Ralph Kempis estava atento; sentou-se na beira de seu banco, olhando fixamente para Milton, como se pudesse perceber sinais dos seus pensamentos em suas feições. O próprio poeta estava sentado na sua cadeira de braços, tendo aparentemente recuperado sua compostura e alegria, mas o movimento inquieto dos dedos mostrava seu próprio interesse nervoso no curso da conversação.

— O senhor também esquece, Sr. Milton, que nosso país foi, durante quase mil e seiscentos anos, uma nação católica.

— Não tente me cegar com a treva dos tempos obscuros. Se a Inglaterra foi uma vez sujeita às leis de terror e fascinação, na sua extremidade de servidão, então era sábio torná-la livre.

— Os ingleses eram um povo piedoso, senhor. Eram assim conhecidos em toda a Europa.

— Admito ao senhor que eles adoravam relíquias e contas. Que eles usavam suas becas supersticiosas e suas vestes de flâmines. Mas o que isto significa? Os babilônios adoraram cães de pedra por um período mais longo.

— Nossa fé foi roubada por servidores ardilosos de falsos monarcas que procuravam se enriquecer. Toda a igreja foi pilhada e saqueada.

— Mas em seu lugar foi eleita uma devoção mais pura, sem os cantos resmungados dos padres impostores. Tomamos as Escrituras, não a besta papal, para ser nosso guia.

— Não. Vocês destruíram a adoração comunal de mil e quinhentos anos. Eu lembro quando a Cruz de Cheapside foi derrubada e cortada a machado para fazer lenha. Os cidadãos observaram aterrorizados. Era como se o machado retalhasse seu próprio corpo.

— Aquele ídolo ornamental monstruoso? O senhor tem de fazer um deus de madeira porque está tão longe do espírito. Os senhores fazem seu deus terreno porque não se podem fazer celestes.

— Arte e cerimônia são signos de qualquer fé universal.

— O senhor pensa que Deus deseja um templo material?

— Nossas igrejas significam a comunhão de almas na fé que Cristo estabeleceu.

— E Cristo mediu o tamanho da cruz pagã pintada de Cheapside para ver se era digna dele?

— Nós sustentamos que ela representa na terra a paixão de nosso salvador. O senhor diz que Deus não é terreno, mas ele não veio para a terra? É por isso que na missa...

Milton levantou a mão e disse:

— Está gostando do jogo, Goosequill? Ele lança estas relíquias de superstição para mim porque sua aljava é tão minúscula.

— Eu não concordaria inteiramente com o senhor neste ponto, senhor.

O jovem se viu lançado na discussão. — Se a missa é para o povo, que mal há nisso?

— Então você gosta destas pílulas açucaradas, não é, Goose? Você gosta de seus pequenos dramas num palco putrefato?

— O senhor esquece, Sr. Milton — Kempis respondeu por ele —, que baniu todo o nosso drama inglês nos anos de seu governo?

— O senhor se refere aos escritos daqueles poetastros libidinosos e ignorantes, vendidos por 1 penny?

— Minha acusação, senhor, é que seus irmãos destruíram uma nação livre e feliz...

— Continue. Continue. Esvazie o urinol de seus pensamentos sobre a minha cabeça.

— O senhor procurou extirpar nossa fé e extirpar tradições imemoriais.

— Bom. Apresente todo o inventário. Faça barulho até ficar rouco.

— Nossa nação foi sujeita à sua gente piedosa. Mas pela força da conquista, não da fé.

— Foi a força das simples Escrituras. A alma individual surgiu, uma vez liberta do lixo colateral dos costumes estagnados, de luxúria vangloriosa e do orgulho clerical.

— Os senhores forçaram sua severidade e sua inveja maliciosa onde havia esplendor e esperança. Tentaram destruir completamente uma verdade milenar por um arcabouço mesquinho e miserável de doutrinas.

Milton estava ficando mais afogueado.

— Que menino de escola, que monge não poderia fazer um discurso mais elegante do que este? É claro que o senhor é miseravelmente vazio de divindade e absolutamente desconhecedor das doutrinas do Evangelho.

— Posso não ter a arrogância e a presunção desmedida, senhor. Mas pelo menos não sou um hipócrita.

Milton subitamente empalideceu. Teria este homem informações sobre seu tempo com os índios?

— O que o senhor quer dizer com isto, Sr. Kempis?

— O senhor pretende uma comunidade, entretanto domina tudo. O senhor é um tirano, Sr. Milton.

O poeta respirou melhor.

— Como é difícil para um homem evitar falar loucuras quando se depara com um tolo! Entretanto, eu me controlarei em respeito ao garoto que está conosco. — Goosequill tocou na sua língua e depois fez o gesto de um halo sobre a cabeça de Milton. Milton percebeu o movimento no ar e tocou seu cabelo. — O senhor é um opositor pobre, Sr. Kempis. O senhor ataca minha suposta fraqueza, mas deixa a sua à mostra. O que é o senhor em Monte Maria além de nada mais que o mestre de cerimônias? Ou direi mestre das libações? Ou mestre do perjúrio, quando fala estas palavras para mim?

— Não bato nos ossos de uma mulher inocente. Os índios têm mais humanidade do que o senhor.

— Oh, o senhor lavaria o etíope, não é? Cuidado para que sua negridão não passe para o senhor.

— Vou lhe dizer uma coisa, Sr. Milton. Acho que os índios são mais honestos que muitos cristãos.

— Ouçam isto. Os selvagens são mais civilizados!

— E por que motivo somos mais civilizados?

Milton ficou em silêncio por um momento.

— Liberdades civis. Boas Leis. Religião verdadeira. Todas estas questões pesam profundamente sobre nós.

— Assim também é em Monte Maria.

— Ele ficou ruborizado, Goosequill?

— Não, senhor. Ele é bem corado, mas não vejo nada enrubescido.

— Ele deixa a vermelhidão para as vestimentas excrementosas de seus padres.

— Eu ia acrescentar — Kempis prosseguiu — que as liberdades civis e as boas leis pertencem também aos índios. Eles têm sua própria disciplina, bem como sua liberdade.

— Oh, mais. Escute, Goosequill. Essa é muito boa. Sua arrogância sobe alto demais.

— E a religião verdadeira prosseguirá.

— O senhor quer dizer que prosseguirá em seu credo infernal.

— Eu lhe asseguro outra coisa, Sr. Milton. Prefiro permanecer em meu inferno que viver em seu céu.

— Basta. Não posso discutir filosofia com um palhaço como o senhor.

— Mas, senhor, isto não é justo. O Sr. Kempis veio aqui como amigo.

Kempis sorriu.

— Esqueça, Goose. Não responderei ao vituperador em sua própria linguagem, apesar de tantas provocações. — Houve outro silêncio, quebrado por Kempis. — Então diga-me, Sr. Milton, da forma mais calma e firme possível. O senhor consentirá que a pobre mulher deixe seu assentamento? Estou disposto a levá-la comigo, juntamente com o marido.

— Não. Não pode ser.

— E qual é o motivo do homem civilizado?

— Foi feito um julgamento público. A decisão está tomada e não há metal mais duro que o bom propósito de nossos cidadãos.

— O senhor nada mais tem a dizer?

— De modo algum. — Milton recostou-se em sua cadeira de braços, suspirou profundamente e fechou os olhos.

Ralph Kempis levantou-se, inclinou-se e esperou que Goosequill abrisse a porta. Saíram juntos para a rua e caminharam por um momento.

— Onde ela está presa? — Kempis perguntou discretamente.

Goosequill imediatamente compreendeu o propósito da questão.

— Na casa de vigilância, nesta rua.

— Quem a vigia?

— Saul Tinge é o carcereiro. Há também uma mulher, Agatha Bradstreet, que fica para vigiá-la para evitar um autoassassinato.

— Esse casal precioso guarda as chaves?

— Só existe uma, grande como meu chapéu. Fica pendurada atrás da porta.

— E você tem uma cabeça grande.

— Sei disso.

— Pode uma cabeça grande imaginar um pequeno drama ou intervalo?

— Você quer dizer...

— Alguma coisa para divertir um auditório sagrado. Talvez um incêndio.

— Para que Tinge e Bradstreet deixem a vigilância da casa por um momento?

— Exatamente.

— Que tal se alguém gritar "Pega ladrão! Pega ladrão!" no meio da noite?

— Goose.

— O quê?

— Você é uma maravilha.

Assim o plano foi engendrado. Ralph Kempis cavalgou de volta para Monte Maria, cantarolando bem alto. Logo depois da meia-noite, Goosequill se arrastou até a casa de Humility Tilly. Havia cortinas de pano oleado nas janelas, como nas dos demais colonos, e ele cortou cuidadosamente uma abertura com uma faca de cozinha. Em seguida colocou a cabeça lá dentro e deu uma série de gritos lancinantes, antes de sair correndo. Humility acordou imediatamente e já estava histérica quando pulou da cama.

— Um homem — berrou ela. — Há um homem em minha casa! Ladrão! Oh, julgamento!

Em sua histeria, não sabia o que estava dizendo; saiu correndo da casa, vestida com sua camisola pesadona, e ficou gritando: — Satã! Ladrão! Oh, vilipêndio!

A comoção teve o efeito desejado por Ralph Kempis: Saul Tinge saiu correndo da vigilância com seu mosquete e Agatha Bradstreet foi atrás, para saborear a excitação. Humility Tilly descobrira então que sua janela havia sido cortada com uma lâmina, e desmaiou. Alice Seacoal ajoelhou-se junto a ela e começou a rezar numa voz esganiçada. Outros irmãos saíram de suas casas e, na confusão, Ralph Kempis entrou sorrateiramente na casa de vigilância; colocou o indicador nos lábios, destrancou a porta da cela e levou Sarah Venn para bem longe.

Dez

Dois dias depois, caro Reginald, fui informado de que aquela prostituta papista fora vista se exibindo indecentemente em Monte Maria. Nem o profeta Ezequiel, cozinhando sobre o esterco do homem, poderia conter sua santa ira. "Aquele mentiroso impudente! Aquele facínora! Aquele Kempis abjeto! Gostaria de enfiar um ferro afiado nele. Gostaria de transpassá-lo com uma lança enquanto ele se retorcesse na latrina!"

"Este é um lugar onde eu não o guiarei, senhor." Este garoto, chamado Goosequill, era agora amargura e irritação perpétua para mim. Presumi que ele fora infectado pela doença romana transmitida pelo palhaço Kempis, mas guardei minha opinião. Não disse nada, apesar de meu coração se endurecer em relação a ele. Planejei e agi sozinho.

Convoquei um conselho logo depois, para considerar como os irmãos poderiam melhor proceder contra nossos vizinhos barulhentos e refratários. "Reunimo-nos aqui por nosso bem-estar e nossa segurança", informei a eles. "Temos um assentamento pagão ao nosso lado, que agora procura claramente diminuir nossos números, arruinar nossas propriedades e acovardar nossos espíritos livres. O que são esses papistas, de verdade? Para nossas bolsas e bens são um bando estroina de assaltantes, dedicados à rapina e ao tumulto perpétuo. Para nosso estado eles provaram ser uma hidra continuada de ridículo e embaraço, uma forja real de rebelião e discórdia. Eles ameaçam turbulência e combustão. Aguçam o ferro em brasa temível da discórdia civil. Irão do ardil à corrupção e talvez à violência. Quem poderá dizer?"

Accepted Lister levantou-se, comovido com minhas palavras e clamou pelas entranhas de Cristo. "Lançai fora o velho fermento", gritou ele.

"O Sr. Lister é um homem de Deus e estou muito revigorado por sua citação de Paulo. Encoraja-me para dizer, meus coríntios, o que está em meu coração. Pensei, de início, que o intercâmbio civilizado com os papistas deveria ser tolerado, mesmo que nunca pudesse haver amizade sincera ou familiaridade."

"Que Deus nos livre!" Esta era a querida Humility Tilly, completamente recomposta e bem-humorada depois de sua dura provação na noite da fuga da papista.

"Deus nos livrará, boa senhora Tilly. Compreendemos agora que temos de sofrer indignidades contra nossa religião, tanto em palavras e ações. Temos de nos resguardar contra seduções..." Olhei para ela, que gemeu em voz alta. "Temos de ter idolatrias e superstições até diante de nossos olhos. Temos de ser atormentados com ações impuras e profanas disseminadas pelo mundo. Não já vimos como se tornaram brutais, ímpios e hipócritas esses colonos jesuítas?"

"Nossos portais de marfim foram feitos em pedaços!"

"De fato. A senhora fala com justiça, Alice Seacoal. Eles estão nos perseguindo perpetuamente, tentando nos desviar da verdadeira adoração de Deus. Isso tudo representa escravidão para um cristão. Vocês sabem que sou um homem moderado, não inclinado a armas ou a muita comoção. Mas, verdadeiramente, não podemos sofrer hostilidade tão cruel e violência tão ultrajante." Não exagerei meu objetivo. Houve um profundo silêncio, agradável para minha cegueira. "Então precisaremos de fortes e guarnições. Vamos reunir guardas armados. Não poderemos interromper nossa vigilância contra o inimigo atento. Bons irmãos de Nova Milton, temos de recrutar um exército! Teremos nossos próprios soldados e capitães, escolhidos entre os mais resistentes e fortes de nós, que serão devidamente exercitados e treinados. Manteremos nossas armas em alerta permanente, com todos os mosquetes e espadas e pólvora e balas que Cristo proverá para nós. E quem poderá dizer o resultado? Pode ser, povo de Deus, que o Senhor tencione realizar mais grandes coisas, por nosso intermédio, que o mundo desconhece. Agora, cantemos o hino da *Aliança da Graça*?"

Onze

— Oh, aqui está Martha em seus braços. Martha bonitinha. Martha com três semanas. O que vai acontecer conosco agora, Martha queridinha? Posso segurá-la, Kate? Kate, acho que este lugar corre perigo. O Sr. Milton persuadiu os outros a armar um exército. Ele lhes disse que Ralph Kempis quer nos atacar. Ou sua mente está variando ou tem algum esquema próprio. Não está certo, Kate. Não é razoável. Ele está tão amargo como uma maçã de Clarkenwell, mas pode não ser tão verde. Vou para Monte Maria antes que a maçã amarga envenene todos nós.

— Goosequill! Onde anda você? Na câmara da sua senhora?

— Não, Ralph. Para cima e para baixo. Céu e inferno.

— Presumo que aqui seja o purgatório?

— Oh, não. O Sr. Milton não me deixa acreditar em tal lugar.

— Porque ele é um demônio. Venha e tome algum *appowock*. Sente-se. Prove este delicioso cordial, feito de uma mistura de vinho e sabugo. Você viu o andaime, e o tecido de púrpura e o salão de estuque? Vou ser coroado amanhã, sabe. Rei de Monte Maria. Você conhece meus cortesãos, é claro?

— Um Whitehall regular, não é?

— De fato. Temos nossa quadra de tênis. Temos nossas escadas até o rio. E como você está vendo, esta é a casa de banquetes. Quer um pouco de carne?

— Há um velho ditado, Ralph, que é melhor falar antes de comer. Posso falar confidencialmente? Você está mesmo decidido a ser coroado rei?

— E por que eu não seria monarca? Tenho o mesmo direito que Cromwell, que vestiu a púrpura real.

— Não discuto isto. Mas você sabe que nossos amigos puritanos não simpatizam com reis.

— É daí? Estou amarrado a seus desejos piedosos?

— Escute, Ralph. É por isso que estou aqui. John Milton tenciona criar um exército regular. Deseja construir guarnições e fortes. Ele é um inimigo perigoso, Ralph, e estará vigiando constantemente.

— Você ficou muito tempo com os irmãos, Goose. Está tão cheio de terrores noturnos que estou surpreso que consiga dormir. O Sr. Milton não marchará contra nós, eu lhe garanto. Venha aqui fora um momento. Olhe em torno. Nossa colônia tornou-se grande. Descanse aqui esta noite e veja o espetáculo amanhã de manhã.

Doze

Fui informado da cerimônia, caro Reginald, do milagre, do mistério, da comédia de máscaras no dia seguinte. Meu índio espião, Ezekiel Kuttowonck — que significa em sua língua Ezekiel "que trombeteia para a frente" — que é meu agente e meu olho secreto na mansão espalhafatosa dos papistas. Ele finge a fé deles, mas volta para mim com notícias de suas loucuras. Assim, soube imediatamente da coroação, da deliciosa blasfêmia no novo mundo. Kempis, o rei da cerveja e da confeitaria, foi carregado numa padiola dourada; usava uma roupa de várias plumas coloridas costuradas num manto de linho e em torno do pescoço pendurava uma enorme corrente de ouro. Os jesuítas sodomitas puxavam a procissão, cantando, enquanto um feiticeiro índio chacoalhava grãos numa cabaça ao ritmo das vozes graves. Kempis foi levado a uma espécie de palco elevado pela parelha santificada, e conduzido a um trono como uma cadeira de meretriz enquanto os papistas e os selvagens cantavam o hino de Maria "Todas as gerações te chamarão abençoada". Não consegui conter a gargalhada quando ouvi isso, Reginald, e Ezekiel riu comigo. Então, disse-me ele, numa pompa lasciva, uma coroa pagã de conchas e pedras foi colocada sobre a cabeça de Kempis. Oh, magnificência!

"Vejo que aquele bobo é como algum ator medíocre", disse eu, "tão desejoso que batam palmas para ele. Bem, vou dar tapas fortes nele. Vou bater bem forte em algum calabouço fedorento. Por natureza o papista gosta muito mais de estar enfeitiçado do que em liberdade. Mas não lhe darei um cativeiro fácil. Não quando o tiver em minhas mãos. E digo isto, bom Ezekiel: o rei Kempis não poderá invocar imunidade no santuário de sua igreja bestial!" Eu falara muito profundamente para um índio, então lhe falei de modo mais simples. "Pode me deixar agora, enquanto falo com Deus?" Oh, então eu chorei e gemi. Tomei a comunhão e suspirei e lamentei tão alto que o nativo voltou em premonição. Ele me encontrou ajoelhado no chão, com lágrimas me cegando, eu que já era cego. "O Senhor toma a minha mão e me guia, Ezekiel Kuttowonck. Ele murmura para mim. Ele me ordena. Foi-me dito, em sua simples linguagem, que é meu dever guerrear o depravado Kempis até o fim do mundo. Que assim seja." Ele me ajudou a ficar de pé, enquanto eu sussurrava para ele. "Você precisa me dar toda assistência."

Convoquei uma assembleia, em frente à qual me levantei com grande temor e agitação. "Vocês ouviram dizer", disse eu, "que o charlatão foi agora coroado rei? Fugimos da escravidão da tirania real para encontrá-la de novo em nossas portas? Conhecemos esses reis. Sabemos como Kempis tentará reunir a soma de todas as coisas sob um homem e reduzir esta terra à escravidão." Eles viram minha fúria e sabiam que algum grande momento estava para ocorrer. "Que temos a nosso lado senão um poder forte e isolado, cheio de homens malvados e licenciosos que são treinados e governados por conselheiros papais? Oh, isto nunca poderá acontecer." Ezekiel enxugou meu rosto com um pano de linho. "Estou temeroso por nossa comunidade, bons cidadãos. Quem pode dizer que esses papistas desumanos não fomentarão e contratarão secretamente os mercenários de outra nação armada? Quem sabe se um enxame deles não invadirá nossas casas? Por que eles podem trazer uma esquadra para os portos da Nova Inglaterra e desembarcar uma equipe pútrida de papistas irlandeses?" Foi doce, então, ouvi-los cantar trechos do salmo 28. "E ainda pior. Eles têm outros aliados. Têm os selvagens." Então os irmãos tagarelaram como andorinhas e murmuraram como gruas. "Ouvi dos lábios daquele charlatão, Kempis, tão louco da cabeça que uma vez pensou em debater comigo. Que vaidoso reles ele é! Nenhuma besta é menos desprovida de senso! O beberrão me confessou que as hienas jesuítas têm viajado entre os índios, catequizando-os para seus princípios pagãos. Ensinaram a eles a adoração de imagens, que até os próprios selvagens uma vez condenavam como execrável. Uma bola de neve poderia se formar, rolando por estas províncias escuras de ignorância e lascívia, a qual nos poderia ameaçar. Bem, mestres, que acham do jogo deles?" Seaborn Jervis se inspirou para falar alguns versos do Apocalipse, aos quais me juntei.

Então a pergunta veio de Preserved Cotton: "O senhor falou antes de exércitos e guarnições, senhor. O senhor agora nos diz que devemos realmente fazer guerra para subjugá-los?"

"O que pode ser mais nobre e útil, bom Preserved, do que contestar os inimigos dos ingleses verdadeiramente nascidos?"

"É uma decisão grave, Sr. Milton."

"Mas será feita com justiça. Os tiranos devem ser punidos de acordo com os propósitos e a ira de Deus. Nossa liberdade não deve ser subtraída por um exército de papistas. O senhor deseja que nossos direitos sejam esmagados?" Parei subitamente. "E eu vos direi alguma coisa mais, que nos aterrorizará além de qualquer outra causa. Todos vocês conhecem Ezekiel, penso eu? Ele encontrou Deus entre nós e, desde sua salvação do diabo, tem trabalhado cada vez mais por nós. Agora ele descobriu um segredo em Monte Maria que clama ao céu por vingança! Fale, Ezekiel Kuttowonck!"

Meu índio deu um passo à frente, cruzou os braços e colocou sua mão em meu ombro. "Este é o homem", disse ele, "que sabe tudo e fala a verdade."

"Obrigado, bom Ezekiel. Ele trouxe para mim certas informações sobre uma vasta e maligna traição do demônio Kempis. Aquele homem vil está criando uma liga universal com os índios, com o objetivo de se reunir a ele para extirpar os irmãos de Deus desta região!" Nunca houve tantos gritos e gemidos; por um momento parecia que eu estava ouvindo as vozes do pandemônio. Mas controlei meu próprio temor e ordenei: "Quietos! Fiquem quietos!"

Accepted Lister, sentado perto, diante de mim, gritou: "Senhor, há gafanhotos sob nossos pés. Não se pode discutir com eles. Temos de marchar sobre eles!"

"Concordo com você, Accepted. Eles são de fato vermes peçonhentos que se esforçam para encorajar inimigos contra nós. Mas, pode ficar tranquilo. A alta dispensação de Deus nos deu uma proteção contra os ataques dos homens, e ouso assim dizer. Mas temos de agir nós mesmos. Kempis e seu grupo infernal não serão reprimidos sem uma guerra. Estamos todos de acordo?"

Houve gritos de "Sim!" e "Estamos!", que foram mais doces para mim do que a mirra de Hebron.

"Mas não somos tão cegos para achar que até nossas mulheres e crianças poderiam levantar-se e caçá-los. Eu viajarei, enquanto há tempo. Irei para todas as grandes cidades da Nova Inglaterra para formar uma confederação com todas as outras igrejas de Cristo. Procurarei os magistrados e lhes falarei de seu perigo iminente. Levarei minha palavra aos homens livres e aos delegados que estão à frente de seus soldados. Levantarei um exército do Senhor para destruir completamente esses papistas. Suas flechas emprestadas dos selvagens perderão suas pontas douradas, seus vestidos de púrpura se desfiarão, suas contas de seda escorrerão de seus nós. O povo de Deus da Nova Inglaterra purificará aquele covil de Satã em meio a nós. A raça escolhida será salva!"

Suas palavras de "Guerra! Então guerra!" eram como ondas em torno de mim. Um dos filhos de Deus gritou: "Nenhuma submissão!", e outro proclamou: "Guerra declarada!" Assim prevaleci.

Na manhã seguinte, sob minhas instruções, foram enviadas cartas por mensageiro urgente para todas as principais cidades e assentamentos de nossa região. "Pelo povo cristão de Nova Inglaterra", escrevi, "devemos nos unir todos numa confederação estrita e solene." Sugeri que nos deveríamos chamar Colônias Unidas de Nova Inglaterra, e que os artigos de associação deveriam ser concordados e concluídos no espaço de um mês. "Os índios selvagens", disse eu aos irmãos de nossa região, "podem em pouco tempo ser convertidos pelos papistas numa nação guerreira e perigosa, e se tornar como tantos irlandeses que se lançaram sobre nós. Ajam com toda rapidez. Saudações."

Na mesma noite, quando todas as cartas haviam sido despachadas, foi-me relatado que um cometa ou uma estrela cadente fora visto cruzando o céu; inclinou a cauda na direção do oeste sob a forma de um pilar, e isto foi tomado como um signo portentoso para a comunidade. Alguns irmãos, trabalhando para queimar e derrubar a floresta perto de Nova Milton, insistiram comigo que haviam ouvido o estrondo de um grande canhão e então os fortes estampidos de armas leves; alguns momentos depois ouviram rufar de tambores no ar, passando na direção oeste, enquanto tropas invisíveis de cavalos galopavam entre as árvores e os arbustos do matagal escuro. É o começo, caro Reginald, de uma grande mudança.

Treze

Montei a cavalo com Ezekiel Kuttowonck, e começamos nossa viagem para Nova Plymouth. Foi uma ocasião para aconselhamento e boa camaradagem com a irmã mais velha de todas as colônias unidas, para levantar armas e homens contra a besta de chifres do Apocalipse, de modo que determinei que o nativo piedoso deveria se vestir com roupas inglesas. Faria bem a seu coração, caro Reginald, vê-lo com um casaco simples de cambraia, um cachecol branco no pescoço e um chapéu de abas largas na cabeça selvagem.

Minha presença nestes territórios, minha história e minha reputação eram bem conhecidas dos anciãos de Nova Plymouth. Assim, eles se reuniram e me ouviram com a devida seriedade quando eu lhes falei do rei Ralph e seu exército indígena. "A Igreja de Cristo", disse-lhes, "foi plantada aqui oito anos antes de qualquer outra em Nova Inglaterra. Então eu os visito em primeiro lugar para servir sob o estandarte do Senhor e reunir todas as suas forças contra o anticristo." Houve tanta dedicação entre eles que chorei. Prometeram-me um regimento de cinquenta homens e mandaram um emissário ao sul, para Connecticut, implorando assistência militar para nossa causa comum.

Viajamos ainda mais, para exortar os irmãos de Hingham, na costa marítima; há somente oitenta famílias adorando ali, mas a cidade está sendo erodida continuamente pelo mar, e eles portanto são muito elogiados por sua coragem e perseverança. Houve uma disputa entre eles na questão da eleição da milícia — mesmo entre os escolhidos há divisões —, mas em vista da minha solicitação urgente, 12 jovens decidiram servir sob a bandeira do Senhor. De Hingham viajamos a uma pequena distância para Weymouth; que era conhecida por Ezekiel como Wessagusset, conforme ele me informou, sendo a região na qual seu próprio povo morara anteriormente. Agradeci ao Senhor que onde existira pantanais nativos os irmãos haviam cultivado pastagens e plantações. Ali, num campo muito bem cuidado e drenado, exortei o povo a lutar o bom combate. De Weymouth cruzamos o rio Fore e chegamos a Braintree, ao lado de Mount Wollaston. "Vocês têm grande quantidade de terra preparada aqui", disse a eles. "Providenciem proteção contra as criaturas que vêm à noite e as danificam." Entrementes, muitos voluntários se apresentaram para a velha e boa causa. Atravessamos o Neponset e chegamos a Dedham, onde Ezekiel me descreveu todos os campos bem irrigados e as frutas dos jardins. "Vocês têm boa agricultura aqui", declarei a eles. "Mas agora temos de cultivar as vinhas de Cristo." Depois que eles se comprometeram com meu exército, voltei-me para Ezekiel. "Venha, bom serviçal", disse em voz alta, "Agora devemos ver os brotos de Dorchester."

Entretanto, enquanto nos aproximávamos, Ezekiel me sussurrou que o lugar parecia tomar a forma de uma serpente. Ele observou que a rua principal formava uma curva para o norte, na direção da ilha Thompson, enquanto as casas dos irmãos se concentravam no meio como o corpo e as asas de uma besta. A cauda, com pomares e jardins, era tão longa que a cidade dificilmente teria sido projetada. "Não é possível", disse eu. "Não podemos cavalgar dentro das mandíbulas da imagem da serpente." Ele compreendeu de imediato e mudamos nosso caminho, seguindo na direção de Roxbury. Exortei os irmãos anciãos naquele local piedoso, e depois de poucas palavras, persuadi-os a me emprestar sua companhia de soldados. Conversei depois com seu professor mais idoso, John Eliot, conhecido como "O Apóstolo dos Índios" por causa de seu trabalho pastoral. Senti que ele era conhecedor dos selvagens mesmo quando falou comigo. "Então o senhor tem certeza dessa conspiração com os índios, Sr. Milton?"

"O senhor tem experiência com eles. Deve conhecê-los como sendo um povo cruel e implacável que não teria escrúpulos em nos matar em nossas camas."

"Eu vi muitos deles aceitarem Cristo, senhor."

"Isto é bem feito, Sr. Eliot, mas eles são preponderantemente pagãos."

"Com o tempo..."

"Tempo? Não temos tempo. O perigo é imediato e ameaçador."

"Mas onde está sua prova. Senhor?"

"Prova? Minha prova é minha palavra." — Fiz uma mesura para ele mas voltei-me para Ezekiel Kuttowonck. "Venha, seguidor fiel. Temos que seguir para Boston, que é corajosa e sem hesitações."

Fui recebido ali por Outspoken Mather,* que já se correspondera comigo com palavras bondosas de filho de Deus. Encontramo-nos no portal da Igreja de Cristo e nos abraçamos com grande ternura. "Diante de si, Sr. Milton, vê-se uma cidade maravilhosamente mudada sob o comando do Senhor. Oh, perdoe-me."

"Não se desculpe, Sr. Mather. Vejo tudo com minha visão interior, que é muito melhor."

---

*Em inglês, Mather Sincero. (N. do T.)

"Dito de forma preciosa, se me permite. Sem dúvida sua visão interior é como um espelho."

"Tão brilhante e forte como meu coração, senhor."

"Oh, quão adequadamente falado! Sabia que nossa grande cidade é feita em forma de coração pois foi construída entre três colinas?"

Refleti sobre a forma da serpente em Dorchester e a de coração deste lugar, e por um momento, caro Reginald, toda a terra de Nova Inglaterra parecia para mim como o corpo pintado de um índio. Arrepiei-me e afastei a imagem do diabo. "Mas confio que os senhores já purificaram a selva nativa. Removeram toda a malignidade."

"Oh, sim, de fato. Nesta rua pavimentada onde estamos havia antigamente um grande pantanal. Onde no passado os ursos e os lobos cuidavam de suas crias, agora temos as nossas crianças piedosas brincando de um lado para o outro."

"Tudo isso, para mim, Sr. Mather, pressagia uma cidade suntuosa. Agradeço a Deus."

"Esta é uma reflexão encantadora que partilharei com os irmãos no próximo domingo."

"Mas vocês estão bem defendidos contra os selvagens que vêm de noite? Onde estão suas guarnições e barricadas?"

"Oh, Sr. Milton, como lhe informei em meu último despacho, estamos totalmente preparados para os feitos da guerra. Temos canhões e engenhos suficientes para qualquer boa batalha."

"O senhor me escreveu, não é, que pode resgatar o Senhor da boca do leão e das patas do urso?"

"De fato escrevi."

"Foi bem escrito. Desgraça para vós, Anticristo! Deus guia cada bala disparada contra ti!" A exclamação exalava um leve aroma de linho antigo, que para mim não era desagradável. "O senhor conhece a natureza de nossa missão, Sr. Mather?"

"É claro. A tropa dos homens de Boston, comandada pelo capitão George Hollies, está pronta para seu comando. O senhor sabe que temos outros regimentos nesta região. Providenciei para que outros grupos venham de Cambridge, Sudbury, Concord, Woburn, Watertown e outros lugares nas redondezas. Eles têm se preparado para este momento, senhor, desde que lhes foram fornecidas armas."

"Isto me agrada."

"Menciono Cambridge primeiro, Sr. Milton, porque o senhor tem um convite ali."

"Ouvi vários relatórios de ensino cristão."

"Os homens são instrumentos preciosos, estimado senhor. Nosso antigo presidente ficou emaranhado nas armadilhas dos anabatistas..."

"Oh! Não mais!"

"Mas o colégio retornou ao trabalho do Senhor. A grande massa é sagrada."

"Bem colocado, Sr. Mather."

"As fontes de conhecimento têm sido constantes..."

"...E as doces águas da corrente de Shilo continuam a jorrar." Eu conhecia bem a passagem, e se ele não continuasse a falar eu teria aventurado um comentário sobre ela.

"Na sexta-feira seis jovens deverão se formar e foi sugerido que o senhor poderia discursar para eles." É claro que assenti, e juntei minhas mãos como em oração. "Nossa escola tem menos de trinta anos, mas eles foram treinados em todo bom ensinamento. Uma biblioteca nos foi legada..."

"Uma biblioteca?" Era a primeira vez que me relatavam o fato nesta terra e quase não contive meu espanto. "De que tipo?"

"O fundador, John Harvard, nos legou duzentos e sessenta volumes. Teologia, Direito e Astronomia. Examinamos tudo por dentro e por fora."

"Harvard era um homem de Londres, não é?"

Outspoken pareceu hesitar. "Seu pai era um açougueiro em Southwark."

"De fato? Wolsey também era filho de um açougueiro. Deve haver alguma coisa na carne." Entretanto, meu pensamento já vagueava em meio aos livros. "Essa biblioteca deve ter aumentado depois que foi legada a vocês?"

"Um reverendo ministro, Theophilus Gale, deixou-nos um bom número de tratados. Mas, com certeza, o senhor verá?"

E assim foi, caro Reginald, que Ezekiel Kuttowonck ficou hospedado numa família de "índios que oravam" enquanto Outspoken Mather e eu pegamos a barca para atravessar o rio, até Charles Town. "Quando cheguei aqui", Mather me informou enquanto estávamos no deque, "costumávamos atravessar em chatas."

Coloquei o rosto contra a brisa e meu coração se alegrou. "Os barcos de fundo chato do contentamento."

"Sim, o Sr. Chauncy diz que o conhecia então."

"Como é isto?"

"Oh, Sr. Milton, eu estava guardando esta notícia. Charles Chauncy é o presidente da nossa escola. Ele foi professor de hebreu na Universidade de Cambridge. Ele me diz que os senhores eram colegas estudiosos por lá."

"Chauncy? Vamos nos encontrar bem, Sr. Mather, depois de um grande intervalo!" Aquela era uma grande e bem-vinda notícia para mim — encontrar um homem de livros e velho companheiro era uma surpresa tão inesperada e agradável que ri alto. "Não somente hebreu, mas grego. Quanto tempo temos de viagem?"

Não era muito. Logo depois eu estava caminhando em uma verde New Town, ou Cambridge, como é agora chamada, onde saboreei a presença da sabedoria. "Com certeza, Sr. Mather, meu nariz detecta a biblioteca!"

"Isso mesmo, senhor. Ali está o salão do nosso colégio. Ali estão as casas dos nossos companheiros e estudantes. Desculpe, sei que o senhor não pode..."

"Continue."

"Entre eles está a nossa biblioteca. Oh, aqui está o Sr. Chauncy para nos receber."

"John Milton!"

"É você?"

Apertamos as mãos e nos abraçamos. "Bem vindo à luz do sol, John. Agora você retornou a Cambridge!"

"Mas é o velho mundo ou o novo?"

"Ambos, John. Ambos." Charles sempre fora um garoto alto, e um homem alto, e senti o conforto familiar de seu companheirismo. "Agora vamos comer. Você deve comer."

E assim, Reginald, sentamo-nos juntos depois de nossa carne e falamos dos velhos tempos. Ele fora um estudante na escola de Cristo em Londres e eu calouro no colégio São Paulo, antes de irmos para Cambridge. "Você se lembra do jogo, John? *Salve tu quoque, place ti mecum disputare?*"

"*Placet.*"* Oh, aquele tempo em Londres, quando discutíamos entre os vagões e os cocheiros. "Costumávamos nos encontrar em Cornhill."

"Não, você está enganado. Era em Bucklersbury. Onde ficavam as barcaças."

"Onde Tom Jennings caiu. Você lembra se ele se afogou?"

"Infelizmente não. Tornou-se juiz na Corte do Rei e mandou enforcar muita gente." Chauncy ficou em silêncio e eu podia ouvi-lo beber a água de seu copo. "Então você veio com notícias terríveis, John. Ouvi falar de Kempis e seu grupo." Eu esta-

---

*"Salve, queres discutir comigo? Quero." Desafio entre estudantes ingleses da época para discussões de gramática latina (*N. do T.*)

va relembrando os dias de minha juventude, quando eu andava pela cidade e sonhava realizar grandes feitos; com aquele nome despertei espantado. "Vai haver guerra?"

"Não pode ser evitada." Fui mais enfático com ele do que pretendia. "Ele quer destruir ou escravizar todos nós."

"Mas temos nossos regimentos de soldados. Temos tantos canhões que ele não poderia pensar em nos atacar."

"Eu lhe digo, Charles, ele tem os selvagens consigo. Planeja sublevá-los numa rebelião armada contra nós."

"Não é possível..."

"Sim!" Levantei-me em justa ira e então continuei meu discurso. "Pode acontecer. Eu os vi. Seus estudiosos aqui são isentos por lei. Não precisam prestar serviço militar."

"Temo uma conflagração, John, que envolveria estudiosos e os demais."

"O ar venenoso de Monte Maria será purgado pelo fogo."

"Quando éramos jovens, sempre falávamos de paz. Lembra-se de como lemos *Utopia*?"

"Tomas More era um papista. Agora devemos colocar de lado as infantilidades..."

"Mas começar uma guerra nesta nova terra!"

"Não proponho começar nada. Desejo apenas proteger o que todos nós ganhamos. Liberdade. Fé."

"Não posso acreditar que haja alguém nesta terra imensa que verdadeiramente deseje destruir estas coisas."

"É a natureza humana, Charles. Natureza decaída." Não podia mais tolerar aquela conversa. "Posso ver a biblioteca agora?"

"É claro. Sabe que temos a primeira parte do poema *Poly-Olbion*, anotada por Selden?"

"Verdade? Como fez a viagem pelo oceano?"

"Eu trouxe comigo." Ele riu. "Venha." Assim caminhamos pela relva da casa de Charles Chauncy, e tão logo entrei na biblioteca senti a presença de livros a meu redor. Quase podia ouvi-los, caro Reginald, enquanto murmuravam para mim a verdade, a presença e a consanguinidade. "John, tome isto."

Ele me deu um livro e eu passei a mão sobre a encadernação, acariciando seu frontispício. "Eu o conheço. *De Antiquitate Britannica Ecclesiae*. É o trabalho de Matthew Parker."

"Excelente."

"Foi o primeiro livro a ser impresso privadamente em nosso reino. Onde você o guarda?"

"Numa estante cheia de outras raridades."

Levei-o às minhas narinas. "Cuidado com as traças, Charles. Sinto alguma estranha dentro do couro. Que mais você tem aqui para mim?" Fui apresentado a muitos de meus velhos e bons amigos, entre os quais *De Nuptiis et Concupiscentia*, de Agostinho, *De Fato*, de Cícero, e as *Metamorphoses*, de Ovídio. Havia um estudioso trabalhando em sua mesa perto de nós. "Ouço sua pena sobre o papel, bom senhor. O que é? Algum tratado valioso?"

"Não, senhor. Um poema."

"Um poema?"

"O jovem Sr. Thomas é nosso poeta épico, John. Ele celebra seu país de acordo com as doces áureas de Aristóteles."

Aquilo me interessou de modo peculiar. "Você adorna seu título em forma clássica?"

"Chama-se *America*, senhor. Ou *Paradise regained*.* Estou seguindo o modelo de *The Fairy Queen*."**

"Em rima iâmbica?"

"Não, senhor. Em seis livros. Estou usando versos heroicos sem qualquer rima."

---

*"Paraíso reconquistado". (*N. do T.*)
**"A rainha das fadas". (*N. do T.*)

"Muito bem. São as medidas de Homero e Virgílio. Posso ouvi-lo um pouco?" Ele recitou para mim as passagens introdutórias de seu *America*; ouvi cuidadosamente e considerei-o bom.

Na manhã seguinte falei para os seis estudiosos que estavam concluindo sua formatura. No fim de meu discurso, é claro, aludi à razão de minha viagem. *"Populum nostrum tyrannicide pressum, miserati (quod humanitas gratia facium), suis viribus Tyranni iugo et servitute liberent".* Charles Chauncy tossiu, com um pigarro da garganta, enquanto os estudiosos de Harvard naturalmente permaneceram graves e silentes.

---

*Paráfrase, do ator, paráfrase de discurso de Cícero ao Senado Romano, defendendo o assassinato de tiranos para liberar o povo oprimido do jugo e da servidão, o que seria bom para a humanidade. (*N. do T.*)

Quatorze

Então Milton persuadiu os colonos da Nova Inglaterra a se unirem à sua grande causa; em semanas, bandos de soldados de Salem, Bostson, Ipswich, Roxbury e outras cidades estavam acampados nos campos além de Nova Milton. Desde o início, Ralph Kempis havia sido informado dos planos do cego; logo que Goosequill ouviu a declaração de guerra na assembleia convocada às pressas, cavalgou secretamente para Monte Maria. Kempis quase não acreditava na notícia.

— Ele suspeita que eu esteja conspirando secretamente com os índios contra os outros colonos? É loucura. Nada mais que loucura. Por que eu mataria minha própria raça?

— Ele diz que você quer ser rei de todos.

— Oh, sim. E sem dúvida fazer com que todos se curvem diante de ídolos horríveis?

— Este parece ser seu plano geral.

— Mentiras e insensatez. Peidos e fúria.

Mas ele se tornara mais agitado e começou a andar nervosamente na sala de estar de sua casa.

Goosequill notou um pequeno volume numa mesa lateral; era encadernado com couro negro, com uma fivela de metal, como uma bíblia. Ele o pegou.

— Você está vendo isto, Ralph?

— Claro que vejo.

— Você juraria sobre isto?

— Se você quiser. Por quê?

— Faça um juramento, Ralph Kempis, de que não há uma palavra verdadeira naquelas informações.

Kempis colocou solenemente sua mão sobre o livro:

— Assim eu juro.

— Solenemente?

— Muito.

— Você pode beijar o livro, por favor, Ralph Kempis?

Ele se inclinou e tocou o volume com os lábios. Então começou a sorrir.

— Isto não é de modo algum solene, Ralph.

— Mas de fato é um livro sagrado, Goose. Olhe. — Ele abriu a fivela de metal e revelou ao rapaz um manual de cura de doenças venéreas. — Não poderíamos fazer nada sem ele.

Naquela noite Kempis e seus associados mais próximos se reuniram numa das tavernas de Monte Maria. Goosequill já os alertara de que Milton planejava reunir reforços militares das cidades da Nova Inglaterra e o tom da discussão foi sombrio. Goosequill também estava certo de que os irmãos de Nova Milton tencionavam atacar os papistas tão logo tivessem um número suficiente de soldados. O que, então, poderia ser feito? Teophilus Skelton, um confeiteiro, sugeriu que eles deviam deixar o assentamento e retornar para a Virgínia. Mas Kempis opôs-se veementemente; ele não seria oprimido pela tirania, nem fugiria como um potro assustado daqueles puritanos atormentadores. Não, eles deveriam construir uma fortificação em torno de Monte Maria enquanto era tempo. Havia setecentos homens no assentamento, incluindo os índios; eles tinham armas e morteiros, enquanto os índios possuíam arcos e flechas mortais.

— Foi Milton — disse ele — quem perturbou nossa paz abençoada e trouxe a miséria a estes territórios. Ele induziu milhares à malícia, mas cairá sobre sua própria cabeça. Podemos não ser iguais em número, mas com Cristo e sua Santa Mãe do nosso lado, nós os repeliremos!

A matéria foi decidida por unanimidade, os ingleses e os índios votando igualmente com fichas de marfim, e foi finalmente decidido que Monte Maria seria fortificada e guarnecida.

Duas semanas mais tarde, a alguns quilômetros de distância, John Milton discursou para os irmãos. Havia denúncias de que os soldados acampados nos campos vizinhos estavam comendo o milho e outros mantimentos da comunidade; o preço dos gêneros estava aumentando e os colonos estavam irritados com isso. Foi a primeira ocasião na qual Milton se viu obrigado a manter sua autoridade depois da chamada geral às armas, e ele o fez de boa vontade. Falou sobre seus inimigos comuns, pagãos, e sobre a devastação e desolação que certamente se seguiria se o rei Ralph Kempis "nos arrastasse para a lama".

— Admito que há justa causa para suas reclamações, — continuou ele — mas vocês compreendem a malícia impiedosa que guia nossos adversários? Abaixo com eles! Abaixo com eles! Até o chão!

Isso falou aos brios dos irmãos, que com fervor redobrado começaram a cantar trechos do hino "Trombeta prateada do sapateiro".

— Em minha imaginação — Milton continuou — vejo uma floresta cheia de lanças e um escudo compacto de imensurável profundidade. Esse é o exército de soldados de Cristo marchando para seu destino!

Naquele dia Milton declarou que o assentamento deveria ser cercado de fortificações, assim como por uma longa trincheira; em cada ponto de acesso foram colocados montes de pedras, guardados por uma patrulha permanente de soldados. Ralph Kempis havia tomado suas próprias precauções. Na margem do rio que havia perto de Monte Maria ele colocou estacas pontiagudas e protegeu o próprio assentamento com trincheiras e fortificações. Decidiu também que as mulheres e as crianças escapariam para a segurança dos pântanos no momento de qualquer confronto. No intervalo da batalha, entretanto, decretou que a santa missa seria celebrada todas as manhãs. No mesmo período, Milton estabeleceu um dia de solene humilhação.

Todos esses preparativos logo se completaram, e nas semanas finais de 1662 seguiu-se uma atividade esporádica e inconclusiva. Se um lado saía em busca de forragem, a outra parte atacava e os afugentava. Certa manhã bem cedo os celeiros logo além das fortificações de Nova Milton pegaram fogo — com indícios de que os soldados de Ralph Kempis haviam feito ali uma farra na noite anterior. Em retaliação, os soldados de Nova Milton, sob o manto da noite, colocaram espigões no leito do rio para ferir os cavalos do inimigo. Nenhum dos lados atacou em grande número, mas em pequenos grupos; também fizeram vários assaltos com surpresa e rapidez, de modo que, temporariamente, tudo permaneceu bem seguro. Houve escaramuças nos matagais, quando ocorreram disparos entre rochas e árvores, sem infligir baixas relevantes, e numa ocasião um grupo de soldados de Kempis se confrontou num campo de ervilhas com homens de Salem e Dorchester. Mas havia relutância de ambos os lados em começar as hostilidades, e foi negociada uma trégua que permitia a todos marchar de volta sem disparar um tiro.

Então, uma semana depois do último encontro, a situação se tornou mais perigosa. Os "índios que oravam" e os nativos que trabalhavam como peões em Nova Milton fugiram do assentamento e se dirigiram além das fortificações para Monte Maria. Uma vez ali, chegando à presença de Ralph Kempis eles caíram de joelhos e pediram refúgio; proclamaram seu ódio pelos eleitos e descreveram em cores fortes as condições de sua vida de trabalho e privações. Queriam então vingança contra seus antigos empregadores. "*Nickqueentouoog*", um gritou bem alto. "*Nippauquaanauog.*" O que queria dizer: "Eu farei guerra contra eles e os destruirei." Os outros gritaram o refrão: "*Nissnissoke!*" "Matem! Matem eles!"

A saída clandestina dos índios parecia confirmar todas as suspeitas de Milton e tornou-se opinião geral entre os irmãos da Nova Inglaterra que Ralph Kempis realmente estava planejando uma vasta insurreição contra eles. As manobras militares foram intensificadas, enquanto grupos de tropas faziam sortidas regulares na área em torno de Monte Maria como para desafiar os índios e católicos a avançar contra eles. Um regimento de Roxbury foi o primeiro a sofrer com esta estratégia. Ao raiar do dia eles haviam visto um grupo de índios aparentemente fugindo deles para a mata; os soldados, num total de 13, os perseguiram e entraram na floresta uma certa distância antes de perceberam que estavam perdidos entre as árvores. De fato, o perigo era pior. Eles se encontraram cercados de nativos, que, aproveitando-se da vantagem, atiraram e mataram vários deles. Os soldados atiraram entre as árvores, sem grande sucesso, tomando, então uma formação quadrangular como melhor posição de defesa; então avançaram pela floresta, aos gritos, e tiveram a sorte de encontrar uma trilha que os levou ao campo aberto. Imaginaram que os índios os estivessem perseguindo, e seu comandante decidiu que deveriam alcançar um celeiro, visível no horizonte. Ali, finalmente, poderiam vigiar e se defender contra mais ataques. O celeiro fora antes usado para armazenar milho e parecia bem sólido para resistir a um assalto. Assim correram para ele, onde se abrigaram.

Uma hora depois os índios os haviam cercado de novo. Os homens de Roxbury atiraram, mas não houve reação. Então, alguns minutos mais tarde, foram lançadas flechas incendiárias pelas aberturas laterais do celeiro; os soldados tiraram suas camisas e conseguiram extinguir as chamas antes que houvesse muito dano. Durante duas horas houve silêncio; mas então, pelas mesmas aberturas foram lançadas varas de madeira com farrapos em fogo untados de enxofre, que começaram a arder lentamente no chão do celeiro. Eles mal conseguiam respirar no calor e na fumaça acre, mas sabiam que a retirada os deixaria expostos às flechas e aos machados de seus inimigos. Caíram de joelhos e começaram a rezar alto pela salvação de suas almas; haviam terminado de entoar "Amém" quando ouviram uma salva de tiros. Vinha de fora, e dentro de segundos o tropel de cavalos e ingleses os circundou. Eram soldados de Lynn, que, numa patrulha de rotina, haviam visto a fumaça saindo do celeiro — eles galoparam atirando, mas os índios haviam recuado para a floresta.

Quando John Milton foi informado da escaramuça e da morte de seis homens de Roxbury, ficou bastante quieto. Inclinou a cabeça e murmurou para que todos em torno ouvissem.

— Algum sangue diferente tem de ser derramado antes que esta comunidade fique de novo saudável.

Seu desejo foi atendido alguns dias mais tarde, quando dois espiões do campo de Ralph Kempis foram vistos atravessando o rio numa pequena chata. Eles haviam sido avistados por um jovem recruta de Nova Plymouth, que saíra caçando um esquilo — ele teve o cuidado de se esconder atrás de alguns arbustos, então ordenou aos homens que fizessem alto quando eles chegaram à margem. Os espiões sacaram as armas e atiraram, e ele respondeu nervosamente. Um deles caiu morto, mas o outro escapou entre as árvores. O recruta não tentou persegui-lo; estava tão atarantado pela visão do corpo na margem do rio que se sentou a seu lado e chorou.

Dois dias depois, um dos "índios que oravam" que haviam fugido de Nova Milton retornou. Foi imediatamente preso e levado ao próprio Milton.

— O que é, réprobo, que você tem a me dizer agora?

— Neenkuttannumous.

— Fale inglês. Você conhece nossa língua muito bem.

— Eu guiarei você.

— Guiar-me? Não preciso de guias.

— Até os ingleses. — Ele apontou na direção de Monte Maria. — *Matwauog*. Soldados.

O significado era bastante claro, e sendo mais interrogado ele revelou que sabia de uma trilha sem defesa por onde as fortificações de Monte Maria podiam ser rompidas. Perguntado por que estava disposto a assisti-los, ele reafirmou seu respeito pelos antigos empregadores, bem como seu amor pelo Deus inglês. Ele saíra com os outros índios somente após ameaças de punição e tortura. Era um verdadeiro cristão. Mas isto não bastou para John Milton. Ele pegou sua bíblia de uma gaveta e colocou na mão do nativo.

— Acredito que conheça bem este livro.

— *Weekan*. — Com o que ele dizia: "É doce para meu paladar."

— Então jure a verdade do que você disse.

— Eu juro. Verdade.

Isto satisfez o cego, e alguns dias depois o índio liderou um grupo de 12 soldados num reconhecimento da área em torno de Monte Maria. Ele primeiro os guiou 3 quilômetros rio abaixo, onde, como relatara, havia um caminho de pedras pela água que levava a uma trilha sem defesa e não fortificada. Logo viram uma larga trincheira construída ao redor do assentamento, e o guia sinalizou para que tomassem posição atrás de um monte rochoso caso fossem observados. Eles assim o fizeram de boa vontade, quando foram perturbados por uma gargalhada. Ralph Kempis estava na rocha acima deles, as mãos na cintura.

— Então estes são os soldados de Cristo. Rapazes, venham ver. — Eles se viram logo cercados por um grupo de mais ou menos cinquenta homens, vestidos numa variedade confusa de roupas de caça, calças curtas coloridas e chapéus emplumados.

— De onde vêm vocês, soldados? — O líder do grupo, Ozalius Spencer, não deu resposta. — Deixe-me dar um palpite. Boston? Watertown? Ou irmãos de Nova Plymouth, talvez?

— Somos soldados da Nova Inglaterra.

— Entretanto, não é nova coisa nenhuma. Estamos em guerra uns contra os outros do modo bom e antigo.

— Não foi iniciada por nós.

— Oh, não vamos começar com jogos de crianças, por favor. Não vamos discutir a culpa. Vocês conhecem a verdade.

— Nossa consciência está limpa.

— Não peço que olhem para sua própria consciência. Peço que olhem para a de John Milton. — Eles ficaram todos em silêncio. — Basta. Escoltem-nos para longe, bem amarrados.

Ralph Kempis cavalgou sozinho, enquanto eles foram atados em cordas grossas e levados para Monte Maria. Ele voltou para aquela parte do rio onde o índio (que trabalhava para ele) havia guiado os desafortunados soldados. Desmontou quando chegou à trilha e atravessou a pequena ponte de pedra; assobiou discretamente e esperou a resposta. Ela veio alguns momentos depois e duas figuras abraçadas se aproximaram da ponte.

— Alô pela frente — sussurrou Kempis.

— Alô. Tudo bem?

— Tudo bem.

Então Goosequill e Katherine, carregando as duas crianças nos braços, atravessaram a ponte para o outro lado. Sua viagem havia sido planejada havia alguns dias. Logo que Milton declarara guerra a Monte Maria e começara o trabalho nas fortificações, Goosequill decidiu deixar Nova Milton. Ele discutiu o assunto com Katherine pela noite adentro e finalmente decidiram que passariam rapidamente por Monte Maria para receber cavalos e provisões — antes de viajarem para o oeste à procura de novas terras ou assentamentos. Rumariam para o interior! Então, naquela noite, na hora combinada, Goosequill e sua família passaram pela ponte, entrando no território de Monte Maria. Era o primeiro dia do ano.

Milton percebeu logo que eles haviam saído. Já havia sido informado do embuste do guia índio e da captura dos soldados; quando lhe informaram do desaparecimento de Goosequill, ele imediatamente suspeitou que seu antigo secretário tivesse tido alguma participação na emboscada. Então ficou furioso.

— Considere — disse enraivecido para Seaborn Jervis — como aquele marido imundo, aquele pote de urina, levou sua irmã e sua filha.

— Como também minha adorável sobrinha, senhor.

— Foi bem feito? Foi justo? Oh, não. Por Deus e pela mãe de Deus eu os terei de volta aqui.

— E então, senhor? Que faremos com ele?

— Eu o chicotearei tanto que ele claudicará pela vida com a pele mais estragada do que a de um leproso.

— Não condenado à fogueira, senhor? Ou enforcado?

— Você fala mais piedosamente, Sr. Jervis, e me lembra dos meus deveres. Eu o enforcarei, é claro. — E enquanto falava ele decidiu que havia chegado o momento de lançar o assalto longamente preparado contra a própria Monte Maria.

— Os papistas serão cortados em pedaços — disse a Preserved Cotton naquele dia. — Eu os queimarei e eles rolarão incendiados em seu próprio fogo, como diabos que são.

— Eles queimarão também no inferno, senhor.

— Oh, Preserved Cotton, eles devem ser queimados na terra. Você não vê? Do fogo de Deus para as chamas eternas. Não podemos permitir que suas carcaças pútridas causem poluição sobre nossa boa terra.

Na manhã seguinte ele discursou para os capitães das várias tropas da Nova Inglaterra.

— Vocês bem sabem — disse ele — que os soldados geralmente se comportam à maneira dos seus comandantes. Assim, consideram seus direitos antes da luta bem como seu comportamento no próprio campo de batalha. Já sabemos que aqueles selvagens e jesuítas lutam sem a ordem devida, e que não têm intenção de combater com vontade, exceto com o uso de ardil e emboscada. Quando avançarmos, eles sem dúvida se dispersarão em vários grupos e matilhas uivantes, como os muitos lobos selvagens ou ursos raivosos. Assim, devemos cercá-los. Venham. — Eles os seguiram até a casa onde passaram a elaborar seus planos.

Três dias depois, ao raiar de uma fria manhã de janeiro, um regimento de soldados da Nova Inglaterra marchou pelo rio. Eles arrastaram dois canhões sobre trenós, e depois dos devidos preparativos atiraram sobre a paliçada de madeira que Ralph Kempis havia erigido. Foi uma tarefa simples, mas eles se alegraram de ver desmoronar a primeira defesa inimiga. Então atravessaram o rio e, cantando hinos, começaram a marcha na direção de Monte Maria. Logo já podiam vê-la, mas não havia sinal de gente no assentamento cercado. Então continuaram, cantando "Cristo o redentor", e chegaram ao fosso que havia sido cavado em volta da cidade. Não havia ainda nenhum ruído ou sinal de movimento. Milton já sabia daquela "vala defensiva", como ele a chamava, e havia consultado previamente seus capitães. Se os soldados entrassem na trincheiras, ao menos estariam seguros contra os mosquetes de Monte Maria e daquela posição poderiam montar um sítio efetivo. Entretanto, a tática causaria mais adiamento. E Milton, que não podia esperar para começar o assalto contra os papistas, havia persuadido o capitão a tomar uma ação mais direta. Assim, levaram um carroção carregado de troncos de árvores derrubadas; eles as colocaram sobre a vala e, amarrando-os com cordas resistentes, armaram uma ponte temporária, mas eficaz. Os soldados atravessaram a trincheira em fila única, esperando a cada momento o tiroteio que viria de Monte Maria. Entretanto, não havia nenhum barulho, até quando eles chegaram à periferia — exceto o latir de um cachorro. A cidade parecia deserta. O capitão Hollies, de Boston, que comandava a marcha, deu então alto no começo da rua principal:

— Kempis! — gritou ele — Kempis! — Ele conhecia os ardis dos papistas e achava que pudessem estar escondidos nas casas ou nas tabernas. — Como é que vai ser, Kempis? Rendição ou morte rápida? — Não houve resposta, e ele decidiu provocar o inimigo na esperança de uma reação. — Sabe o que dizem de seus papas? Quando morre um cachorro, toda sua malícia morre com ele. Você deseja morrer como um cachorro?

Nenhuma resposta veio de Monte Maria, e em sua raiva e frustração, Hollies ordenou uma conflagração geral, para deter qualquer inimigo aguardando numa emboscada. Flechas incendiárias foram lançadas através das janelas das moradias vizinhas, embora o corpo principal do exército ficasse na retaguarda para o caso de um contra-ataque. Metade da rua ficou logo em chamas.

— Se alguém ficou — disse Hollies a seus comandados — vai ser assado. Mas vamos encontrá-los para espetá-los também.

Seguindo suas ordens, o regimento moveu-se lentamente na rua incendiada, tocando fogo em qualquer construção que ainda não fora atingida pelas chamas; eles estavam vomitando e tossindo em meio ao calor e à fumaça, mas continuaram avançando. Uma tocha de madeira foi lançada em uma das tavernas e momentos depois irrompeu uma explosão que lançou muitos soldados ao chão. Hollies soube logo o que havia acontecido: um depósito de pólvora fora deixado para trás, esperando pelo fogo de Nova Milton. Alguns de seus homens haviam sido mortos, enquanto outros sofreram queimaduras graves ou fraturas decorrentes da explosão; outros ficaram asfixiados pela fumaça. Os que podiam caminhar começaram a correr para os campos abertos além do assentamento. Eles se precipitaram pela rua principal, os uniformes pegando fogo, quando houve de novo um forte estrondo. Mas não era nenhuma explosão; o chão afundou sob seus pés, e muitos deles caíram, gritando, dentro de um grande buraco. Uma armadilha havia sido preparada para eles; um enorme buraco fora escavado e depois coberto com lama e sujeira para esconder sua posição. Ralph Kempis fizera muito bem seu trabalho; havia colocado um barril de pólvora onde explodiria criando o maior tumulto e depois pegara o inimigo que fugia.

O capitão Hollies olhou perplexo ao redor. Muitos dos soldados remanescentes tentaram ajudar os companheiros a sair do poço, mas a fumaça era tão densa e as chamas, tão próximas, que não puderam resgatá-los. Eles então pereceram entre gritos desesperados enquanto o fogo os cobria. Outros soldados jaziam mortos pela explosão. Os sobreviventes, esfarrapados, fracos e atordoados, fugiram do caos. Dezessete haviam sito mortos e vinte feridos. Assim acabou a primeira operação da guerra.

Houve um dia de luto e lamentação entre os irmãos, mas Milton recusou-se a autorizar qualquer adiamento no prosseguimento da luta. Aquilo seria interpretado como sinal de fraqueza, ou, pior, como descrença em sua causa justiceira. Antes que ele e seus capitães pudessem prosseguir, entretanto, tinham de resolver uma questão. Para onde havia ido Kempis e seu bando? Acreditava-se que tivessem voltado para a Virgínia para não se arriscarem a ser exterminados na batalha, mas essa não era a opinião de Milton.

— Não — disse ele. — Não perdemos ainda seu rastro. Eles foram para os pântanos com seus guias índios. — Suas narinas tremeram. — Sim. Até os pântanos estão sendo poluídos com seus caminhos impuros.

A suposição era a certa. Ralph Kempis e seus seguidores haviam recuado para a floresta e para os campos a 3 quilômetros de Monte Maria. Ali, numa clareira, ele celebrou um tratado solene com Cutshausha, chefe da tribo que havia chegado a Nova Milton pleiteando comida dois anos antes. Uma missão com quatro índios e dois jesuítas foi então enviada ao *sachem* principal dos Nipmucks, no território adjacente, onde o próprio Milton uma vez havia perambulado; ele não precisava ser persuadido, é claro, para celebrar um pacto contra os colonos puritanos. Assim, Ralph Kempis elaborou os planos com seus aliados nativos; ele sabia que o momento da verdadeira batalha se aproximava.

Quinze

Aquelas figuras geladas que vimos na montanha, Sr. Milton, me trouxeram à mente velhas histórias. O filho do rei Lud, Androgeus, deve ter sido enterrado em Primrose Hill. Carregado num dia de verão nas costas dos chefes. A tumba de Cassibelan é para ser descoberta num montículo perto da catedral de Rochester. Seremos um pescador de homens, Sr. Lusher, e escavaremos fundo na terra? Não. Não pode ser. Lembre-se das palavras do profeta. Sua palavra sussurrará do pó. Que clamor e este lá fora? Estou me lembrando do rei que, chegando seu fim, ordenou que fosse completamente armado para poder lutar com a morte. De que lugar vem esse choro?

É o começo do festival! O festival dos sonhos. Conhecido por eles como *Ononhara*, Sr. Milton. Como é curioso que seu nome se assemelha ao verbo sonhar em grego: *oneiren*. Talvez tenham alguma origem comum? Na verdade não, Sr. Lusher. Uma coisa impossível, que raças civilizadas e selvagens pudessem estar tão próximas. O que é este clamor horrível? Estão batendo pratos de metal e imitando uivos de bestas selvagens. Acredito, senhor, que estão expressando todas as formas de loucura. Mas o que têm os sonhos a ver com a loucura? Ou com o choro? Eu rio. Não diga nada, Sr. Lusher, nossos bons poetas ingleses já se aventuraram nesse tema. Verei com meus próprios olhos. Um jovem está escrevendo no chão diante de mim, suspirando e gemendo, chorando e torcendo as mãos. O senhor pode escrever e torcer suas mãos? Assim parece. Seu corpo está pintado de negro, inteiro, e as gotas da cor de ébano estão espalhadas pela terra. Isto é infernal, Sr. Lusher. O senhor o vê? Entretanto, agora, ouça, os homens estão sorrindo e cantando. O barulho cessa ao meio-dia. Quieto. Mas então, questionamentos e súplicas. O que pode ser isto, Sr. Lusher? Eles estão se movendo de morada em morada, senhor, exigindo satisfação de qualquer segredo que fora conferido a eles em seus sonhos solitários. Tabaco. Contas. Tigelas de cobre. O jovem com a tinta preta listrada pelo corpo como a dor se aproxima. Ele levanta a esteira da minha entrada. Então, humilde e graciosamente, pede meu cachimbo de madeira. Eu o dou ao senhor de boa vontade. Aqui está o cachimbo dos seus sonhos. Sua fumaça é mais leve e variada do que as penas que o senhor usa. Eu o entrego ao senhor em honra de Morfeu. Meu sonho.

Dezesseis

— Marchem para a frente, meus santos soldados — John Milton exortou. — Marchem para a frente, meus guerreiros invioláveis contra o inimigo sem Deus.

Três semanas depois de seu tratado com os índios, Ralph Kempis marchara para fora da floresta à frente de seu exército. Ele sabia que os comandantes das forças puritanas haviam descoberto a localização de seu campo e, provavelmente, perseguiriam e atacariam seus homens antes do assalto geral. De qualquer modo, estava confiante de que seus aliados índios e suas tropas estivessem prontos para um confronto direto com os inimigos. Assim, os católicos e os nativos atravessaram o rio que dividia os dois assentamentos. O exército da Nova Inglaterra se reuniu rapidamente e já se preparava para a batalha numa grande planície, logo além de Monte Maria.

— Nossos homens lutam pela causa de Deus — Milton estava dizendo —, e seu entusiasmo heroico resultará em muitos feitos aventurosos. Acho, Seaborn, que este dia será memorável em minha vida. — Ele e Seaborn Jervis estavam num carroção enquanto os soldados marchavam em ordem-unida e as forças católicas se reuniam ao longe.

— Esses papistas parecem uma multidão bárbara e lunática, Sr. Milton. Vejo suas joias e rosários brilhando ao sol.

— Um sol de inverno. Sinal de seu brilho artificial. — Enquanto ele falava, os cavalos e os infantes, os fundeiros e os arqueiros desfilaram diante deles ao ritmo dos tambores.

— Oh, senhor, eu gostaria que pudesse observar nossos canhões. São gloriosos.

— Eu os vejo, Seaborn. No olho de minha mente vejo nossos soldados e nossos instrumentos de guerra. Vejo os escudos enfileirados, vejo as pontas rígidas das lanças. Oh, quanta harmonia nesses tambores!

Ralph Kempis e Goosequill conversavam calmamente enquanto cavalgavam à frente do exército de Monte Maria. Goosequill queria continuar sua viagem, mas como poderia abandonar o amigo numa hora daquelas?

— Eu lhe digo isto, Goose. — Kempis estava carrancudo, então, quando a confrontação verdadeira estava para começar. — Não procurei esta briga. John Milton é que perturbou a paz de nossa nova terra e trouxe a miséria para nós.

— Sei disso. Ele se transformou num diabo.

— Um diabo que fala piedosamente do céu. Ele se tornou excessivamente orgulhoso.

— Não, Ralph. Não é orgulho. — Ele não conseguia encontrar palavras para expressar a alienação de Milton depois de seu retorno dos índios. — Ele se desestruturou. Algo aconteceu.

Neste momento Milton estava amaldiçoando Kempis.

— Saia, coisa ruim. — Ele havia virado o rosto para o exército adversário e gritava no vento frio: — Volte para seu lugar de maldade com seus descendentes. Você não pode ter esperança de nos desalojar deste solo! — É claro que não foi ouvido, mas com um sorriso de triunfo levantou os braços para o ar.

Houve orações e hinos de ambos os lados antes do início da batalha. Milton liderou suas tropas numa versão exultante de "Cristo assim decretou", enquanto os padres de Monte Maria rezaram e abençoaram seus soldados. As tropas índias lutando por Kempis ficaram silenciosas durante essas devoções, mas no final conversaram rapidamente uns com os outros e se deram apertos de mãos.

Os exércitos se encaravam em silêncio. Kempis ergueu a espada e gritou:

— Esperem o comando!

Milton levantou-se na carroça e disse, quase que para si mesmo.

— Eles esperam minha ordem para começar a carnificina. Bem, está dada.

Ele bradou para seus capitães: — Avante!

Ao mesmo momento Kempis baixou sua espada e gritou:

— Avançar!

Assim, ambos os exércitos marcharam um contra o outro aos berros, xingamentos e imprecações. Tão logo estavam mais perto, começaram inicialmente a atirar a esmo. Os dardos e as flechas tinham chumaços de fogo, mas caíram fora do alvo, como um ruído de chuva. Então os soldados usaram seus mosquetes; e os primeiros a cair foram os homens da Nova Inglaterra.

— Ouço sons agradáveis — Milton gritou para Seaborn Jervis. — Nossa artilharia os está destruindo?

Jervis disfarçou:

— Os flancos dos papistas estão sendo empalados, senhor. É um grande espetáculo.

— É sempre grande quando o céu e o inferno se encontram em combate.

Os dois exércitos agora estavam bem próximos. Havia apenas um espaço estreito na linha de frente e logo eles se lançaram um contra o outro, num terrível enfrentamento sem nenhum dos lados recuar. Armas se chocaram contra armas, os mosquetes atiraram, dardos zuniram no ar sobre a luta, cavalos caíram sob seus cavaleiros, todo o campo estava envolvido em fumaça e fogo. O exército da Nova Inglaterra mudara sua formação após o primeiro entrechoque da batalha, a falange principal, formada como um grande quadrado que avançava em uníssono, protegida por armas na frente e nos lados. Milton os avisara antes para guardar liberdade de movimentos, para que pudessem saltar para fora, como dizia ele, "em losangos, cunhas e asas"; mas inevitavelmente a formação central impactou-se com o assalto do inimigo. Mas eles não cederam e a batalha prosseguiu sangrenta, com ambos os lados equiparados.

Parecia a Milton, de pé no carroção ao longe, que todo o ar estava cheio de fogo e gritos. Tudo era confusão, escuridão e morte. Mas logo começou a se formar um padrão. A retaguarda do exército da Nova Inglaterra ficara aberta, e Kempis subitamente ordenou que seus cavaleiros atacassem por detrás e quebrassem a formação. Muitos dos cavalos foram mortos enquanto eles executavam esse movimento, e alguns dos soldados foram feridos ou mortos no meio da massa de homens e armas. As tropas de Monte Maria de fato penetraram a falange, mas Milton havia antecipado tal estratégia; a um grito de comando dos seus capitães, os soldados da Nova Inglaterra se espalharam em quadrados menores e continuaram o ataque. Os regimentos de Lynn e de Nova Plymouth foram despachados contra os índios, que estavam lutando no flanco esquerdo de Kempis, enquanto os homens de Boston haviam recebido instruções de cavalgar sobre o próprio Kempis. Em sua exaltação, precipitaram-se sobre ele, gritando impropérios, e Milton os ouviu claramente.

— Agora — disse ele. — Agora chegou a hora.

Ele ergueu sua mão e acenou um lenço branco. Suas tropas estavam esperando pelo sinal — rolaram então seu canhão para a frente, acenderam-no e fizeram fogo. A fumaça e o estrondo aterrorizaram os guerreiros índios, que eram, de fato, o alvo principal; alguns deles explodiram despedaçados no primeiro assalto, enquanto os outros fugiram para se abrigar no rio e na floresta além. Os homens de Boston, que perseguiam Kempis, continuaram a atirar. Ele foi atingido na perna e caiu sangrando, ao lado do cavalo; o caminho do animal poderia ser traçado por seu sangue. O cavalo morreu e rolou no chão, mas num extraordinário feito de força de vontade ele se levantou brandindo a espada e o mosquete. Rodopiou selvagemente contra os cavaleiros que iam contra ele, mas recebeu várias estocadas e caiu por terra. Goosequill estava lutando por perto, e vendo sua aflição, cavalgou em sua direção: foi atingido no ombro, mas continuou a cavalgar com a espada desembainhada na outra mão. Sua fúria e sua audácia eram tais que alarmaram os homens da Nova Inglaterra; quatro outros soldados de Monte Maria foram alertados por suas ações e juntos mantiveram o inimigo a distância, enquanto ele carregava Kempis em seu cavalo. A notícia de que Kempis havia caído se espalhou rapidamente, embora a batalha continuasse, e Milton bateu palmas.

— Diga-me que eles clamam pela Virgem em sua reza funerária.

— Eles clamam, senhor, mas muitos expiraram.

— Encha um grande fosso com suas carcaças. Será um doce sacrifício.

Seaborn Jervis havia sido informado de que um dos mortos de Monte Maria fora encontrado com uma bolsa em torno do pescoço. Os soldados pensaram que ela contivesse alguma joia rara, mas quando abriram encontraram um papel impresso com indulgências. Jervis contou isto a Milton e ele riu contente.

— Jervis, mate-os. Eles não merecem outra coisa.

Os soldados da Nova Inglaterra haviam iniciado um segundo assalto organizado; mas, com Kempis caído e morto, a maioria dos regimentos de Monte Maria parecia ter perdido o ânimo para lutar. Assim, os irmãos os puseram em fuga, e perseguiram principalmente os guerreiros índios remanescentes, queimando e destruindo seus corpos caídos no campo de batalha. O combate degenerou em pequenas lutas e escaramuças, com homens de Monte Maria opondo alguma resistência, enquanto outros fugiam para os matagais e os pântanos. As tropas da Nova Inglaterra não os perseguiram, pois sabiam dos riscos de emboscadas naquele terreno; em vez disso, viraram-se e caminharam lentamente entre os mortos e os feridos do campo de combate. Eles mataram os índios com suas espadas ou seus mosquetes, mas três barbeiros-cirurgiões trataram das feridas dos ingleses de Monte Maria. Milton estava exultante.

— Eles caíram! — gritou alto. — Todos eles caíram!

Ralph Kempis foi carregado em luto pela parte mais escura da floresta para o acampamento secreto que os índios haviam montado. Seu corpo foi coberto de peles de alce e cascas de árvores; foi transportado numa padiola de pele de urso ao som de lamentos continuados. Goosequill, ferido a bala no ombro esquerdo, foi assistido por dois índios que o carregaram gentilmente; ele cambaleou para os dois lados e desmaiou em seus braços. Assim os guerreiros de Monte Maria fizeram sua retirada.

Katherine estava esperando com as outras mulheres e crianças. Elas ouviram o barulho da batalha, os tiros e os gemidos, mas nenhuma disse nada. Apenas se olhavam e afagavam suas crianças. Mas tão logo Katherine viu Goosequill ser carregado, deu um grito e correu para junto dele. Ele nada disse e parecia não reconhecê-la.

O corpo de Ralph Kempis foi velado com grande cerimônia sobre uma esteira tecida de fios verdes e púrpura. Os índios da Virgínia, que estavam com ele durante tantos anos, desejavam enterrá-lo à maneira de seus *weroans*, ou grandes senhores, mas o padre jesuíta sobrevivente (seu colega fora morto na batalha) insistiu numa cerimônia católica para os mortos. A missa de réquiem foi celebrada no meio das árvores, com os soldados sobreviventes, envergando suas melhores vestimentas militares, servindo de sacristãos. Os índios sentaram-se no chão e choraram; eles pegaram o prato no qual Kempis havia comido sua última refeição e a capa de urso que ele usava como cobertura de sua cama e os penduraram numa árvore, perto de seu túmulo. Quando o corpo foi baixado à terra, começaram uma nova lamentação, que durou até o cair da noite.

Goosequill os escutou enquanto jazia febril. Ele havia sido levado para uma pequena tenda feita de ramos e peles de urso, onde Katherine ficou a seu lado naquele dia e naquela noite. Sua ferida era profunda, e não começou a sarar apesar dos cuidados do *powwow*; havia alguns homens, disse o feiticeiro no seu dialeto nativo para os que estavam em torno, que não tinham escolha senão morrer. Katherine não entendeu, mas houve uma palavra que ela reconheceu — *chachhewunnea*, que significa morrendo. Em seu delírio, Goosequill começou a falar coisas sem sentido.

— Sobrou alguma coisa? — ele sussurrou. — Nem mesmo um pedaço daquele queijo, bom senhor? — Depois, disse que estava caminhando em ruas largas e grandes edifícios que chegavam até o céu. — Na verdade sou um garoto pobre.

Katherine sentou-se a seu lado, usando um leque de folhas para refrescá-lo e ocasionalmente colocando uma cuia d'água em sua boca. Ela tentou confortá-lo em seu delírio, mas sabia que ele viajara muito longe para ser chamado de volta. Ele morreu na manhã seguinte. Ela havia cochilado um pouco junto da padiola, mas foi acordada pelo *powwow*, que apontou para ele e disse gentilmente: *michemeshawi*. Ele se foi para sempre.

Dezessete

É tempo de festa. A festa dos sonhos. Onde vou me sentar neste banquete, Sr. Lusher? Aqui, senhor, na fileira dos índios. As mulheres sentam-se de frente para nós, não é? Panelas de peixes do mar e pratos de cereais são colocados no meio. Milho e feijão. Uma mistura de peixe e carne. A bebida, senhor, é conhecida como *isquout*. Um destilado alcoólico misturado com certas ervas. É muito forte. Também muito aromático, Sr. Lusher. Tem gosto adocicado e não é como aguardente. Eu bebo e peço mais. Minha taça estava cheia e a encho de novo. Estou contente, senhora, agora posso ver de novo.

Caindo no chão. Oh, pode ser? Eu me levanto e sento de novo, bebendo o resto da taça. Tão deliciosa. Bem, senhora, por que está sorrindo? Ela está usando um pequeno barrete vermelho, e um avental de pele de alce a cobre do umbigo até as coxas. Seios à mostra. Lustrosos e lindos. A senhora exala um aroma emocionante, minha querida. É como se todo o incenso da Arábia estivesse sendo queimado. Que cabelo brilhante. A senhora põe a mão na boca para esconder o sorriso alegre, não é? Eu estou rindo. Oh, defeito alegre da natureza, posso sentar a seu lado? Posso conversar com a senhora sobre os cantares de Salomão? Aqui. Só preciso me aprumar. Onde está minha taça de água adocicada? Tragam minha água adocicada. Mais como uma deusa do que uma criatura mortal. A senhora é como uma majestade virginal, sem dúvida. Posso descansar a cabeça em seu ombro? Só por um momento. Que dentes brancos. Aposto que a senhora atrai corações para sua rede, sua feiticeira. Posso tocar a sua perna? Como a senhora é modesta.

O barrete vermelho na cabeça dela, Sr. Milton, é o símbolo de sua virgindade. Na festa dos sonhos ela se dá em casamento para o primeiro homem que a pedir. Tome cuidado, senhor. Vamos embora. Oh, o senhor me toca, não é? E depois aponta para si mesmo? Que gesto é este dos seus dedos entrelaçando dois deles? Oh, gesto obsceno. Posso beijar seu colo? A senhora é uma prostituta lasciva. Agora posso beijar seus lábios? Misture água adocicada para mim. A senhora também se importa de misturar alma com alma e carne com carne? Sr. Milton, o senhor talvez esteja indo longe demais. Cuidado. Deixe-a. Dê-me olhares devassos e conversas sórdidas, agora. Eu lhe peço. Senhor, isto é parte de uma cerimônia de casamento. Casamento? Quem vai se casar? É o costume deles aqui, Sr. Milton. Bem, caro Eleazer, dizem que casamento e enforcamento acontecem por destino. Melhor ser enforcado por uma ovelha da primavera do que por um condado. Não é assim, minha querida? Minha concubina. Volte a dormir, senhor. Dormir? O que tem a noite com o sono?

John Milton está sonhando. Éden. Paraíso. Estende a mão para tocar o fruto que é a causa de todas as suas aflições. Ele acorda. Minha cabeça dói terrivelmente. Ele abre os braços inquieto e toca em alguém a seu lado. Quem está aqui? Uma mulher está deitada a seu lado. Que é isto? Que horror é este? Uma jovem índia sorri para ele com ternura. Eu desperto e minha alma está vazia. Tenho alguma lembrança de seu rosto. Não. Oh, não. Isto não pode acontecer. Você está nua. Por que a senhora está nua? Ela coloca a mão na cintura dele, que percebe que também está nu. Ele se volta e vomita no chão. O vômito tem o cheiro adocicado. Ele vomita de novo. Ela está sussurrando para mim em sua língua. Não. Depravada. A senhora é depravada. Ela quer consolá-lo e acaricia suas costas. Não. Concupiscência perversa. Vá. Deixe-me. Ele a derruba no chão. Hiena! Ela se levanta, trêmula, da esteira incômoda que partilharam naquela noite. Ele está curvado, sussurrando para si mesmo. Calor. Movimentos. Gado. Veneno. Lamuriosa, ela o deixa. Excremento. Íncubo.

Ele agora está só, mas não se move da esteira. Há alguém me observando. Seus olhos estão fixos em mim. Há um movimento atrás de mim. Para onde vou correr? Onde posso me esconder desta praga? Sr. Milton. Fique imóvel. Componha-se. O senhor está tremendo. Aqui. Cubra-se com esta capa. Oh, Eleazer, Eleazer, estou num pantanal. Estou num labirinto. Ele está chorando. Tremendo imóvel. Sou uma coisa maculada. Não, senhor. Doente. O senhor está passando mal por causa da bebida que lhe deram. Veneno? Veneno para o senhor, pelo menos. O senhor bebeu demais. Drogas, Eleazer, alguma beberagem índia. Eu fui vítima das artes mágicas infernais de algum bruxo. Senão como isto seria possível? Ele olha para baixo na esteira e vê o sangue da virgem derramado nela. Mal. O malfeito. Estou destruído.

Quem está me chamando? *Kukkita!* É o *sachem*, sua voz crescendo furiosa. Vá até ele, Eleazer. Por favor. Interceda por mim. *Kukkakittow.* Lusher ouvirá muito humildemente. Este homem, *keen* Milton, cometeu um ato desonroso. Ele tem que se casar com esta mulher ou nos deixar imediatamente. Ele poderia ser morto, mas será poupado por causa de sua idade e de seu saber. *Kunnanaumpasummish.* Obrigado. Eu peço desculpas em seu lugar. Eu o guiarei para fora daqui. Sr. Milton, temos de deixar este lugar. Oh, Deus, irei de boa vontade. Onde estão minha camisa e minhas calças curtas? Não. Nenhuma capa de peles. Somente roupas inglesas. Eu tinha um lápis de carvão, não tinha? Ah, está ali no chão. Ele se curva para apanhá-lo, quando sente uma luz intensa na cabeça. Passa a mão sobre os olhos. O que é, Sr. Milton? Nada. Na verdade, nada. A menos que seja o veneno que eles me fizeram beber. Vá na frente, Eleazer. Estou pronto.

O *sachem* espera, com os braços cruzados, enquanto Milton sai. *Comusquauna mick qun manit?* O que ele está me dizendo? Deus está enfurecido comigo. Isto eu sei. Eu o sinto. Estou no inferno, embora esteja vivo. Ele balança a cabeça. Olha para a frente até que chega à margem da floresta. Olha para as tendas vivamente coloridas e para a grande montanha e suspira. Ele caminha sob a sombra das árvores com Eleazer Lusher.

Esta é uma velha trilha, senhor. Nós encontraremos nosso caminho em segurança. Eleazer, Eleazer. Nada pode ser dito sobre isto. Nada deve ser dito sobre isto. Juro solenemente, senhor. Manterei sempre o silêncio. Eleazer, eu sou um decaído.

Decaído. Ele tropeça numa raiz de árvore e cai pesadamente no chão. Ele fica parado, entre a terra e as folhas, então levanta a cabeça. Olha em torno. Não. Não pode ser. Em nome de Deus, não! Sr. Milton, o que é? Por que o senhor está chorando? Ela retornou. Eu retornei. Mergulhei na noite e na escuridão. Deus do céu, o que é isto? Eleazer, estou completamente cego de novo. Não posso ver. Oh, Deus, senhor, por favor, não. Deixe-me ajudá-lo a ficar em pé. Escuridão. Escuridão. Escuridão. Escuridão ainda. Isto é o fim. O começo de todas as nossas aflições. O homem cego vagou a esmo pela mata escura, e, chorando, retomou seu caminho solitário.

Este livro foi composto na tipologia
Electra LH Regular em corpo 11/15, e impresso
em papel off-white $80g/m^2$ no Sistema Cameron
da Divisão Gráfica da Distribuidora Record.